Suzanne Vermeer

Het chalet

A.W. Bruna Fictie

Omslagbeeld
Imageselect (landschap/huis)/Getty Images (vrouw)
Omslagontwerp
Wil Immink Design

ISBN 978 94 005 0198 0
NUR 332

MIX
Papier van verantwoorde herkomst
FSC
www.fsc.org
FSC® C110751

Dit boek is gedrukt op papier dat het keurmerk van de Forest Stewardship Council (FSC®) mag dragen. Bij dit papier is het zeker dat de productie niet tot bosvernietiging heeft geleid. Een flink deel van de grondstof is afkomstig uit bossen en plantages die worden beheerd volgens de regels van FSC. Van het andere deel van de grondstof is vastgesteld dat hiervoor geen houtkap in de laatste resten waardevol bos heeft plaatsgevonden. Daarom mag dit papier het FSC Mixed Sources label dragen. Voor dit boek is het FSC-gecertificeerde Munkenprint gebruikt. Dit papier is 100% chloor- en zwavelvrij gebleekt en wordt geleverd door Arctic Paper Munkedals AB, Zweden.

Het lichaam lag roerloos in de sneeuw. Het was een vrouw. Ze oogde teer en breekbaar. Als je niet beter wist, zou je denken dat ze lag te genieten van de sterrenhemel. Haar mond was een klein beetje opengesperd, maar de uitroep van verbazing of bewondering was blijven steken in haar keel. Bevroren als het landschap om haar heen. Geen wolk van condens die opgeslokt werd door de kou, slechts de echo van de stilte die zweefde door de lucht. Haar ogen staarden in het grote niets. Haar lange wimpers waren bedolven onder een laagje rijp als vers aangebrachte witte mascara. Het licht van de fonkelende sterren boven haar was niet terug te vinden in haar pupillen. De twinkel was gedoofd. Om haar hoofd een steeds groter wordende rode kring. De witte ondergrond absorbeerde het gretig tot een roze geheel. Grote bomen bogen respectvol hun takken onder een dikke laag sneeuw. Oude wijze mannen die veel zagen, maar er nooit over zouden praten. Stille getuigen die verzwegen wat er met haar en haar lichaam was gebeurd.

Een schaduw boog zich over haar heen. Een hand reikte naar haar hals, zoekend naar een slagader waar nog leven doorheen stroomde. Eerst voorzichtig, dan wanhopig. Links, rechts, overal. Een paar harde tikken op haar onnatuurlijk bleke wang. Twee handen grepen haar jas vast en schudden haar door elkaar in een poging een reactie op te wekken. Haar hoofd bewoog stuurloos op het ritme van het wanhopige geduw en getrek en plofte uiteindelijk weer in de sneeuw. Geen geluid, geen teken van leven, slechts die steeds groter wordende kring van bloed. De klank van ingehouden snikken nam de stilte over. Gevolgd door een zachte kreet die ondanks het beperkte volume door merg en been ging. Maar er was niemand die het hoorde, niemand die kon helpen. De dood nam haar ziel mee naar onbekende oorden, maar wie zou haar lichaam meenemen? Die lege huls die voor altijd moest verdwijnen.

September 2000

1

'Dat snap ik nou niet hè, dat jij gewoon uren kunt liggen maffen in zo'n vliegtuig.' Annelies Bakker keek haar vriendin Sara Verbeek doordringend aan.
'Een zalige manier om de tijd te doden. Zou jij ook eens moeten proberen.' Ze stonden op het vliegveld van Lima bij de bagageband te wachten. Een zenuwenkriebel teisterde Sara's buik. Het was altijd maar weer afwachten of je spullen voorbijkwamen of dat ze per ongeluk kwijtgeraakt waren. Dat zou een ramp zijn. Opgelucht stootte ze Annelies aan. 'Kijk daar, onze tassen!' Ongeduldig wachtte ze tot de rugzakken op grijpafstand waren. 'Pff, mijn oma van tachtig is nog sneller.'
'Mopperkont,' beet Annelies haar toe. 'We hebben vakantie Saar, en alle tijd. Probeer een beetje in de zenmodus te komen.'
Sara humde wat, terwijl ze met een hoop gezucht en gekreun de zware tas van de band trok. Snel checkte ze alle sluitingen. Die zaten nog dicht en haar bagage leek nog compleet. Met een ferme zwaai slingerde ze de tas op haar rug. De schouderbanden knelden wat door het gewicht. Ze wiebelde overdreven klunzig op en neer, balanceerde van haar ene voet op haar andere. 'Help, ik ben topzwaar.'
'Weet je ook eens hoe dat voelt,' reageerde Annelies bijdehand. Annelies keek enigszins jaloers naar het strakke lijf van haar vriendin, waar ondanks haar gesnack geen vetrandje aan te ontdekken viel.
'*Some girls have all the luck,*' verzuchtte ze, terwijl ze met haar hand langs een beginnende lovehandle streek. Ze sportte zich suf, hield zich aan een streng dieet, maar desondanks hoefde ze maar naar eten te kijken of het bleef al aan haar kont plakken. Ze werd er moedeloos van. Hopelijk trok de actieve vakantie haar postuur een beetje strakker.

'Kom, we moeten de kudde volgen.'

Ze sloten aan bij de andere mensen uit hun reisgezelschap die inmiddels ook allemaal hun bagage hadden teruggevonden.

'We trekken de gemiddelde leeftijd flink omlaag,' mompelde Sara zachtjes tegen Annelies.

'Alsof we met onze ouders op vakantie gaan,' beaamde haar vriendin. 'Hebben wij weer.'

'Hadden we toch maar omgeboekt naar een tropisch eiland. Of hadden we bij de tussenstop op Aruba het vliegtuig toch maar per ongeluk gemist... Beetje cocktails drinken op het strand, luieren onder een kokosboom, mooie mannen kijken in van die ieniemienie zwembroekjes met...'

Sara's ogen kregen een dromerige blik, maar die maakte snel plaats voor een verontwaardigde door de vermanende reactie van Annelies.

'Get, wat ben je toch voorspelbaar. Waar is je gevoel voor avontuur gebleven? Deze keer was het mijn beurt om een vakantie voor ons uit te zoeken. Van een beetje cultuur snuiven wordt een mens niet slechter.'

De verbetenheid waarmee haar vriendin de regie van hun trip naar Peru in handen had genomen stoorde haar, maar maakte haar ergens ook aan het lachen. Het was zo typisch Annelies om zich ergens helemaal in vast te bijten en elke flexibiliteit te laten varen. Als een paard met oogkleppen op denderde ze doelgericht het pad af dat zij voor ogen had, zonder dat ze op- of omkeek. De keus was als volgt: je deed mee of je bleef achter. Sara had besloten om mee te doen. Misschien was het wel verrassend leuk, zo'n actieve vakantie waarin mannen spotten niet het hoofddoel was. *Geloof je het zelf?* zei een betweterig stemmetje in haar hoofd.

'Woehoe! We zijn in Peru,' treiterde Sara, terwijl ze haar armen semienthousiast in de lucht stak. Annelies gaf haar een ferme por in haar zij. 'Au,' brulde Sara overdreven. Vragende blikken in hun richting, sommige wat geërgerd. Ze kregen de slappe lach. Annelies was rood aangelopen. 'Dat wordt gezellig,' hikte Sara. 'Laat de vakantie maar beginnen!'

Ze knipoogde naar haar vriendin die ze al sinds de lagere school kende. Bij toeval kwamen ze naast elkaar te zitten in groep 3. Ondanks hun tegenstrijdige karakters klikte het meteen en werden ze dikke vriendinnen. Al snel kregen ze van hun klasgenoten de bijnaam 'klit-en-band' omdat ze altijd samen waren. In de brugklas hadden ze dezelfde leren boekentas, die ze met een Edding-stift hadden volgekalkt met zwarte hartjes. Ook hadden ze allebei een hippe Avantgarde-agenda waar meer meidenpraat in stond dan huiswerkafspraken. Aan de binnenkant van de kaft hadden ze een spiegeltje geplakt waarmee ze ettelijke malen per dag hun haar en make-up controleerden. Een klein busje haarlak, mascara en lippenstift werden paraat gehouden om zo nodig iets bij te werken in de pauzes. Ook toen ze in de derde klas van de middelbare school allebei hun eigen weg gingen, bleef het contact onverminderd intensief.

'Ah, daar zul je onze reisleider hebben.' Sara wees naar een man met een stuk karton voor zijn hoofd waar de naam van hun touroperator op stond. Goedkeurend liet ze haar ogen over zijn strakgespannen T-shirt gaan. 'Wow, sixpackje.' Zijn armen waren licht behaard en gebruind. Zijn gezicht ging nog steeds verscholen achter het stuk karton, maar de krullen die erbovenuit piekten, beloofden veel goeds. Ineens liet hij het stuk karton zakken en kwam er een meer dan aantrekkelijk hoofd tevoorschijn. Brede kaken met de schaduw van een eendagsbaardje. Met zijn donkere pretogen screende hij in een oogopslag het reisgezelschap en telde hardop alle koppen: 'Negentien, twintig, we zijn compleet zie ik. Aangenaam mensen, mijn naam is Wim en ik zal de komende drie weken namens Sawadee jullie reisleider zijn.'

Zijn stem klonk prettig. Duidelijk, met een lichte bas.

'Lekker hapje...' Sara wilde haar woorden kracht bijzetten door Annelies aan te stoten, maar porde in het luchtledige. Verbaasd keek ze om. Haar vriendin stond een halve meter achter haar met haar mond open ergens naar te staren. Ze volgde haar blik en kwam uit bij Wim. Zo had ze Annelies nog nooit zien reageren op een man. Over het

algemeen was ze heel nuchter en, eerlijk is eerlijk, mannen waren altijd meer in haar geïnteresseerd dan in Annelies. Ze liep snel naar haar vriendin toe, want haar starende blik begon een beetje gênant te worden.
'Lies, mond dicht, je staat te kwijlen.' Geen reactie.
'Lies, kwijlalert! *NOT charming*!' Niet haar woorden maar de por die ze erachteraan gaf leek effect te hebben. Annelies klapte duidelijk hoorbaar haar kaken op elkaar en net op dat moment keek Wim hun richting uit. Zijn blik gleed vluchtig over Sara heen, maar bij Annelies bleef hij even hangen. Hij gaf haar een knipoog en draaide zich vervolgens om met de woorden: 'Volg mij maar naar de bus, mensen. Ik denk dat jullie wel verlangen naar een hotelkamer om je even op te frissen na die lange vlucht.'
Annelies pakte Sara paniekerig bij haar arm. 'Dat is hem, ik weet het zeker. Met die man ga ik trouwen.'
Sara trok haar wenkbrauwen op. Was dit de nuchtere Annelies die behalve door een vliegtuig door niets of niemand van haar stuk was te krijgen?
'Als ik dan maar getuige mag zijn.'
Annelies leek de spottende toon in haar stem niet op te merken.
'Ja, ja, jij bent getuige.'
De dromerige blik spatte nog steeds van haar gezicht. 'Witte jurk, rozenblaadjes...' Nog steeds die starende blik. Sara knipte in haar vingers in een poging contact te krijgen.
'Hallo, *earth to* Annelies.' De enige reactie was een suikerzoete grijns waar de gaten spontaan van in je tanden vielen.
'Volgens mij sta jij die enorme bruidstaart al aan te snijden met je Wim.' Annelies knikte bevestigend met haar hoofd, maar keek haar nog steeds niet aan.
'Oké,' Sara klapte hard in haar handen. 'Over tot de orde van de dag. Als we niet opschieten missen we de bus nog en rijdt Wim zo uit je leven nog voordat je hem op de hoogte hebt kunnen stellen van jullie gezamenlijke toekomst.'
Annelies holde haar voorbij.

‘Tuurlijk, Lies, over een paar jaar ben je met hem getrouwd en heb je een hok vol kinderen, geen twijfel mogelijk,’ riep ze haar na. ‘Bakvis.’
Ze zette snel een sprintje in en sloot net op tijd aan bij de groep.

2

Sara stak de sleutel in het slot van de hotelkamerdeur met nummer 14. 'Nou, dat slot mogen ze ook weleens smeren.'
'Hè?' vroeg Annelies afwezig.
'Dat ze dat slot weleens mogen smeren. Jeetje, kom eens van die roze wolk af! Ik heb geen zin om drie weken met een zombie opgescheept te zitten.'
'Een verliefde zombie,' corrigeerde Annelies haar vriendin.
'*Whatever*, maar ik zou het prettig vinden als je nu weer even normaal doet.'
'Het is het lot, Sara. Daar hebben wij als mens geen invloed op. Het lot wilde dat ik deze reis ging maken en Wim zou ontmoeten.' Annelies slaakte een diepe zucht.
'Hallo, welke Peruaanse geest is er in jou gevaren?' Sara kreeg een beetje genoeg van het zweverige gedrag van haar anders zo nuchtere vriendin. 'Als je straks maar niet als een fakir door de kamer gaat vliegen op een zelf gepunnikt tapijtje.'
Annelies wierp haar een vernietigende blik toe. 'Spot er maar mee. Over sommige dingen kun je beter geen grapjes maken. Het lot is er één van.' Vermanend stak ze haar vinger op. Sara realiseerde zich dat ze nog steeds op de gang stonden te bakkeleien. Het werd tijd dat ze de hotelkamer binnengingen. Ze duwde de klink naar beneden en de donkerbruine deur opende krakend. Op de voet gevolgd door Annelies betrad ze de somber ogende kamer. Veel grijs- en bruintinten. Er hing een muffe geur. Sara liep meteen door naar de gesloten gordijnen en trok ze met een ferme ruk open. Ze hoestte overdreven toen een wolkje stof de kamer in dwarrelde. Ze streek met haar wijsvinger over de vensterbank.

'Het kan ermee door, maar mijn moeder maakt beter schoon.' Ze zette beide ramen open. 'Even wat frisse lucht.'
Uit macht der gewoonte wilde ze haar schoenen uitschoppen, maar bedacht zich net op tijd dat ze niet haar vertrouwde pumps droeg. Met een moeilijk gezicht keek ze naar de stevige bruine stappers die ze zich door Annelies had laten aansmeren. Gevangenissen voor haar voeten. Ze herinnerde zich de dag dat ze ze had aangeschaft nog meer dan goed. Twee dagen voor de grote reis.

'Dat meen je niet!' riep Annelies verbaasd en trok een paar pumps met monsterlijke hakken uit de bagage en tikte met haar wijsvinger op haar voorhoofd. 'Saar, ben je gestoord of zo? We gaan rondtrekken in Peru.' Annelies stortte zich verder op de bagage en Sara liet haar begaan. 'En wat is dit?' In haar handen bungelde een versleten paar witte All Star-gympen. 'Waar zijn je wandelschoenen? Aan deze vodjes heb je geen enkele steun. Ik voel de blaren al opkomen als ik ernaar kijk.'
'Dat zíjn mijn wandelschoenen,' had ze geantwoord. Annelies liep resoluut naar de kledingkast, trok hem open en liet haar blik speurend over het schoenenrek gaan dat onderin stond. 'Er staat geen plat model tussen. Waar zijn die zwarte Nikes die je nog weleens aanhad met sporten?'
'Weggegooid, die konden écht niet meer.'
Ze had voor deze vakantie sowieso een hele metamorfose ondergaan. Vijftien strakke mini-jurkjes in alle kleuren, korte rokjes, een enorme beautycase en een föhn hadden het net als de pumps niet tot de eindstreep gehaald.
'Heb je een ezel ingehuurd om je spullen mee te slepen de komende weken? Besef je wel dat we gaan rondtrekken en dat je zelf verantwoordelijk bent voor je bagage? Jij bent niet eens in staat om al die troep zelf te tillen met dat tengere lijfje van je,' was het onverbiddelijke commentaar van Annelies geweest.
'Troep? Eerste levensbehoeften zul je bedoelen,' had ze nog gesputterd, maar zonder resultaat. In plaats van haar gebruikelijke jurkjes

droeg ze nu een legergroene, afritsbare broek. In de enorme trackingrugzak aan haar voeten zat nog een exemplaar in camelkleur. *Retepraktisch en onmisbaar*, volgens Annelies. Het zal wel. Ze voelde zich er hoogst ongemakkelijk en vreselijk onaantrekkelijk in. De contouren van haar slanke bovenlijf met stevige borsten waren amper zichtbaar in het degelijke zwarte topje. Op bewonderende blikken richting haar decolleté hoefde ze niet te rekenen de komende weken.

Haar anders zo perfect geföhnde blonde haar zat in een hoge staart gebonden. Moest van Annelies, want die was Chef Vakantie.

'Die lange slierten voor je ogen zijn echt niet handig.' Sara streek bezorgd over haar kapsel. Als dat elastiek haar goed verzorgde haar maar niet brak. Annelies was niet gevoelig geweest voor al haar pre's op het gebied van mode en styling.

'Het zal die mensen in Machu Picchu echt worst wezen of jij je haar hebt geföhnd en of je eyeliner goed zit. Daarbij denk ik niet dat ze daar op elke hoek een EHBO-post hebben om jouw verzwikte enkels op te lappen als je niet overeind blijft op die flutschoenen. En sorry hoor, maar wie gaat er nu klimmen in zo'n outfit?' Annelies had een van de ultrakorte rokjes in de lucht gehouden. 'En die gids maar zeggen: "*Beautiful view, look at this beautiful view...*" als hij achter je loopt. En geloof me, dan heeft hij het niet over de omgeving.' Vervolgens had ze op haar horloge gekeken met de mededeling: 'Als we opschieten, gaan we het nog precies redden.'

'Wat gaan we precies redden?' had ze gevraagd.

'Een bezoekje aan een outdoorwinkel om fatsoenlijke kleding, schoeisel en een grote rugzak voor je aan te schaffen.'

'Een rugzak?' had ze geprotesteerd. 'Daar krijg ik mijn spullen helemaal nooit in.'

'Laat dat inpakken nou maar aan mij over en dan moet jij eens opletten. Wedden dat je nog ruimte overhebt. Minimalisme is het helemaal tegenwoordig.'

Toen ook haar laatste sputterpoging mislukte, had Sara zich uiteindelijk zuchtend door haar vriendin laten overhalen. 'Allemaal leuk en aardig, Annelies, al die plannetjes van jou, maar mijn geld is op.'

‘Dan moeten we je moeder maar even lief aankijken.’
‘Die ziet me aankomen. Ik heb al drie keer van haar geleend deze maand.’
‘En een naaisetje, dat moeten we ook kopen.’ Sara had Annelies vragend aangekeken. ‘Een naaisetje?’
‘Ja, om dat gat in je hand te hechten.’
‘Duh, leuk hoor.’ Wat flauw, had ze erachteraan gedacht.
Soms ergerde ze zich mateloos aan de gestructureerde, altijd goed voorbereide en verantwoordelijke Annelies. Maar stiekem was ze ook een beetje jaloers op haar vriendin. Af en toe zou ze willen dat ze een beetje meer van haar karakter had. Met name op de momenten dat haar impulsiviteit haar weer in de problemen bracht. Zoals afgelopen maand toen ze die veel te dure tas had aangeschaft. Zelfbeheersing was nooit haar sterkste punt geweest. Op dat front had ze nog een lange weg te gaan en het was de vraag of ze ooit de eindbestemming zou halen.

‘Ik ga me even opfrissen,’ deelde ze Annelies mee, die inmiddels op bed was gaan liggen en het plafond zorgvuldig bestudeerde.
‘Hm,’ was de enige reactie. Sara maakte haar tas open en haalde er een schamel plastic zakje met een oogpotlood, mascara, lippenstift en nagellakje uit. Met permissie van Annelies had ze die wel ingepakt. Stiekem was ze toch wel blij dat haar vriendin zich met het inpakken had bemoeid, want ondanks de voor haar doen summier gevulde rugzak, was het ding nog steeds loodzwaar. De kleine badkamer oogde schoon, constateerde ze tevreden. Geen tandpastaresten, haren of remsporen op het sanitair van de vorige gasten. Uit gewoonte zette ze de kraan aan en liet het water een tijdje stromen. Sinds het drama met de legionellabacterie op de Westfriese Flora waarbij een vriendin van haar moeder was overleden, nam ze liever het zekere voor het onzekere. Wie weet hoe lang die leidingen al niet waren gecontroleerd en schoongemaakt? Nadat het water twee minuten onafgebroken uit de kraan had gestroomd, vormde ze met haar handen een kommetje en waste haar gezicht. De poriën in haar vermoeide huid

trokken samen door de koude plens. Haar nieuwe waterproof mascara was de belofte op de verpakking niet nagekomen, concludeerde ze. Het spul zat tot op haar wangen. Ze sloot snel haar ogen om te voorkomen dat het bijtende goedje erin liep. Op de tast greep ze een handdoek van het daarvoor bestemde rek en verborg haar gezicht erin. Hij was dik en zacht, maar rook een beetje chemisch. Zorgvuldig wreef ze haar gezicht droog. Zwarte mascaravegen bleven achter op de spierwitte stof. Ook op haar gezicht bleven ze hardnekkig zitten. Gelukkig had ze voor vertrek nog een paar pakjes reinigingsdoekjes in haar tas gestopt. Zorgvuldig boende ze haar gezicht schoon en smeerde het in met een verzachtende lotion.
Een hevige vermoeidheid overviel haar. Ze was ook al bijna vierentwintig uur non-stop in touw. Ze keek op haar horloge. Nog drie uur de tijd voordat ze zich beneden in het restaurant moesten melden. Misschien niet gek als ze net als Annelies even in bed kroop. Dan kon ze zich beter daarna opmaken dan nu. Ze huiverde van genoegen toen haar blote voeten de stevige vloerbedekking raakten. Beter dan die koude badkamertegels. Met een resoluut gebaar trok ze het elastiek uit haar haar en woelde er met haar handen doorheen. Met een verlangende zucht plofte ze op de zachte matras. Voor de zekerheid stelde ze de wekker in die op het nachtkastje naast haar bed stond. Vanuit het bed naast haar klonk al een aanstekelijk gesnurk.

3

Luidruchtig geeuwend rekte Sara zich uit. Het brute geluid van de wekker had zojuist een einde aan haar schoonheidsslaapje gemaakt. Ze bracht het ding met een stevige klap tot zwijgen, draaide zich op haar rug en staarde slaapdronken naar het plafond. Blijkbaar was ze meteen in slaap gevallen toen haar hoofd het zachte kussen raakte. De reis had haar toch meer uitgeput dan ze dacht. Ze hoorde wat geritsel op het bed naast haar, het snurken verstomde en ging over in een rustige ademhaling. Haar vriendin begon ook te ontwaken.
'En, gedroomd van bloemetjes en bijtjes?'
Annelies draaide haar hoofd naar Sara en knikte bevestigend. 'Mag ik niet nog even doordromen?' Annelies keek haar smekend aan.
'Nee, wakker worden jij. We moeten zo aantreden in het restaurant, op verzoek van je aanstaande.' Sara gaf haar vriendin een vette knipoog.
'Saar, ik durf niet meer.'
Van de bravoure die Annelies eerder ten toon had gespreid, leek niets meer over.
'Hoezo durf je niet?'
'Mijn droom over Wim was zo mooi. Ik ben nog nooit zo gelukkig geweest. Dat kan in de praktijk alleen maar tegenvallen. Wat nou als hij me niet leuk vindt en niet doorheeft dat wij voor elkaar gemaakt zijn?'
'Waarom zou hij je niet leuk vinden?'
'Nou, gewoon, daarom niet.'
'Daarom is geen reden.'
'Maar kijk nou naar me! Ik voldoe nou niet exact aan de tegenwoordige schoonheidsidealen. Ik heb putjes in mijn benen, mijn kont is te

dik, mijn tieten te klein, om hier nog maar over te zwijgen.' Gefrustreerd trok ze aan haar warrige, donkerbruine krullenbos.
'Wat een ellende. Dat er überhaupt nog mensen zijn die met je willen praten,' Sara keek theatraal haar richting op. 'En *poor me*, blijk ik ineens met een trol op vakantie te zijn...'
'Even serieus, Sara. Ik voel me ineens zo onzeker.'
'Dat is nergens voor nodig. Kijk, om de boel een beetje in evenwicht te houden heeft onze lieve Heer je gezegend met een van de zeven schoonheden.' Annelies keek haar vragend aan. 'Kuiltjes in je wangen als je lacht. Het enige wat jij hoeft te doen is de godganse dag een enorme *smile* opzetten naar die Wim en dan komt het helemaal goed.'
'Denk je dat echt?'
'*Promise*,' zwoer Sara met een plechtige ondertoon in haar stem. 'Die kuiltjes doen al die zelf aangeprate "minpunten" van je in één klap verbleken. Soms, lieve Liesje, overtreft de werkelijkheid je dromen en dat ga jij de komende weken ervaren. Ik durf er wel een glas wijn op in te zetten.'
'Een glas, waarom geen fles?'
'Ik speel liever op safe. Risicovolle beleggingen zijn niet echt mijn ding.' Schaterlachend verdween ze naar de badkamer, terwijl ze nog net een slipper van Annelies kon ontwijken.

4

De zon stond hoog aan de hemel en nam haar taak vandaag duidelijk serieus. Via haar gouden stralen stuurde ze een broeierige warmte naar de aarde.

'Pff, ik kom net onder de douche vandaan, maar mijn kleren plakken nu alweer aan mijn lijf.' Sara streek de zweetdruppels van haar voorhoofd.

'Hier ook klotsende oksels,' beaamde Annelies. 'Ik ben blij als ik die rugzak zo even af kan gooien, want die maakt het er ook niet echt koeler op. Het is bijna niet voor te stellen dat we ons zo dik aan moeten kleden om het op die boot niet te koud te krijgen.'

Vandaag stond een bezoek aan Islas Ballestas gepland, kleine rotseilanden voor de Peruaanse kust die voornamelijk bewoond werden door vogels. Als een kudde makke schapen liep hun groep achter reisleider Wim aan. Sara en Annelies volgden in ganzenpas.

'Kom op dames, anders missen we de boot nog.'

Annelies versnelde bij het horen van Wims stem meteen haar pas.

'Ja Wim, natuurlijk Wim,' mompelde Sara verongelijkt. '*Pleaser*,' beet ze haar vriendin toe.

'Nou zeg, ben je met je verkeerde been uit bed gestapt of zo?' wierp Annelies haar tijdens het passeren toe. In de verte doemde de aanlegsteiger van Paracas al op.

'Ik kan niet wachten tot we op die boot zitten!' Annelies werd steeds enthousiaster.

'Hm, ik zou liever op het strand gaan liggen. In een badplaats moet je zonnen en niet actief gaan lopen doen.'

'Hè, Sara, doe nou niet zo flauw. Je lijkt wel een mokkend kind. En qua actief doen, met je kont op een speedboot zitten is niet mijn

idee van een ijverige bezigheid.'
'Ach, laat ook maar.' Zwijgend vervolgden ze het laatste stukje naar de aanlegsteiger. Vlak bij het opstappunt voor de boot stond een lokale bewoner pelikanen te voeren. Sara keek gefascineerd toe hoe de ene na de andere vis verdween in die grote, opengesperde snavels.
'Lies, kijk nou!' Ze stootte haar vriendin verwonderd aan, maar zag meteen dat die alleen maar oog had voor één ding. Wim. 'Kansloos,' mompelde ze.
Gebiologeerd richtte ze haar blik weer op het voedertafereel. De man zag haar kijken en hield zijn hand op in een bedelend gebaar. In Nederland zou ze nooit op zo'n gebaar in zijn gegaan, maar de warmte deed haar blijkbaar smelten. Ze liep naar de man toe en haalde wat muntjes uit haar broekzak. Ze legde ze in zijn smoezelige hand met rouwranden onder de nagels. Hij wierp haar een tandeloze grijns toe als bedankje.
'Mevrouw Verbeek, zou u zich even bij de groep willen aansluiten?'
'*I have to go*,' deelde ze de man mee, in de hoop dat hij iets van haar Engels begreep. Ze wachtte zijn reactie niet af en sprintte terug naar de groep. Haar reisgenoten dromden zich al om Wim heen.
'Oké mensen, we gaan zo aan boord van deze snelle boot hier achter me, om de Islas Ballestas te bezoeken. We zullen in totaal een paar uur op pad zijn. Vergeet niet om je warm aan te kleden, want geloof me, jullie gaan het anders heel koud krijgen. Moeilijk voor te stellen in deze hitte, ik weet het, maar de zogenaamde Humboldt-golfstroom zorgt voor temperaturen die je eerder in de buurt van de polen zou verwachten.'
Annelies haalde gehoorzaam twee fleecetruien, handschoenen en mutsen uit de tas aan haar voeten en begon zich net als de andere mensen uit het gezelschap aan te kleden. Sara volgde mokkend hun voorbeeld.
'Voor de veiligheid wil ik jullie vragen om de zwemvesten aan te trekken die je bij het aan boord gaan krijgt overhandigd. Dan wens ik jullie een behouden vaart en *ship ahoy*.'
Annelies stapte voor Sara de wiebelende loopplank op, terwijl ze haar

ogen strak op Wim richtte die halverwege stond. Toen hij even haar kant op keek, verloor ze theatraal haar evenwicht. Wim ving haar net op tijd op en gewillig liet ze zich door hem vastgrijpen terwijl ze Sara in het geniep een knipoog gaf. Sara wierp een wanhopige blik richting hemel en liep langs hen heen. De kapitein stak galant zijn hand uit om haar verder de boot op te helpen. Ze pakte hem dankbaar aan. Ze liet zich door hem in het feloranje reddingsvest helpen. Wat was 'bedankt' ook al weer in het Spaans? Ze pijnigde haar hersenen maar er ging geen lampje branden. Dan maar een gulle lach, dat begreep iedereen. De kapitein grijnsde terug en een gouden hoektand blonk haar toe. *Creepy*. Zou hij te vertrouwen zijn of was hij stiekem een kwaadaardige piraat die hen meenam naar open zee, hun waardevolle spullen jatte en iedereen dan overboord donderde? Je hoorde tegenwoordig zoveel van die rare verhalen. Annelies gaf haar een duwtje in haar rug ten teken dat ze door moest lopen. Ze realiseerde zich dat haar fantasie weer op hol sloeg en dat ze zich weer spookverhalen in haar hoofd haalde. Natuurlijk was die ruwe zeebonk te vertrouwen, anders zou de reisorganisatie toch nooit met hem in zee gaan? Samen met Annelies nam Sara plaats in de boot. Uiteraard precies achter Wim, die voorin naast de kapitein zat. De motor kwam loeiend tot leven. Kapitein Haak-tand stuurde de boot behendig de haven uit terwijl Wim de microfoon testte. Een doordringend piepgeluid teisterde hun oren. Gelukkig nam Wims prettige stem het snel weer over.
'Zit iedereen goed?' Een instemmend gemompel klonk door de boot.
'Ik ga jullie niet te veel lastigvallen met mijn geklets tijdens de tocht, want ik vrees dat de motor van Manuel hier naast me harder brult dan ik.'
Een ingehouden gelach steeg op uit het reisgezelschap. In rap Spaans vertaalde hij zijn woorden voor Manuel, die overdreven bevestigend knikte en de motor nog eens extra aanspoorde. Er werd driftig geapplaudisseerd.
'Dat wordt weer een lange dag,' verzuchtte Sara meer tegen zichzelf dan tegen Annelies, die net als de rest vol overgave zat te klappen.
'Oké, alle gekheid op een stokje, houd er rekening mee dat het een

bumpy vaart wordt,' vervolgde Wim zijn verhaal. 'Omdat we toch zo'n 50 kilometer per uur gaan, is het onvermijdelijk dat de boot op de golven bonkt. Blijf goed op je plek zitten en vergeet vooral niet om ook om je heen te kijken. We zullen namelijk langs verschillende scheepswrakken varen. Ook de Candelabro, een kolossale drietand die in de zanderige kustbodem is getekend en waar niemand de exacte oorsprong van kent, is de moeite waard. Geniet ervan!'

Wederom klonk er applaus door de boot. Deze keer besloot Sara schoorvoetend mee te doen om niet weer volledig uit de toon te vallen.

'*Señor*!' spoorde Wim Manuel aan die zich dat geen twee keer liet zeggen. Hij gooide het gas open en de boot spoot op volle stoom vooruit. Al snel bleek dat de warme kleding inderdaad geen overbodige luxe was. Ondanks de winterse outfit rilde Sara van de kou. Ze knipperde verwoed de tranen uit haar ogen die ontstonden door de ijzige wind. Ongelooflijk dat ze ruim een halfuur geleden nog niet wist waar ze het moest zoeken van de hitte.

In hoog tempo passeerden ze enkele scheepswrakken. De man achter haar hing een stukje overboord om ze beter te kunnen zien, maar bedacht zich snel toen hij een plens water over zich heen kreeg. Sara stelde zich voor dat er een waardevolle schat in een van de wrakken lag. Een bruidsschat uit lang vervlogen tijden waarmee een exotische prins de liefde van een Peruaanse prinses had willen kopen.

In de verte doemden de contouren van de rotseilanden op in de bleke zon. De lucht zag zwart van de vogels. Plotseling minderde de boot vaart en pakte Wim de microfoon.

'Aan je rechterhand zie je de Candelabro, oftewel de drietand in het zand waar ik het eerder over had. Niemand weet precies hoe hij is ontstaan en wat de betekenis ervan is, maar er doen wel geruchten de ronde. Er zijn mensen die beweren dat de drietand symbool staat voor de levensboom en dat priesters daar vroeger de zon aanbaden. Anderen geloven dat het een aanwijzing is voor schatzoekende piraten en er zijn zelfs mensen die denken dat het een landingsmarkering is voor ruimteschepen.'

Sara liet bewonderend haar blik over de immense tekening in het zand gaan. Misschien was hij wel gemaakt door een grote reus die zijn tekentalenten tentoon had gespreid met een boomstam. Ze glimlachte bij het idee.
Wim legde de microfoon weer weg en Manuel gaf de boot weer de sporen. Op volle snelheid naderden ze de eilanden. Majestueuze pelikanen zweefden door de lucht terwijl jan-van-genten zich uit de hemel lieten vallen. Het geluid van de krijsende zeemeeuwen was oorverdovend. Sara bedwong de neiging om haar handen voor haar oren te houden om het schelle geluid buiten te sluiten.
Achter in de boot schreeuwde iemand keihard: 'Gad-ver-damme!'
Sara en Annelies draaiden tegelijkertijd hun hoofd om te zien wat er aan de hand was.
'Hij is op zijn kop gescheten,' gierde Annelies het uit. Ook Sara kon haar lachen niet inhouden.
'Duidelijk gevalletje van kletterkak. Gelukkig heeft hij een muts op.' Enigszins argwanend keek ze naar de vogels die boven de boot zweefden.
'Ik hoop dat ze hun sluizen nu dichthouden.' Voordat Annelies kon reageren, werd hun aandacht alweer opgeslokt door een nieuw tafereel. Een zwart-witte aalscholver ving behendig een vis en at hem op zijn gemakje op, zittend op een rotspunt. Met zijn priemende kraaloogjes keek hij hen uitdagend aan. Een paar nieuwsgierige robben kwamen aanzwemmen en cirkelden rond de boot.
'Kijk! Zeehonden!'
'En pinguïns!' riep Annelies uit.
Met open mond staarden ze naar de onhandig waggelende beestjes op de klippen. Het zag er koddig uit. Een grote zeeleeuw liet zich brullend van de rotsen in het water vallen en klom vervolgens weer omhoog. Luidkeels aangemoedigd door zijn soortgenoten, wier gebrul werd weerkaatst door de akoestiek van de rotsgewelven. Overdonderd door de prachtige fauna vergaten ze in eerste instantie om het eiland zelf te bekijken. Ze lieten hun ogen over de ruwe rotswanden gaan, die eruitzagen alsof ze met kogels waren doorzeefd.

Mosselen en andere schaaldieren hingen aan de wanden als natuurlijke decoratie.
Manuel liet de boot rustig om het eiland heen cirkelen zodat ze het natuurschoon goed in zich op konden nemen.
'Wat is dat nou?' Sara wees naar een fabrieksachtig gebouw dat behoorlijk uit de toon viel tussen alle vogels en zeedieren. Wim reageerde meteen en pakte de microfoon.
'Dat spookachtige gebouw met laadperrons en transportbanden is de zogenaamde guanofabriek. Zoals jullie kunnen zien, huizen er duizenden vogels op de eilanden en die poepen heel wat af.'
'Niet alleen op die eilanden,' onderbrak de man achter in de boot, die zojuist een flats op zijn hoofd had gekregen. Het gezelschap lachte instemmend.
'De Peruanen doen daar hun voordeel mee en exporteren jaarlijks 20.000 ton meststof van de rotseilanden,' vervolgde Wim zijn verhaal. 'Zo verdienen ze er nog wat aan.'
'Goeie shit dus,' concludeerde Sara droog. Haar opmerking leidde wederom tot een lachsalvo op de boot.
'Ha ha, inderdaad goeie shit,' herhaalde Wim haar woorden.
'Mogen we het eiland niet even op?' vroeg een dame achter Annelies.
'Nee, helaas. Het is een beschermd natuurgebied dat alleen bij uitzondering betreden mag worden voor de poepwinning. Toeristen zijn helaas niet toegestaan.'
'Daar hebben wij toch schijt aan,' riep een man aan de linkerkant van de boot in een poging grappig te zijn. Deze keer lachte er niemand.
'We varen nog één keer rond het eiland en dan gaan we weer terug, anders wordt het te koud.' Sara probeerde het beeld van de grappige pinguïns, de schattige zeehonden en de immense vogelkolonie op haar netvlies te verankeren. Annelies klappertandde duidelijk hoorbaar haar gebit bijna in tweeën. Het bleef niet onopgemerkt bij Wim. Hij draaide zich naar haar om. 'Heb je het zo koud, meisje?' Hij wreef een paar keer stevig over haar schouder. Annelies liet het zich met een verheerlijkte blik in haar ogen welgevallen, knip-

perde overdreven met haar ogen en bibberde als een rietje. Haar gezicht was rood aangelopen. Het was niet helemaal duidelijk of het door de kou kwam of dat ze bloosde, maar Sara had wel een vermoeden.

5

'Ga jij maar voorin, dan kan Wim naast mij zitten om mijn hand vast te houden.'
Ze waren inmiddels halverwege de vakantie en de tijd vloog. Ze stonden op het punt om een rondvlucht over de wereldberoemde Nazcalijnen te maken; tekeningen in het zand zoals de grote drietand die ze al eerder bij Islas Ballestas hadden bewonderd. Vanuit de lucht scheen je de figuren goed te kunnen zien, dus vandaag moest er gevlogen worden.
'Nou, vooruit maar weer,' reageerde Sara semiverontwaardigd op het verzoek van Annelies. 'Ik laat me wel weer aan de kant schuiven.' Haar pretoogjes lieten echter zien dat ze er geen donder van meende. Annelies stak als antwoord haar tong uit. Het contact tussen Wim en Annelies was de afgelopen dagen behoorlijk geïntensiveerd en ze gunde het haar vriendin meer dan van harte. De kleine plagerijtjes waren niet van de lucht, evenals de vaak dubbelzinnige opmerkingen. Gisteravond was Annelies nog een tijdje aan de bar blijven hangen met Wim, terwijl Sara al lang haar mandje had opgezocht. Midden in de nacht kwam ze giechelend en met een hoop kabaal de kamer binnen. Sara had een poging gedaan zich slapende te houden, maar Annelies had haar ruw heen en weer geschud met de mededeling: 'We hebben gezoend!'
'Leuk voor je,' reageerde ze lauwtjes, nog bevangen door de slaap.
'Leuk voor me? Is dat alles wat je kunt zeggen? We hebben gezoend, Sara!'
'Ik ben heel blij voor je, echt waar, maar kunnen we het daar morgen over hebben? Ik zit nogal in mijn remslaap momenteel.'
Annelies negeerde haar woorden en ratelde onverstoorbaar verder:

‘Ik zei toch dat je het lot niet kunt ontlopen. Wim en ik zijn elkaars lot en gelukkig ziet hij dat nu ook in.’
‘Echt geweldig dat Wim het licht heeft gezien, maar vind je het goed als ik me weer even laat opslokken door het donker?’
Demonstratief had ze haar ogen gesloten terwijl ze zich weer opkrulde in bed.
‘Hè, doe nou niet zo flau-hauw,’ jengelde Annelies. ‘Slapen kun je de rest van je leven nog.’
Ze sprong als een dolle door de kamer, rondjes draaiend met theatrale armgebaren waar Kate Bush nog wat van kon leren.
‘Lies, je bent dronken. Geloof me, als je nu niet naar bed gaat heb je daar morgen heel veel spijt van.’
‘Ik geloof dat ik daar nu al spijt van heb,’ was de tamme reactie van haar vriendin nadat ze haar evenwicht verloor en met een bons op de tapijtvloer belandde. ‘Ik geloof dat ik een beetje misselijk ben.’
Kruipend was ze naar de badkamer vertrokken. Zuchtend stapte Sara haar bed uit. Annelies hing met haar hoofd boven de wc-pot terwijl haar maag zich vol overgave omkeerde. Sara maakte een handdoek nat en depte het bezwete voorhoofd van haar vriendin. Zorgzaam streek ze het plakkerige haar uit haar gezicht en bond er een elastiekje om. ‘Komen die dingen toch nog van pas.’ Annelies reageerde met een hoop gesteun en liet haar hoofd weer in de pot verdwijnen. Geduldig wachtte Sara tot ze weer aanspreekbaar was. ‘Glaasje water?’ Annelies knikte bedeesd. Sara vulde een glas en ging naast haar vriendin op de grond zitten. ‘Wat is de liefde toch mooi hè,’ zei ze gekscherend.
‘Ik voel me niet zo lekker, Saar.’
Twee lodderige ogen keken haar aan vanuit een bleek gezicht. Sara trok haar neus op en wapperde met haar hand voor haar gezicht.
‘Poeh, ik ben blij dat ik niet met je hoef te zoenen. Wat een zure lucht. Ik zou even de tandenborstel ter hand nemen als ik jou was, want anders vrees ik dat de zoen van Wim een eenmalige actie blijft. Lot of geen lot.’
Annelies had haar advies opgevolgd en was uiteindelijk, nadat de

misselijkheid was afgezakt, in een diepe slaap gevallen. Vanochtend had Wim voor de deur gestaan met een ontbijt. Hoewel hij zo vriendelijk was geweest ook wat voor haar mee te brengen, had Sara zich discreet teruggetrokken in de eetzaal beneden om de twee tortelduifjes wat privacy te gunnen. In het voorbijgaan had ze Annelies nog buiten het vizier van Wim een pepermuntje toegeworpen. Met twee duimen in de lucht en een vette knipoog had ze de kamer verlaten.

Dat het ontbijt meer dan geslaagd was geweest, bleek overduidelijk uit de mierzoete blikken die Annelies en Wim elkaar al de hele ochtend toewierpen. Ze hadden elkaars hand amper losgelaten.

Sara klom in het witte sportvliegtuigje naast de piloot. Wim hielp Annelies galant naar binnen en nam naast haar plaats. Het klikkende geluid van veiligheidsgordels die werden vastgemaakt, vulde de ruimte. Ze pakten alle drie een koptelefoon en zetten hem op hun hoofd. Wim communiceerde wat in rap Spaans met de piloot en vervolgens begon de motor te ronken. Sara bereidde zich al voor op het gebruikelijke hysterische gegil van Annelies bij het opstijgen, maar het bleef stil. Blijkbaar had Wim een extreem genezende werking op haar vliegangst. Het vliegtuigje begon vaart te maken en voor ze er erg in had, waren ze al los van de grond. Nog steeds geen gegil of tekenen van hyperventilatie in de achterhoede. Verbazingwekkend. Die Wim moest toch wel een heel bijzondere vent zijn. Ondanks het feit dat hij de hand van Annelies in de houdgreep hield, vergat hij niet zijn professionele rol te vervullen. Zijn prettige stem klonk al snel door haar koptelefoon: 'We zijn op weg naar de Peruaanse hoogvlakte om de geogliefen te bekijken die duizenden jaren geleden door de Nazca-indianen zijn gemaakt. Nog even voor de duidelijkheid, geogliefen zijn tekeningen in of op de aarde. De figuren zijn alleen vanuit een vliegtuig goed te bekijken. Om jullie een volledig beeld te geven, zal de piloot het vliegtuigje af en toe naar links of rechts laten hellen, want vanuit een schuin perspectief zijn de figuren het duidelijkst te zien. Het geschommel kan wel voor een protesterende maag zorgen, dus houd daar rekening mee.'

Sara greep meteen naar de spuugzak voor haar. Beter mee verlegen dan om verlegen.
'Het is heel bijzonder dat de tekeningen zo goed bewaard zijn gebleven. Dat komt doordat de Peruaanse hoogvlakte een van de droogste gebieden op aarde is. Er valt bijna geen regen, het is er vrijwel windstil en de gemiddelde jaartemperatuur ligt op zo'n 25 graden Celcius.' Wim nam een adempauze en vervolgde: 'Dan nog een klein weetje, sinds 1990 zijn de Nazca-lijnen door UNESCO op de Werelderfgoedlijst geplaatst. We zijn vandaag dus zeer cultureel verantwoord bezig. Ik zou zeggen: houd je fototoestel in de aanslag en geniet.'
Sara pakte het fototoestel dat om haar nek bungelde. Zwijgend keek ze door het smoezelige raampje naar de wereld onder haar. De lucht was strakblauw en de zon omringde de vliegtuigvleugels met een felle gloed. Ze kneep haar ogen tot spleetjes en slaakte een genietende zucht. Ze vond het heerlijk om zo te zweven in het luchtledige, als een vogel zo vrij, met een Madurodam-wereld ergens onder zich waar van alles gebeurde zonder dat het haar kon raken. Van haar mocht dit vluchtje nog uren duren.
De piloot liet het vliegtuigje ineens naar rechts zwenken. Ze hingen schuin in de lucht. Ze keek naar beneden en zag onder zich een reusachtige getekende spin in het zand. Ze hadden de eerste geoglief bereikt. Snel maakte ze een paar foto's en hoopte maar dat het niet al te schone raam geen belemmering vormde voor de beeldkwaliteit.
Het vliegtuig kantelde naar links zodat ook Annelies de spin goed kon bekijken. Sara voelde haar maag een beetje opspelen en keek bezorgd naar Annelies die het normaal nooit drooghield in een vliegtuig. Haar drankgelag van gisteren droeg waarschijnlijk ook niet in positieve zin bij. Haar vriendin gaf echter geen krimp en zag zelfs niet bleek. Het enige wat een beetje spanning verried was de krampachtige manier waarop ze Wims hand vasthield.
Het vliegtuig trok weer recht en ze vervolgden hun vlucht langs de rest van de dieren en andere afbeeldingen. Een walvis, een doolhof, een papegaai, een gier, een hond met een lange staart, het zag er allemaal even indrukwekkend uit. Toch was ze blij toen het vliegtuig

uiteindelijk weer landde op vaste grond. Hèt gezwiep en gezwenk was haar niet in de koude kleren gaan zitten.

'En, was het de moeite waard?' vroeg Wim terwijl hij haar en Annelies uit het vliegtuig hielp.

'Je hebt geen woord te veel gezegd, het was fantastisch,' antwoordde Annelies met zoetgevooisde stem.

Sara kon een glimlach niet onderdrukken. Ze was er heilig van overtuigd dat haar vriendin weinig van de geogliefen had meegekregen. Daar durfde ze de rest van haar vakantiegeld wel op in te zetten.

Augustus 2008

6

'Ik lijk wel een te strak ingebonden rollade!' Annelies stak met een wanhopig gezicht haar neus om het gordijn van het pashokje.
'Daar geloof ik helemaal niets van.' Sara probeerde haar vriendin te kalmeren. 'Kom, stap eens uit dat hokje. Zo kan ik geen oordeel vellen.' Ze probeerde het gordijn open te trekken, maar Annelies ratste het meteen weer dicht. 'Lies, doe nou niet zo moeilijk. Kom uit dat hokje. Het kan nooit zo erg zijn als jij beweert.'
Hun gekibbel bleef niet onopgemerkt en een verkoopster liep hun richting op.
'Lukt het of kan ik ergens mee helpen?'
Hoewel de vrouw haar uiterste best deed om haar gezichtsuitdrukking en stem op klantvriendelijk te zetten, slaagde ze daar maar matig in. Het was overduidelijk dat ze zeurende klanten kon missen als kiespijn. Voordat Sara kon antwoorden dat ze het allemaal prima zonder hulp afkonden, deed de vrouw een poging om een blik te werpen in het hokje van Annelies. Ook deze keer trok Annelies het gordijn met een ferme ruk weer dicht. De verkoopster trok een geïrriteerd gezicht.
'Laat haar maar even,' suste Sara. De verkoopster draaide zich zonder iets te zeggen om en liep naar een klant die zojuist de winkel binnenkwam. Sara ging met haar hoofd tegen het gordijn van het pashokje staan. 'Laat me nou even kijken.' Schoorvoetend glipte Annelies uiteindelijk het hokje uit.
'Nou, heb ik iets te veel gezegd? Een te strak ingebonden rollade en dan druk ik me nog mild uit.'
Sara bekeek haar vriendin kritisch. Het jurkje waar ze zich in had gehesen zat inderdaad wat strak.

‘Nou?’ vroeg Annelies uitdagend.
‘Tja...’ probeerde ze nog wat tijd te rekken. ‘Misschien een maatje groter of corrigerend ondergoed?’
Annelies draaide zich resoluut om en verdween weer in het pashokje. Sara stond er wat onbeholpen bij. Verdorie, had ze niet wat tactischer kunnen zijn? Dat werd weer een hele klus om het humeur van Annelies boven het vriespunt te krijgen. Haar vriendin was tegenwoordig om het minste of geringste overstuur. Maar aan de andere kant hielp ze Annelies ook niet door haar te vertellen dat die jurk voor haar gemaakt was. Opeens klonk uit het hokje van Annelies luid gesnif.
‘Klop, klop, mag ik binnenkomen?’ vroeg ze door het gordijn heen. Het gesnik werd luider. Sara wachtte niet langer op toestemming en liep het hokje binnen. Annelies zat ineengedoken in haar ondergoed op de grond. Het jurkje lag op een hoopje in de hoek. Ze ging naast haar vriendin op de grond zitten en sloeg een arm om haar heen.
‘Lies, wat is er toch?’
Annelies keek haar met betraande ogen aan. ‘Wat is er níét zul je bedoelen! Ik ben het allemaal zo zat. Die hormonen, die hysterische huilbuien, de pijn in mijn buik, dat opgeblazen gevoel, koppijn, dat geseks op uur en tijd. Elke keer weer die spanning of ik zwanger ben of niet. Steeds weer die teleurstelling als het niet zo is.’
Haar stem werd steeds hoger en luider. Sara tikte haar sussend op haar schouder. ‘Sst, de hele winkel hoeft niet mee te genieten.’
‘Mijn seksleven is naar de klote. Wim krijgt hem bijna niet meer omhoog,’ vervolgde ze op aangepast volume. ‘Ik kan me de keer dat we spontaan seks hebben gehad niet eens meer herinneren. Op zijn werk lachen ze hem uit als hij weer hals over kop naar huis moet omdat mijn temperatuur goed is. “Hé Wim, krijg je weer een beurt in de baas zijn tijd?”’ Sara trok haar troostend tegen zich aan en gaf een kus op haar krullen. ‘Ik kan er niet meer tegen. Ik wil zo graag moeder worden, waarom lukt het nou niet?’
Weer begon ze luidkeels te snikken. Het gordijntje werd woest opengeschoven en de verkoopster stak haar hoofd naar binnen.
‘Zeg dames, zouden jullie je theekransje elders willen voortzetten?

Dat gekrijs is niet echt een visitekaartje voor mijn winkel.'
Kwaad pakte ze het jurkje van de grond en hing hem aan de daarvoor bestemde hanger. 'Deze wordt het niet, hè,' zei ze vilein terwijl haar ogen bleven hangen op het rolletje dat zich op Annelies' buik had gevormd. Sara keek haar vernietigend aan voordat Annelies reageerde. De verkoopster draaide zich om en verliet het hokje met de woorden: 'Aankleden en wegwezen.'
'Zuurpruim!' brulde Annelies haar na. Futloos stond ze op en trok haar slobbertrui en spijkerbroek weer aan. De klanten in de winkel staarden hen na toen ze naar buiten liepen.
Sara troonde Annelies mee naar de lingeriewinkel aan de overkant. 'Kom, we gaan een spannend pakje voor je uitzoeken waar Wim zo godvergeten heet van wordt dat hij niet weet wat hem overkomt.'
'O nee, daar ga ik niet naar binnen.' Annelies stond abrupt stil en verzette geen stap meer. Haar armen in een dwars gebaar voor haar lichaam gekruist.
'Jawel, we gaan hier wel naar binnen. Kom op.'
Sara probeerde haar protesterende vriendin mee te trekken.
'Nee zei ik toch!'
Annelies rukte zich los en liep de andere kant op.
'Liehies,' smeekte Sara en liep haar achterna.
'Laat me met rust, je begrijpt er niks van. Aan dit lichaam...' met een gezicht vol walging wees ze naar zichzelf, 'valt zelfs voor Marlies Dekkers geen eer te behalen.'
'Hé, je hebt het wel over mijn beste vriendin ja, een beetje dimmen dus. Wees eens een beetje lief voor jezelf,' deed Sara nog een dappere maar tevergeefse poging.
'Ik wil naar huis,' was de enige reactie.
Dwingend stak ze haar hand op met het doel de autosleutel van Sara te ontfutselen.
'Oké, wat jij wil, maar ik rijd.'

Ze had Annelies zojuist thuis afgezet en was nu op weg naar haar eigen stekkie. Met weemoed dacht ze terug aan de Annelies van vroeger. Altijd vrolijk, kordaat en gezellig. De laatste twee jaar was ze het grootste gedeelte van de tijd niet meer te pruimen. En dat allemaal door dat kindergedoe. Het was voor de controlfreak Annelies nauwelijks te verteren dat het krijgen van een kind niet te plannen of te sturen viel. De natuur ging haar eigen gang, zonder dat Annelies daar invloed op had. Ze kon zich voorstellen dat Wim er af en toe helemaal gek van werd. Zijn kinderwens was aanmerkelijk kleiner dan die van Annelies. Maar Lies had thuis de broek aan en als Lies een kind wilde dan moest het er komen. Linksom of rechtsom. Inmiddels waren ze in het medische circuit beland, met alle frustraties en onzekerheden die daarbij kwamen kijken.

'Wim heeft misschien traag zaad,' had Annelies haar tijdens een lunch toegefluisterd. 'Volgende week krijgen we de uitslag.' Een week later had Annelies haar huilend opgebeld. 'Het zaad van Wim zwemt als een olympisch kampioen, het ligt aan mij. Ik ben verminderd vruchtbaar. Ik heb gefaald als vrouw, als echtgenote. Ik ben een mislukkeling. Een gnoom. Een...'

'Ik kom nu naar je toe,' had Sara haar onderbroken. Dat was twee jaar geleden. Helaas hadden alle toeters en bellen die uit de kast waren getrokken nog steeds niet geleid tot het gewenste resultaat. Eén keer was Annelies zwanger geweest, maar had ze het vruchtje na zes weken verloren. Ze lag drie weken met de dekens over haar kop in bed en toen was ze weer vol goede moed aan de zoveelste poging begonnen. Stoppen was geen optie. Toen Wim dat op een avond voorzichtig voorstelde, gaf Annelies hem een klap in zijn gezicht en vertrok naar een hotel. Wim stond die avond huilend en wanhopig bij Sara op de stoep. Ze had ontzettend met hem te doen, maar kon weinig meer voor hem betekenen dan de welbekende schouder om op uit te huilen. Toen ze hem een knuffel gaf klampte hij zich aan haar vast op een manier die haar een ongemakkelijk gevoel bezorgde. Uit alles bleek dat hij behoefte had aan het ongedwongen, lichamelijke contact dat hij thuis moest ontberen.

Voordat de situatie echt ongerieflijk werd, werkte ze hem de deur uit met de smoes dat ze met een strakke deadline voor de volgende och-

tend zat. Met duidelijke tegenzin was hij vertrokken.
De vrolijke twinkel in Wims ogen was de afgelopen twee jaar steeds doffer geworden en de laatste keer dat ze hem zag op een feestje was die zelfs helemaal verdwenen.

Na hun ontmoeting in Peru was het contact tussen Wim en Annelies gebleven en geïntensiveerd. Ook voor Wim bleek het liefde op het eerste gezicht te zijn geweest. Hij probeerde tussen zijn reizen door zo veel mogelijk tijd met Annelies door te brengen. Op een gegeven moment verruilde hij zijn avontuurlijke baan zelfs voor een kantoorbaan om permanent bij Annelies te kunnen zijn. Niet lang daarna vroeg hij haar ten huwelijk. Sara was getuige geweest.
De eerste jaren van hun huwelijk waren 'een droom!' zoals Annelies haar regelmatig liet weten. In Peru was ze op een roze wolk gestapt en er niet meer af gekomen. Tot het gesodemieter met die kinderwens begon.
Wat het allemaal nog lastiger maakte, was dat Annelies op een kinderdagverblijf werkte en de hele dag geconfronteerd werd met hummeltjes die ze zelf zo graag wilde hebben. Het kostte haar steeds meer moeite om haar werk goed te doen zonder dat ze steeds in huilen uitbarstte. Sara wist op dit moment niet zo goed meer wat ze ermee aan moest. Kon je nagaan hoe Wim zich moest voelen. Die zat elke dag opgescheept met een hormonenbom die om het minste of geringste ontplofte.
Ooit waren Annelies en Wim het ideale stel, maar hun huwelijk begon steeds meer barstjes te vertonen die alsmaar lastiger te lijmen waren. Ze was blij dat ze zelf nog steeds vrijgezel was en moest er voorlopig nog niet aan denken om zich te binden. Een scharreltje op zijn tijd was meer dan voldoende. Ze vond het heerlijk dat ze de wasbak onder kon kliederen met tandpasta zonder dat iemand er iets van zei, niet hoefde te wachten tot het toilet vrij was en kon koken waar ze zelf zin in had. Haar baan als journaliste voor een roddelblad maakte sowieso dat er weinig tijd overbleef voor een man in haar leven. Ze was eigenlijk altijd op pad en laat thuis. En als ze thuis was, zat ze meestal achter haar

laptop te werken en was ze niet aanspreekbaar.
Het moment dat de levens van haar en Annelies over elkaar waren te leggen, was al lang gepasseerd. Een groter contrast was bijna niet voor te stellen. Ze merkte dat ze het ook steeds ingewikkelder vond om haar vriendin tot steun te zijn. Het was lastig om zich in Annelies te verplaatsen terwijl ze zelf nog totaal geen last had van haar biologische klok. Sterker nog, ze vond kinderen over het algemeen irritant en vermoeiend. Ze betwijfelde zelfs of ze ooit zelf aan kinderen wilde beginnen. Als ze de ellende zag die het bij Annelies en Wim veroorzaakte dan vond ze het wel prima zo.

7

Lief dagboek,
Jij bent de enige met wie ik kan praten, maar alles wat ik met jou deel, vertel ik eigenlijk aan hem. Ik wist het al vanaf het eerste moment dat ik hem zag: hij is het voor mij. Mijn prins op het witte paard, de ideale man, om maar eens een blik clichés open te trekken. Hij voelt hetzelfde, dat weet ik zeker. Ik zag hem wel kijken als hij dacht dat ik het niet doorhad. Zijn ogen die net iets te lang naar mijn borsten staarden. Die blik die brandde in mijn billen als ik door de gang liep.
Ik presenteer me misschien niet al te snugger, maar ik zie alles. Het domme blondje is een houding, slechts een masker waar ik me achter verschuil. Vanuit mijn schuilplaats kan ik rustig observeren, manipuleren en fantaseren. Over hem natuurlijk.
Voordat ik hem leerde kennen was ik leeg. Een zombie. Ik deed mezelf pijn, weet je. Gewoon, om maar iets te voelen. De verse krassen op mijn huid moesten de krassen op mijn ziel doen vervagen. Vanbinnen was ik zwart en dood. Het grootste deel van mijn leven. En toen was hij daar. Voor het eerst voelde ik weer wat zonder dat ik mezelf een handje moest helpen. Ik werd licht vanbinnen, kon weer ademen. Ik voelde mijn bloed stromen. Ik kon het bijna horen. Verslavend als de tonen van het mooiste lied. En daarom moet ik hem hebben. Hij is mijn drugs, ik kan niet zonder.
Ik weet het, hij is getrouwd, maar dat hoeft geen probleem te zijn toch? Niet in het begin. Ik wil hem best eventjes delen tot ik hem heb losgeweekt van zijn vrouw. Ik zie dat hij niet gelukkig is, dat ze hem niet kan geven wat hij verdient. Ik kan dat wel. Ik moet hem daarvan overtuigen. Op het goede moment zal ik toeslaan. Ogen en oren open dus. Zijn kwetsbaarheid is mijn kracht.
Vandaag stond ik samen met hem bij de koffieautomaat. De spanning was te snijden. We raakten elkaar niet aan, maar er was meer intimiteit dan lichamelijk

contact had kunnen geven. Kolkende opwinding in mijn buik, warmte door mijn lijf van verlangen. Het kan niet anders dan dat hij het ook zo ervoer. Anders was hij toch niet zo nerveus geweest? Dan had hij toch nooit op het knopje 'kan' gedrukt in plaats van op 'beker'?
Hij lachte schaapachtig naar me toen de boel overstroomde en een paar spatten gloeiend hete automatendrab op zijn schoenen belandden. Ik heb zijn schoenen met tissues schoongemaakt. Op mijn knieën zat ik voor hem. Een paar collega's keken wat raar, maar dat maakte me niet uit. Als het moest, zou ik de grond kussen waar hij overheen loopt, ongeacht wie erbij staat. Alles om maar bij hem te zijn. Heeft zijn vrouw wel door hoe bijzonder hij is? Misschien ook maar beter van niet. Dat geeft mij een voorsprong in het onvermijdelijke gevecht. Ik ben er klaar voor en hopelijk is zij er snel klaar mee. Hij hoort bij mij, koste wat kost. Ik ben bereid ver te gaan. Heel ver. Als ik mijn zin wil hebben, dan krijg ik die ook. Hoe zeggen ze dat ook alweer zo mooi? Wat in je kop zit, zit niet in je kont?

8

'Voor wie moet jij zo lekker ruiken?' Annelies keek Wim ietwat agressief aan terwijl ze op de drempel van de badkamer heen en weer balanceerde. Wim negeerde zijn vrouw en spoot er lustig op los met zijn deodorant.

'Ik vroeg je wat.' Annelies liet het er niet bij zitten. Zuchtend draaide hij zich om en spoot een wolk deodorant in haar richting.

'Zo, nu ruik jij ook lekker,' was zijn enige commentaar. Annelies vluchtte hoestend en proestend de badkamer uit. Wim maakte meteen gebruik van het moment en deed de deur op slot.

'Hé, doe die deur open! Dit is ook mijn badkamer.' Annelies bonkte als een dreinend kind op de deur. 'Wim, ik waarschuw je, doe open!'

De deur bleef gesloten. Gefrustreerd gaf ze er een trap tegenaan. Door de dichte deur klonk het geluid van een lopende kraan. Een kastje ging open en dicht. De elektrische tandenborstel begon te zoemen.

'Voor mij dof je je nooit meer zo op.' Haar stem klonk nu verongelijkt. 'Wim, doe nou even open, dan doe ik je overhemd goed, net als vroeger.'

'Geen behoefte aan, Annelies. Ik kan me heel goed zelf aankleden.'

'Maar bij het uitkleden kun je toch wel wat hulp gebruiken?'

Ze deed haar best om haar stem verleidelijk te laten klinken. Wim leek er niet gevoelig voor. Misschien moest ze het eens over een andere boeg gooien. Snel dook ze de aangrenzende slaapkamer in. De sexy kanten bodystocking die Wim ooit eens voor haar had besteld, lag al jaren onaangeroerd in haar ondergoedla. Vlug trok ze haar kleren uit, hees zich in het ding en bekeek zichzelf kritisch in de grote spiegel aan de muur. Met een beetje fantasie zag ze er best nog

een tikkeltje uitdagend uit. *Als je al die kwabben negeert ja,* zei een vervelend stemmetje in haar hoofd. Ze sloeg er geen acht op.
Ze oefende wat verleidelijke blikken in de spiegel en tuitte haar lippen. Als Wim daar niet voor viel dan wist ze het ook niet meer. Ze hoorde de badkamerdeur opengaan. Een walm van aftershave drong de slaapkamer binnen. Nog steeds kreeg ze kriebels van opwinding in haar buik van die geur. Ze zette haar hand in haar zij, boog haar rechterbeen een beetje en leunde op haar linkerheup. 'Wim...' riep ze haar man met gemaakt hese stem. De naderende voetstappen vertraagden, aarzelden even. Wim liep de slaapkamer binnen en trok zijn wenkbrauwen op bij de aanblik van zijn schaars geklede vrouw.
'Als ik jou niet mag helpen met aankleden, wil jij mij dan helpen met uitkleden?' Ze knipperde met haar ogen en blies hem een luchtkus toe terwijl ze met haar heupen schudde. De reactie waarop ze hoopte, bleef uit.
'Ik heb geen tijd voor die onzin, Annelies, ik kom te laat.'
'Sinds wanneer is een bedrijfsfeestje belangrijker dan je vrouw?'
'Lies, ik ga niet weer met je in discussie. Ik heb me erg verheugd op vanavond en dat laat ik niet door jou verpesten.'
'Verpesten? Ik bied mezelf op een presenteerblaadje aan. Hoe leuk is dat?'
'Er was een tijd waarin ik je nu alle hoeken van de kamer had laten zien.'
'Nou, waar wacht je nog op?'
'Er wás, zei ik Annelies, er was. Op dit moment ben je voor mij niet meer dan een kloppende baarmoeder in een te krappe bodystocking.'
De woorden waren eruit voor hij er erg in had. Hij sloeg ontzet zijn hand voor zijn mond.
'Zo bedoelde ik het niet,' probeerde hij nog iets te redden van de situatie. Maar het was al te laat. Hij bukte net op tijd om een pantoffel te ontwijken. De tweede volgde er meteen achteraan.
'Stomme klootzak, ik haat je!' Annelies was compleet buiten zinnen. Haar hoofd was paars aangelopen van woede en de tranen liepen over haar wangen van vernedering. Hij deed een poging om in haar

buurt te komen, maar ze sloeg hysterisch van zich af. 'Sodemieter op klootzak! Je hoeft vanavond niet meer thuis te komen. Ik ben helemaal klaar met je. Hoe durf je!'
Krijsend rende ze op hem af, haar vingers met lange nagels als kattenklauwen voor zich uitgestoken. Net op tijd ontvluchtte hij de slaapkamer. Annelies kwam als een dolle stier achter hem aan. Hij trok zijn jas van de kapstok, griste de autosleutels van het dressoir in de hal en rende naar buiten. Terwijl hij gehaast het portier openmaakte en plaatsnam achter het stuur, zag hij zijn vrouw in haar stoeipakje de straat op rennen.
'Nee!' was alles wat hij uit kon brengen. Dit kon ze niet menen.
Als een soort heks zonder bezemsteel rende ze op de auto af. Haar armen zwaaiden woest door de lucht. Snel startte hij de motor en gaf plankgas achteruit. Gegeneerd boog hij zijn hoofd toen enkele buren de straat op kwamen om te kijken waar al die commotie vandaan kwam. Hij reed in hoog tempo de straat uit en kon nog net een auto ontwijken die de bocht nogal ruim nam. Zijn hart klopte in zijn keel van schrik. Voordat hij de straat verliet keek hij nog een keer in zijn achteruitkijkspiegel. Annelies stond nog steeds met haar vuisten in de lucht te zwaaien. Haar mond bewoog als een dolle op en neer. Hij was blij dat haar gescheld hem niet meer kon bereiken.
'Wat is er van ons geworden, Liesje. We hadden het altijd zo fijn samen,' fluisterde hij hardop. Het leek wel of zijn vrouw met de dag gekker werd. De warme gevoelens die hij ooit voor haar had, waren ver weggezakt. Zou hij ze ooit nog terugvinden of was dit het begin van het einde? Een ferme steek doorboorde zijn hart.
Het was onvergeeflijk wat hij net had gezegd. Daar was hij zich van bewust. De opgekropte frustraties waren te lang weggestopt en hadden zich in een vernietigende bal naar buiten gewerkt. De opluchting die hij voelde toen de woorden zijn mond verlieten, was van korte duur geweest. De geschokte blik van zijn vrouw zette hem meteen weer met twee voeten op de grond. De pijn in haar ogen was bijna fysiek voelbaar. Hij wilde dat hij de tijd terug kon draaien. Jaren terug, toen alles nog gezellig en onbezorgd was. Hij wilde terug naar

de momenten dat ze nog volledig in elkaar opgingen, genietend en vol overgave. Hoe lang was het geleden dat ze aan een half woord genoeg hadden? Dat ze elkaar echt begrepen? Grapjes maakten die alleen zij tweetjes snapten? Hij herinnerde het zich niet eens meer. Het laatste jaar verzandde elk gesprek in een discussie of erger.
Hij was het zo zat! Murw werd hij ervan. Moedeloos ook. Hij had veel opgegeven voor Annelies, zijn avontuurlijke baan, zijn ongebonden levensstijl. De eerste jaren van hun huwelijk was het het allemaal absoluut waard geweest en voelde het niet als een opoffering, maar als een logische stap. Maar nu het allemaal zo moeizaam liep, begon het aan hem te knagen. Hij miste zijn oude leventje. Waarom bleef hij eigenlijk vastzitten in een huwelijk dat hem ongelukkig maakte? Misschien wel omdat de gedachte om weer helemaal opnieuw te moeten beginnen en al het gezeik dat met een scheiding gepaard ging hem nog ongelukkiger maakte. En ook omdat hij ondanks alles toch nog steeds van Annelies hield. Hij wist dat ze door de hormonen en alle teleurstellingen niet helemaal zichzelf was. Een groot gedeelte van de ellende kon hij haar dan ook niet aanrekenen. Zo realistisch was hij wel. Maar, het kostte hem steeds meer moeite om zijn kalmte te bewaren en de situatie meester te blijven. Om 'de verstandigste' te zijn, zoals zijn moeder dat altijd was als ze onenigheid met zijn vader had.
Hij pakte zijn telefoon en belde Sara met het verzoek om zijn vrouw op te vangen en haar van straat te halen in dat gênante pakje. Het kostte hem enige moeite om haar ervan te overtuigen dat Annelies echt een scène stond te trappen in haar 'sexy' ondergoed en dat ze een zenuwinzinking nabij was. Of hij echt geen grapje maakte? Hij wilde dat het zo was.

9

'Wim, jongen, nog een biertje?' Collega Bart keek hem met een vragende blik aan.

'Ach, waarom ook niet?'

Annelies wilde niet dat hij dronk. 'Niet goed voor je zaad,' drukte ze hem keer op keer op het hart. Tot nu toe had hij altijd rekening gehouden met haar verzoek, maar vanavond was het zijn avond en die nam niets en niemand hem af. Hij moest even ontspannen om het gedoe met Annelies uit zijn systeem te krijgen. Hij omarmde het zweverige gevoel in zijn hoofd dat het denken bemoeilijkte. Die alcoholische zweem was precies wat hij nodig had om het incident van vanavond tijdelijk van zich af te schudden. De enige manier waarop hij de tot op het bot getergde Annelies van zijn netvlies kreeg.

Eigenlijk had hij al veel te veel gedronken. Misschien was het beter als hij straks zijn auto liet staan en een taxi naar huis nam. Dronken worden was tot daaraan toe, maar de rol van wegpiraat lag hem niet. Hij zou het zichzelf nooit vergeven als hij andere mensen in gevaar bracht door zijn eigen onbezonnen gedrag.

In plaats van Bart liep Tessa met twee biertjes in haar handen naar hem toe. Lekker wijf. Lang blond haar, grote borsten, wespentaille en strakke welgevormde billen die niet zouden misstaan in zo'n Sloggireclame langs de weg waar hij altijd graag naar keek. Ze was niet bepaald de slimste, maar ach, het oog wil ook wat.

'Bart vroeg of ik je dit wilde geven.' Ze hield hem een biertje voor. Hij pakte het glas van haar aan en tikte tegen het hare. 'Proost.' Ze hief haar glas en klokte het gouden vocht in een paar teugen achterover, veegde het schuim van haar mond en keek hem uitdagend aan. 'Zo, nou jij weer.'

Hij lachte en volgde haar voorbeeld.
'Nog eentje?' Ze wachtte zijn antwoord niet eens af en vertrok weer richting bar.
'Gek wijf,' riep hij haar na. Hij betwijfelde of ze het hoorde. De vrolijke dansmuziek zweepte hem op en hij bewoog zachtjes mee op de energieke tonen. Voor het eerst in ruim een jaar voelde hij zich vrij en onbezorgd. Wat miste hij dit gevoel! Tessa kwam weer aanlopen. Zwijgend maakten ze hun biertjes weer in een paar slokken soldaat. Zijn blaas stond op knappen.
'Even naar de wc,' brulde hij in haar oor.
'Als je maar opschiet, ik wil met je dansen,' was haar antwoord.
'O, dit is een lekker nummer!'
Ze trok hem mee naar de dansvloer. Hij volgde als een mak schaap en negeerde zijn volle blaas. Tessa stond als een dolle te springen. Haar haren wapperden voor haar gezicht. In een vloeiend gebaar streek ze het achter haar oren. Kleine, welgevormde oren, viel hem op. Ze pakte zijn handen en daagde hem uit mee te springen. Hij hupste mee, hij was de beroerdste niet. De waas in zijn hoofd werd sterker. De laatste twee biertjes daalden in en kwamen flink binnen. Hij was ook niets meer gewend. Vroeger dronk hij iedereen onder tafel, maar nu kon hij het niet eens meer winnen van een meisje. Tessa stond erbij alsof ze alleen maar water had gedronken. Wat was hij voor mietje geworden?
De dansmuziek maakte plaats voor een slownummer. Ineens waande hij zich weer een brugklasser. Na een potje schuifelen had hij zijn eerste zoen gekregen van Roos. Ze hadden zelfs nog even verkering gehad. Wat zou er van haar geworden zijn? Ging het haar voor de wind of was ze net zo ongelukkig als hij? Was ze ook zo'n vrouw geworden die haar bestaansrecht ontleende aan het krijgen van kinderen of was ze nog steeds die ondeugende spring-in-'t-veld van vroeger?
Hij voelde twee handen om zijn nek. Tessa vleide zich tegen hem aan en legde haar hoofd op zijn schouder. Het overdonderde hem. Zachtjes wiegde ze haar heupen op de maat van de muziek en zong mee in zijn oor.

'*Cause I'm your lady, and you are my man.*'
Hij verbeeldde zich dat ze het voor hem zong. Aarzelend legde hij zijn handen rond haar middel. Ze drukte haar heupen nog wat steviger tegen hem aan. Hij voelde de spanning toenemen.
Opeens hoorde hij Annelies in zijn hoofd: 'Niet doen, Wim, dit wil je niet.' Wilde hij dit niet? Hij had nog nooit aan andere vrouwen gezeten sinds hij met Annelies was. Oké, hij flirtte weleens, maar niet serieus in elk geval. Kijken mocht en een beetje fantaseren ook, maar daar moest het bij blijven. Hij hechtte aan trouw in een relatie. Maar kon je dat wat hij en Annelies hadden nog het stempel relatie geven, ondanks het feit dat ze getrouwd waren? De passie was verdwenen, ruzies voerden de boventoon en de kinderobsessie van Annelies regisseerde hun leven volledig. Was hun huwelijk nog slechts een samenzijn uit nood geboren? Een vastklampen tegen beter weten in, omdat ongelukkig zijn met zijn tweeën altijd nog beter was dan ongelukkig alleen?
Tessa gaf hem de kans niet om een standpunt in te nemen. Ze liet haar handen zachtjes over zijn rug gaan en zijn door alcohol bedwelmde lichaam reageerde. Hij verdreef Annelies uit zijn gedachten. Hij wilde niet nadenken. Gewoon weer eens een keer doen waar híj zin in had. *Daar ga je spijt van krijgen.* Zijn geweten bemoeide zich ermee, maar trok aan het kortste eind. De drank zorgde ervoor dat hij niet meer helder kon denken. Het verzachtte omstandigheden die keiharde consequenties hadden als hij doorzette. Bedekt met de mantel der alcohol, leek de liefde voor Annelies ineens van ondergeschikt belang. Fysieke aantrekkingskracht nam het over.
Hoe lang was het niet geleden dat hij gewoon ouderwets geil was geweest? Sinds de vruchtbaarheidsproblemen leidend waren in zijn seksleven, was alle lust hem vergaan. De spontaniteit was verdwenen terwijl dat juist was waar hij behoefte aan had. Spontaniteit, een woord dat al tijden niet meer voorkwam in zijn vocabulaire. Wat was er toch van hem geworden? De eens zo avontuurlijke en vrijgevochten man was verworden tot een of andere uitgebluste huwelijksslaaf waar geen jeu meer aan zat. Wat hij altijd zo verafschuwde was ge-

beurd, het monster van de dagelijkse sleur had hem opgeslokt en hij had het niet eens gemerkt.
Hij voelde de handen van Tessa weer langs zijn rug glijden. Richting zijn heupen en weer terug omhoog. Hij legde een hand op haar bil en drukte haar tegen zich aan. Ze haalde haar hoofd van zijn schouder en keek hem doordringend aan. Ze had intens blauwe ogen. De vonk sloeg over. Een siddering trok door zijn lijf. Van kruin tot tenen. *Houd je in, houd je in, houd je in.* Haar lip streek langs zijn wang. Hij voelde haar warme adem op zijn huid. Hij zuchtte wanhopig en wist dat hij haar niet kon weerstaan als ze door zou zetten. Het puntje van haar tong raakte zijn wang. Ze trok een vochtig spoor naar zijn nek. Een kreun van frustratie maar ook van genot ontsnapte aan zijn keel. Iemand sloeg hem op zijn schouder.
'Hé man, bij deze muziek hoort een andere dans hoor.' Verbaasd realiseerde hij zich dat het slownummer al was afgelopen. Hij had er geen erg in gehad. Hij keek om zich heen. Zijn collega's rockten op *Like the way I do* van Melissa Etheridge. Inderdaad niet echt een nummer om op te schuifelen, constateerde hij grinnikend. *Dit is je kans om te ontsnappen. Maak gebruik van het moment en ga naar je vrouw.* Tessa pakte zijn hand en het innerlijke stemmetje verstomde. De betovering was onderbroken, maar niet verbroken. Ze voerde hem mee naar buiten. Hij volgde, hij moest wel. Het was sterker dan hijzelf. *Slappe zak.*

10

Een heel kaboutervolk stampte door zijn kop. Hij kreunde luidruchtig en bracht zijn hand naar zijn voorhoofd in een poging de pijn te verzachten. Zonder resultaat. Langzaam opende hij zijn ogen. Waarom was het zo licht in de kamer? Ze hadden toch verduisterende gordijnen? Op de vloer zag hij hoogpolig tapijt en niet de vertrouwde houten planken. Verbaasd draaide hij zich om. Hij schrok zich wezenloos. Naast hem lag niet Annelies, maar een andere vrouw. Een flinke bos blond haar waaierde uit over het hoofdkussen. De vrouw lag op haar buik. Wat deed hij hier?
Hij draaide op zijn rug. Keek aarzelend onder de dekens. O nee, adamskostuum. Hij lag hier poedelnaakt naast een andere vrouw dan zijn echtgenote. Zou er iets gebeurd zijn? Het zweet brak hem uit. Hij was toch niet... Langzaam kwamen de herinneringen aan gisteravond terug in zijn hoofd. Meer bier dan hij aankon, Tessa die hem probeerde te verleiden op de dansvloer... Van het een kwam het ander. O shit, hij had het toch wel veilig gedaan? Hij keek de kamer rond, op zoek naar antwoorden. Naast het bed lag een gevuld condoom met een knoop erin. Hij slaakte een zucht. Gelukkig.
De opluchting maakte meteen weer plaats voor paniek. Wat nou opluchting? Hij was volledig over de schreef gegaan. Hoe kon hij zijn vrouw ooit nog fatsoenlijk onder ogen komen? Annelies... Annelies moest doodongerust zijn omdat hij vannacht niet was thuisgekomen. Hij graaide naar zijn broek die als een vodje naast het bed lag, duidelijk in haast uitgetrokken, en haalde zijn telefoon eruit. Twintig gemiste oproepen. Allemaal van Annelies. Hij moest naar huis. Onmiddellijk.
Hij pakte zijn onderbroek, die verstrengeld zat in zijn spijkerbroek,

en trok hem aan onder de dekens. Er bewoog wat op de plek naast hem. Tessa geeuwde luidruchtig en rekte zich uitgebreid uit.
'*Morning, handsome*, beetje geslapen?'
Preuts trok hij het dekbed op tot aan zijn kin.
'Nou, nou, vannacht was je niet zo verlegen.' Geamuseerd keek ze hem aan. 'Wat ben jij een beest zeg. Ik ben jaloers op je vrouw.'
Ongewild kleurden zijn wangen rood en reageerde er iets onder de lakens. Hij herstelde zich.
'Laat mijn vrouw erbuiten.'
Het voelde heel erg verkeerd dat Tessa een link legde naar Annelies zonder scrupules. Dat ze hem willens en wetens had verleid, zonder rekening te houden met zijn status als getrouwde man. *En jij wast je handen zeker in onschuld*, sprak dat irritante stemmetje in zijn hoofd hem weer toe. *Waar er twee vrijen hebben er twee schuld.* Het liefst kroop hij helemaal weg onder het dekbed en kwam hij er nooit meer onder vandaan. Tessa schoof zijn richting op. Hij probeerde zo ver mogelijk bij haar vandaan te blijven en rolde weg. Bang voor de gevolgen als hij haar weer te dicht liet naderen. Zijn hoofd schreeuwde nee, maar zijn lichaam dacht er duidelijk anders over. Kon hij zich beheersen? Hij wilde de gok niet nemen. Hij schoof verder naar de rand toe en viel uit bed, het dekbed met zich meesleurend. Het omwikkelde hem als een dwangbuis. Tessa lachte. Ze lag op haar buik met haar hoofd over de rand van het bed en keek op hem neer.
'Vannacht wilde je maar wat graag tegen me aan liggen en mocht ik alles van je zien. Ook dat moedervlekje op dat speciale plekje...' Ze trok haar wenkbrauwen plagend op.
'Je lijkt het allemaal nogal grappig te vinden,' mopperde hij verongelijkt.
'Luister, Wim, je had ook nee kunnen zeggen hoor. Jij wilde net zo graag als ik.'
'Ik was dronken en wist niet meer wat ik deed,' verweerde hij zich.
'Ik kan je uit betrouwbare bron mededelen dat je heel goed wist wat je deed.' Ze zette een zwoele en verleidelijke stem op. 'Die vrouw van jou heeft je heel goed geleerd wat een meisje lekker vindt.' Plagend

ging ze met haar hand door zijn haar. 'Ik ga een ontbijtje maken, jij ook?'
Verward schudde hij zijn hoofd.
'Nee, ik hoef niet. Ik wil graag even douchen en dan ga ik naar huis. Als ik er überhaupt nog in kom.'
'Zo niet dan stel ik vannacht mijn bank ter beschikking.' Tessa lachte zorgeloos. Hij keek haar woedend aan. Zij ging weer verder met haar leventje en hij zat met de gebakken peren. 'De badkamer is aan het einde van de gang aan de rechterkant.'
Ze huppelde de kamer uit en liet hem hulpeloos achter. Hij keek haar na, kon niet anders. Haar welgevormde, strakke billen en slanke taille hadden een onweerstaanbare aantrekkingskracht op hem, misschien wel omdat het lijf van Tessa veel meer aan het ideaalplaatje van de man voldeed als dat van Annelies. Hij hield van zijn vrouw, maar als het ging om aantrekkelijkheid dan won Tessa, moest hij beschaamd aan zichzelf toegeven. Hij sloot zijn ogen om het beeld van Tessa's naaktheid buiten te sluiten en daarmee de opkomende reactie in zijn lijf te onderdrukken. Hij haatte zichzelf!
Zijn telefoon ging. ANNELIES las hij in het schermpje. Aarzelend stak hij zijn hand uit maar liet het toestel uiteindelijk helemaal uitrinkelen tot het op de voicemail sprong. *Lafbek.* Hij durfde niet op te nemen. Kon de confrontatie met Annelies die ongetwijfeld weer compleet uit haar dak zou gaan niet aan. Nog even niet. O, Liesje, het spijt me zo.
Hij griste zijn gekreukelde kleren van de grond en strompelde naar de douche. De tranen kwamen op het moment dat de warme stralen zijn huid geselden. Hij zakte door zijn knieën en bleef een tijdje gehurkt zitten. Ineens sprong hij overeind. Hij moest Tessa's geur van zich af boenen. Hij graaide naar de fles doucheschuim op het rekje aan de wand. Hij opende de fles, een typisch vrouwenluchtje. Hij keek of er toevallig ook een mannengeur op het rekje stond. Helaas. Wat moest hij nu? Zich niet wassen behoorde eigenlijk niet tot de opties. Hij voelde zich vies, onrein. Maar als hij zich insopte met dat vrouwenluchtje, dan rook Annelies dat meteen zodra hij binnenkwam. Hij koos toch maar voor het laatste. Hij kon zijn misstap toch

niet voor haar verborgen houden. Misschien maakte een stille hint het opbiechten wel gemakkelijker.
Hij boende tot zijn huid rood zag, maar hij raakte het nare gevoel niet kwijt. Hij keek verwijtend naar zijn mannelijkheid. Nu slechts een paar centimeter. Een twijgje van een treurwilg. Maar wel een die zijn huwelijk met wortel en tak kon verdelgen.
Hij draaide de kraan uit en het geklater verstomde. Hij liet de stilte even op zich inwerken en droogde zich vervolgens treuzelend af. *Van uitstel komt geen afstel.* Hij trok een kastje open, op zoek naar een neutrale deodorant. Hij vond iets sportachtigs dat bruikbaar was voor beide seksen. Hij spoot de halve bus leeg, maar de angst dat hij nog steeds naar Tessa rook, dat haar geur voor eeuwig op zijn lijf plakte, verdween niet.

11

Lief dagboek,
Het was fantastisch. Beter nog dan ik ooit had durven dromen. Zijn lippen zo zacht en gretig. Zijn lichaam afgetraind en strak. De licht getinte haartjes op zijn armen en zijn borst, zijn ogen, zijn haar, ik vond het allemaal prachtig. Huid tegen huid, zo warm en veilig.
Eigenlijk durfde ik hem bijna niet aan te raken, maar dat heeft hij niet gemerkt. Ik heb me gedragen als een femme fatale die alles onder controle had.
Ik was bang dat het tegen zou vallen en dat mijn droom als een zeepbel uiteen zou spatten. Want wat moest ik dan? Dan zou er niets meer over zijn om voor te bestaan. De zin om te leven die hij me teruggaf, zou vervliegen.
Toch moest ik het risico lopen om alles te verliezen, om hem te verliezen en mezelf. Ik kon niet anders. Het leven en alles wat daarbij hoort is een risico en zonder waaghalzerij loopt elk spoor uiteindelijk dood.
Hij heeft genoten, o ja hij heeft genoten. Ik weet zeker dat hij terugkomt voor meer. Dat hij dronken was, maakte niet uit. Hij zal zich deze nacht herinneren, ook al probeerde hij vanochtend te doen alsof er niets was gebeurd. Alsof het een fout was die nooit gemaakt had mogen worden. Maar ik weet wel beter en hij ook, als hij eerlijk tegen zichzelf durft te zijn.
De waarheid opent soms poorten die je liever gesloten zou willen houden. Ze leiden naar wegen die eerst onbegaanbaar leken. Hij kan het ontkennen, maar zal steeds weer stuiten op mijn voet tussen de deur die een opening houdt. Een kier waar het zonlicht doorheen valt. Hij kan niet om de gouden gloed heen. Hij voelt de warmte toch ook? Dat moet wel.
Mijn DNA-sporen hebben zich genesteld in zijn huid. Hij dacht dat ik ook dronken was, maar ik heb gedaan alsof. Ik ben toch niet gek? Ik wilde elk moment ten volste beleven en niets missen door een roes van alcohol die verdooft en ontkracht. Helderheid voor alles, laat dat duidelijk zijn. Ik verheug me nu al op de vol-

gende keer dat ik me tegen hem aan kan vleien. Want dat die keer gaat komen, staat buiten kijf.

Deze keer zal alles goed gaan en niet in het honderd lopen zoals destijds met Koen. Ik snap nu niet meer wat ik ooit in die man zag. Door hem raakte ik mijn baan kwijt. Werd ik beschuldigd van seksuele intimidatie in plaats van andersom. Hij gaf continu signalen af dat hij me wel zag zitten en toen ik de stoute schoenen aantrok, gaf hij niet thuis. Toen deed hij net alsof hij verbaasd was en het niet aan had zien komen. Hij wilde gewoon aardig zijn, maar 'bedoelde er niets mee'. Túúrlijk Koen en ik ben gekke Gerrit.

Toen ik zachtjes in zijn lippen beet duwde hij me weg. Hij had een vrouw en kinderen en bladiebla. Ik liet me natuurlijk niet afschepen, vond het extra opwindend, dat spelletje van aantrekken en afstoten.

Weer liep ik op hem af en zoende hem recht op zijn mond. Probeerde binnen te dringen met mijn tong. Beet hem in zijn lip tot bloedens toe zodat hij zijn mond zou openen. Hij sloeg me! Hij sloeg me midden in mijn gezicht. Raakte me onhandig op mijn neus. Ik een bloedneus, hij een bloedlip.

Aan de blik in zijn ogen zag ik dat het menens was. Dat ik me vergist had, iets wat me niet snel gebeurt. Het enige wat hij voor me voelde was walging, dat ik toch zo blind was geweest. Maar zo makkelijk kwam hij er niet van af.

Ik schreeuwde moord en brand. Bezorgde collega's snelden toe.

'Hij heeft me geslagen en aangerand!' Knijpende vingers die het bloeden in mijn neus probeerden te stelpen. Iemand anders die Koen bij me wegvoerde. Ik eiste zijn ontslag. Alleen onder die voorwaarde zou ik geen aangifte doen en de reputatie van het bedrijf niet schaden.

Ik leek mijn zin te krijgen totdat Koens kamergenoot zich ermee ging bemoeien. Zij had zogenaamd gezien wat er echt gebeurd was, terwijl ik zeker weet dat er niemand in de buurt was. Ik verdacht haar ervan zelf een oogje op hem te hebben. Niet ik maar Koen was aangerand, werd er ineens beweerd. Het tij keerde zich tegen mij en in plaats van Koen werd ík op staande voet ontslagen. Belachelijk! Dat gebeurt me niet nog een keer. Met Wim zal het anders gaan. Het zal vast niet lang duren voordat we weer samen zijn. En als het me te lang duurt zal ik hem een handje helpen. Die eenzaamheid die me al mijn hele leven achtervolgt, ik ben het zat. Van pleeggezin naar pleeggezin, nooit een vaste basis, altijd op doorreis. Veiligheid ver te zoeken. De zoveelste 'nieuwe' pa die niet van me af kon blijven, de eeuwige zondebok voor dingen die niet ik maar hun eigen kinderen hadden gedaan. Geld gestolen uit mama's portemonnee? Restanten van een joint? Tessa, Tessa, Tessa. Het was altijd Tessa en dan kon ik mijn biezen weer pakken. Nooit iets wat echt van mij was en altijd als ik me ergens aan hechtte, werd het me weer afgenomen. Nu ben ik de baas en daarom gaat het anders. Als ik nu iets voor mezelf wil hebben, dan laat ik niet meer los. Nooit meer.

12

Met pijn in zijn buik van de zenuwen liep hij naar het huis. De sleutel van de voordeur prikte in zijn been. Hij haalde hem aarzelend uit zijn broekzak. Kon hij nog wel met de sleutel onaangekondigd het huis binnengaan? Of moest hij nu aanbellen, net als bezoekers? Had hij zijn rechten verspeeld toen hij zijn huwelijksgelofte van eeuwige trouw brak?

Voordat hij eruit was wat te doen, vloog de deur al open. Annelies stortte zich luidkeels snikkend in zijn armen.

'Waar was je nou? Ik was zo ongerust. Ik meende het niet toen ik zei dat je niet meer thuis hoefde te komen.'

Hij sloeg zijn armen om haar heen. Ze klampte zich nog steviger aan hem vast.

'Liesje, het spijt me zo,' was het enige wat hij uit kon brengen met een dikke keel. Voorzichtig nam hij haar mee naar binnen.

'Ik stond op het punt om de politie te bellen. Ik was zo bang dat er iets met je gebeurd was.'

Ze keek hem met dikke, betraande ogen aan. Zijn hart brak in gruzelementen. Het kwam niet eens bij Annelies op dat hij met een ander was geweest. Ze vertrouwde hem blind. Nog steeds, ondanks de zware tijden waar hun huwelijk in verkeerde. Hij ging naast haar op de bank zitten. Ze krulde zich tegen hem aan en leek de harde woorden van gisteravond volledig verbannen te hebben uit haar systeem.

'Laten we geen ruzie meer maken, Wim. Ik kan er niet meer tegen.'

Grote ogen keken hem aan. Hij sloeg zijn ogen neer. Kon haar oprechte blik niet verdragen. Zijn geheim lag op het puntje van zijn tong, maar hij slikte het in. De woorden bleven steken in zijn keel. Hij had niet de moed om eerlijk te zijn en alles op het spel te zetten.

Annelies kwam overeind en klom op zijn schoot. Gaf hem kusjes op zijn wang, op het puntje van zijn neus. Aarzelend sloeg hij zijn armen om haar heen. Haar kwetsbaarheid deed hem pijn. Hij kon haar de waarheid niet vertellen, het zou haar voorgoed breken.
'Wat heb jij voor luchtje op?'
Ze snuffelde in zijn nek. De leugen kwam als vanzelf.
'Er stond alleen maar een vrouwengeurtje in de douche van het hotel waar ik sliep.'
Een slappe smoes, maar Annelies nam er wonderwel genoegen mee.
'In welk hotel heb je geslapen?'
'Van der Valk,' antwoordde hij.
'Waarom heb je me niet gebeld?'
'Ik moest even afstand nemen.'
Ze knikte. 'Dat begrijp ik wel. Het liep ook wel erg uit de hand gisteren.'
'Over wat ik gisteren tegen je zei...'
Ze legde haar hand op zijn mond.
'Sst. Ik wil het er niet meer over hebben. Laten we doen alsof gisteravond niet bestaat. Laten we alles vergeten en met een schone lei beginnen.'
Wat zou dat mooi zijn. Kon hij maar met een grote gum de hele afgelopen avond en nacht in één keer en voorgoed uitwissen. Dat verloste hem in een klap van alle problemen. Was het maar zo simpel. De strop om zijn keel trok steeds strakker aan en benam hem de adem.
'Zeg eens iets, je bent zo stil.'
Annelies pakte zijn gezicht tussen haar handen en liet haar wang over zijn beginnende baardje gaan.
'Ik weet niet of het me lukt om te doen alsof er niets gebeurd is, Annelies, maar ik ga het wel proberen.'
Ze gaf hem een zoen.
'Ga je mee naar bed? Ik weet niet hoe het met jou zit, maar ik heb geen oog dichtgedaan vannacht.' Ze pakte zijn hand en trok hem van de bank. Hij liet zich meevoeren naar de slaapkamer. Zwijgend trok-

ken ze hun kleren uit. Hij lepelde zich tegen haar aan. Ze nestelde zich in zijn armen.
'Was je feestje leuk?' vroeg ze met slaperige stem.
'Hm, ging wel,' antwoordde hij.
'Fijn voor je,' fluisterde ze. Snel daarna vulde haar zachte gesnurk de kamer. Verteerd door schuldgevoel lag hij tegen haar aan terwijl hij luisterde naar haar ontspannen ademhaling. Je moest eens weten Lies, dacht hij. Haar rommelige kapsel kriebelde tegen zijn neus. Een zweem van shampoo drong zijn reukorgaan binnen. Hij inhaleerde diep in de hoop dat de bloemengeur hem tot rust bracht en verdovend werkte.
Daar lagen ze dan. Als broer en zus op een zaterdag in bed. Allebei met hun eigen pijn en trauma's die voor deze verwijdering zorgden. Was het mogelijk dat ze de weg naar elkaar weer vonden of zouden ze voorgoed verdwalen in het labyrint van het leven waarin ze de afgelopen jaren het spoor zo bijster waren geraakt?

13

Lief dagboek,
Het was een rare dag vandaag op kantoor. Hij negeerde me. Hij negeerde me gewoon! Keek naar me alsof ik een irritante mug was die hij wilde pletten op de muur. Een bloedvlek achterlatend, het gezoem verstomd.
Wat denkt hij wel niet? Het zal wel een spelletje zijn omdat hij niet wil dat onze collega's weten hoe diep het tussen ons zit. Werk en privé gescheiden houden toch? Daar vind ik hem echt een type voor. Schijnbraaf. Dat moet het wel zijn, toch?
Toen hij me vandaag richting koffieautomaat zag lopen, vertrok hij weer voordat hij zijn mok had kunnen vullen. Alsof ik een geslachtsziekte was waar hij niet mee thuis durfde te komen bij zijn 'lieve' vrouwtje. Hij ontweek mijn glimlach en deed of hij mijn groet niet hoorde. Niet zo aardig, helemaal niet zo aardig! Terwijl ik hem toch alles heb gegeven en me volledig voor hem heb opengesteld.
Het kan natuurlijk ook zijn dat hij heel onzeker werd toen hij me zag. Dat hij bang was dat hij weer op het verkeerde knopje van het koffieapparaat zou drukken met alle gevolgen van dien. Hij wilde natuurlijk niet de loser van de dag zijn. Of hij was bang dat hij zijn verliefdheid niet langer kon verbergen voor de buitenwereld. Dat is trouwens veel aannemelijker. Waarschijnlijk verlangt hij zo naar me dat hij het niet kan verdragen dicht bij me in de buurt te zijn. Laten we er voor het gemak van uitgaan dat dat het is. Laten we hópen dat het zo is, lief dagboek, want anders zijn de gevolgen niet te overzien. Wat de reden ook moge zijn, zijn gedrag van vandaag vraagt wel om een helder antwoord van mijn kant. Gewoon om een statement af te geven waar geen misverstanden over kunnen bestaan. Geen probleem, ik heb nog wat troeven achter de hand.

14

De brievenbus klepperde luidruchtig en er klonk een klap. Hoopvol liep Annelies naar de gang. Zou het boek dat ze bijna een week geleden had besteld er eindelijk zijn? Ze was al een paar dagen ziek thuis en wel toe aan wat luchtige afleiding. Ze verveelde zich kapot. Na de grote ruzie met Wim van vorige week meldde ze zich op zijn aanraden ziek. Ze was een zenuwinzinking nabij en schoot om het minste of geringste uit haar slof. Niet handig voor iemand die werkte op een kinderdagverblijf. Die kleine moppies konden er ook niets aan doen en waren extreem gevoelig voor het humeur van de leidster. Daarbij werd het haar zelf ook even te veel dat de kinderen haar zonder zich daarvan bewust te zijn continu confronteerden met het uitblijven van het zo gewenste moederschap.

Tussen haar en Wim heerste een status-quo. Ruzie maakten ze niet meer, ze liepen elkaar niet in de weg en af en toe vielen er wat suikerzoete, goedbedoelde woordjes. Ideaal was het ook niet, dat moest ze toegeven, maar ze genoot ervan dat de rust in huis in elk geval even was teruggekeerd. Gevreeën hadden ze niet meer. Wim kapte elke toenaderingspoging af met de woorden: 'Ik heb meer tijd nodig'. Hij oogde wat afwezig, maar als ze hem vroeg wat er aan de hand was dan beweerde hij dat er niets was.

Op de kwetsende opmerking die hij had gemaakt, waren ze niet meer teruggekomen. Als je het er niet over had, dan was het er ook niet. Struisvogelpolitiek die haar wel beviel. Zijn harde woorden hadden haar zo gekwetst, dat het beter was dat ze de schade negeerde. Ze vroeg zich namelijk serieus af of de brokstukken nog wel te repareren waren, als ze ze onder de loep nam.

Morgen moest ze naar de bedrijfsarts. Ze zag ertegen op. Ze wilde

haar problemen niet met een wildvreemde delen, ook al was het op vertrouwelijke basis.
'Misschien lucht het juist wel op om eens met een buitenstaander te praten,' was Wim van mening. Maar ze had al zoveel tranen en woorden aan dit onderwerp besteed dat ze het wel mooi vond geweest. Ook de laatste poging om zwanger te worden was mislukt. In overleg met haar arts en Wim had ze besloten haar lichaam even rust te geven voordat ze zouden besluiten om het nog een keer te proberen. Ze waren inmiddels door de vergoeding van de behandelingen heen en een nieuwe poging zou een flink gat slaan in hun zorgvuldig opgebouwde spaarbudget.
'Geld mag geen rol spelen in dezen, Wim. Het gaat om een kindje, een levend wezentje en dat is niet in geld uit te drukken.'
'Dat ben ik gedeeltelijk met je eens, Annelies. Helaas speelt geld in ons geval wel een rol en kunnen we onze ogen daar niet voor sluiten. Wat je niet hebt kun je ook niet uitgeven en ik ga mezelf niet in de nesten werken door het aangaan van een lening.'
In eerste instantie ging ze natuurlijk weer uit haar plaat omdat Wim niet bereid was zo ver te gaan als zij, maar toen ze in alle redelijkheid zijn woorden liet bezinken moest ze toegeven dat er een kern van waarheid in zat. Waar hield het op? Hoe vaak kon ze de teleurstellingen nog aan? Hoe lang kon ze haar huwelijk nog overeind houden onder deze moeilijke omstandigheden? Ze miste zichzelf. De oude, vrolijke Annelies met wie je kon lachen. Die zich niet gek liet maken en altijd overal een oplossing voor wist. Alle hormoonbehandelingen en teleurstellingen hadden een draak van haar gemaakt. Een draak waar ze zelf nauwelijks mee kon samenleven. Laat staan dat ze dat van Wim kon blijven verlangen.
Was het krijgen van een kind haar echt alles waard? Was ze bereid om er alles voor op te geven, haar huwelijk op het spel te zetten? Tot nu toe dacht ze altijd van wel, was ze er volledig voor gegaan, maar na de escalatie van afgelopen week wankelde haar overtuiging. Een kind kreeg je met zijn tweeën en het werd steeds duidelijker dat Wim begon te accepteren dat het er misschien niet in zat. Ze merkte het

aan alles. Hij ging niet meer altijd met haar mee naar het ziekenhuis en hij vroeg niet meer uit zichzelf naar de uitslagen van de zwangerschapstesten. Hij deed zijn echtelijke plicht, maar niet meer met overtuiging.

Was zij ook al zover om te accepteren dat ze kinderloos zouden blijven? Zou ze het ooit kunnen aanvaarden? Alles stond de afgelopen jaren in het teken van zwanger worden. Haar hele leven was erop ingericht. Het spuiten van hormonen, de regelmatige bezoekjes aan het ziekenhuis, het was routine geworden. De opvliegers, de pijn in haar buik, het feit dat ze vocht vasthield en dat er elke keer weer een andere arts tussen haar benen keek, ze had het er allemaal voor over. De vernedering die ze voelde tijdens de onderzoeken stopte ze diep weg op een plekje waar ze nooit meer wilde komen.

Met een verwrongen gezicht streelde ze over haar lege buik. Ze verbeeldde zich dat de lichte bolling geen vetrol was, maar een kindje. Ze bekeek zichzelf in de spiegel die in de gang hing en zette haar buik zo ver mogelijk uit. Zo zou ze er ongeveer uitzien als ze zwanger was. Even genoot ze van de aanblik. Streek nogmaals over haar buik en liet haar hand er liefdevol op rusten. Ze liet zich even meeslepen, maar riep zichzelf weer tot de orde, pakte de vetrol met twee handen beet en kneep er hard in. Een eenzame traan stroomde over haar wang. Ze veegde hem geïrriteerd weg.

Ontspanning en de zinnen verzetten, dat moest ze doen. Ze bukte zich en raapte het pakketje en de overige post van de vloer. Ze smeet de boel op tafel en scheurde het kartonnen pakje open. Inderdaad, het was de chicklit die ze al veel eerder verwachtte. De belofte van 'vandaag besteld, morgen in huis' was de webwinkel in elk geval niet nagekomen. De vrolijke cover nodigde uit om te lezen. Ze sjokte naar de bank en stortte zich er met een ferme plof op. Het kopje thee dat ze zojuist voor zichzelf had neergezet, dampte nog flink.

Ze trok het dekentje dat op de bank lag over zich heen en rilde van genoegen. Vandaag was de dag van de verandering. Ze moest haar huwelijk redden en dat ging ze doen ook, verdorie! Ondanks alle toestanden hield ze nog net zoveel van Wim als toen ze met hem trouwde. Ze kon niet zonder hem, dat was zo klaar als een klontje. Het moest weer worden zoals vroeger en daar had ze alles voor over. *Alles?* klonk een kritisch stemmetje in haar hoofd. *Ook als dat betekent dat je moet accepteren dat je nooit moeder wordt?* Ze voelde niet de behoefte om te antwoorden. *Geen woorden maar daden...* ging het stemmetje door.

'Bemoei je met je eigen zaken,' verweerde ze zich hardop.

Jouw zaken zijn mijn zaken...

'Rot op en laat me met rust.'

Demonstratief sloeg ze het boek open en begon te lezen. Op de automatische piloot scande ze de letters, maar de woorden drongen niet tot haar door. Werktuigelijk sloeg ze een pagina om, en nog een. Ze had geen flauw idee waar het boek over ging. Kon nog geen fractie van de strekking navertellen. Dapper begon ze weer bij pagina 1, herlas de eerste zin vijf keer en gaf het toen op. Vloekend smeet ze het boek van zich af. Dit schoot ook niet op. Ze nam een slok van de hete thee en verbrandde haar tong. Ook dat nog. Kon het nou nooit eens meezitten? Had ze zich in haar vorige levens zo misdragen dat ze in dit leven de rekening in één keer gepresenteerd kreeg? Slecht karma, lag dat ten grondslag aan al het ongeluk dat haar trof?

Ze trapte het dekentje van zich af en sjokte naar de tafel waar de slordige stapel post nog steeds op haar wachtte. Ze scande de briefhoofden. Grotendeels rekeningen, concludeerde ze al snel. Ze liet de enveloppen dicht, de administratie was Wims ding. Plotseling viel haar oog op een handgeschreven envelop. Ze fronste haar wenkbrauwen. Tegenwoordig werkte bijna iedereen met etiketten. De envelop was bruin en van A5-formaat. Hij was aan haar gericht. Wie zou haar iets sturen? Ze verwachtte helemaal niets.

Ze pakte de briefopener. Het vlijmscherpe ding sneed soepel door het papier. Ze haalde de inhoud uit de envelop. Een kaart met een vrolijke smiley lachte haar toe. Ze opende hem. De wereld stond stil en ze werd licht in haar hoofd. Alles draaide en ze greep zich wanhopig vast aan de tafel om niet te vallen. Het bloed trok weg uit haar gezicht en ze sloeg haar hand voor haar mond in een poging de kreet die opwelde in haar keel te dempen. Tranen stroomden ongecontroleerd uit haar ogen.

In de kaart zat een foto van een mannelijk geslacht in vol ornaat. Ondanks het feit dat de foto niet helemaal scherp was doordat hij duidelijk vluchtig was genomen met een mobiele telefoon, bestond er geen twijfel over dat het om Wim ging. Ze herkende 'hem' uit duizenden door het typische moedervlekje dat zich op het lid bevond. *Dank voor het lenen van je man. Het genoegen was geheel mijnerzijds. Binnenkort neem ik hem van je over...* stond er aan de binnenkant van de kaart geschreven. Geen afzender, slechts die drie zinnen die maakten dat vandaag inderdaad alles anders werd. Maar niet zoals zij bedoelde. Niet zo.

15

Wim liep nietsvermoedend het huis binnen. Waarom was het zo donker?
'Lies, ben je thuis?' riep hij, terwijl hij het licht in de gang aandeed. Er volgde geen reactie. Ze moest wel thuis zijn, ze zat tenslotte in de ziektewet.
'Lies!' riep hij, deze keer wat harder. Wederom stilte. Hij opende de deur naar de woonkamer. Ook daar was alles pikkedonker. Op de tast vond hij de lichtknop. Ook hier geen Annelies te bekennen. De keuken dan? Nietsvermoedend liep hij er binnen. Hij fronste zijn wenkbrauwen toen hij geknerp onder zijn schoenen hoorde. Zijn blik ging naar de vloer. '*What the fuck*?' riep hij verbaasd uit. Alle kastdeurtjes stonden open en het halve servies lag in stukken op de grond. Overal brokstukken van bontgekleurd porselein en glas. Het leek wel of er een woeste tornado door de keuken was geraasd.
Verslagen deed hij de kastjes dicht. Hij verkeerde in een dilemma. Ging hij de boel eerst opruimen of moest hij Annelies zien te vinden? Ineens sloeg de schrik hem om het hart. Was een insluiper verantwoordelijk voor deze troep? Zou een of andere engerd het huis zijn binnengedrongen en had hij zijn Liesje ontvoerd? In paniek brulde hij nogmaals haar naam.
'Lies, waar ben je? Is alles goed met je?' De stilte vloog hem aan. Met twee treden tegelijk nam hij de trap naar boven en stormde de slaapkamer in. Tot zijn grote opluchting zag hij dat er iemand in het bed lag, diep weggestopt onder het dekbed. Een paar krullen piepten er eigenwijs bovenuit.
'Lies, is alles goed met je?'
Bezorgd boog hij zich over haar heen en probeerde het dekbed wat

naar beneden te trekken om zichzelf ervan te overtuigen dat ze niet gewond was of zo. Ze trok het dekbed weer net zo snel omhoog en verdween er weer onder. Ze zweeg.

'Lies, zeg eens iets. Wat is er gebeurd? Beneden is het een grote puinhoop.'

'Niet alleen beneden.'

Haar stem klonk zacht en gebroken. Haar hoofd hield ze verscholen.

'Wat bedoel je met "niet alleen beneden"? Zijn hierboven ook nog dingen kapot?'

'Er zijn zeker dingen kapot.'

Ze zweeg weer.

'Ik snap er helemaal niets van, misschien kun je wat minder cryptisch doen en gewoon zeggen wat er aan de hand is?' Wanhopig haalde hij zijn handen door zijn haar. 'Waarom lig je hier in het donker?'

'Om niet te hoeven zien wat ik niet kan verdragen.'

Haar stem klonk kalm, maar de ijzige ondertoon ontging hem niet. Wat had hij nu weer fout gedaan? Snel liep hij de afgelopen week door in zijn hoofd. Geen grote ruzies of andere problemen voor zover hij wist. Hij zweeg in de hoop dat Annelies de stilte zou verbreken. Uiteindelijk deed ze dat.

'Ik kreeg vandaag een interessante kaart. Hij ligt op mijn nachtkastje.'

Zijn blik gleed naar het houten meubeltje en daar lag inderdaad een envelop die aan Annelies was geadresseerd. 'Leuk voor je. Van wie was het?'

'Kijk maar, dan zie je het vanzelf.'

Hij pakte de envelop, trok de kaart eruit en opende hem. Er viel iets uit. Hij bukte zich om het op te rapen, maar bleef als bevroren zitten toen hij zag wat er op de grond lag. Een foto met zijn eigen geslacht erop staarde hem aan. In paniek opende hij de kaart en liet de zinnen tot zich doordringen. *Dank voor het lenen van je man. Het genoegen was geheel mijnerzijds. Binnenkort neem ik hem van je over...*

Hij wierp de kaart en de foto ver van zich af. Dit gebeurde hem niet.

Hij had Annelies uiteindelijk nooit iets verteld over zijn misstap met Tessa. Hij kreeg de woorden niet uit zijn strot en het was nooit het goede moment. Hij hoopte dat van uitstel afstel kwam, maar dat was dus niet zo.
De sfeer tussen hem en Tessa was ongemakkelijk sinds hun intieme nacht. Hij negeerde haar zo veel mogelijk, verdroeg haar aanblik niet. Ze had al meerdere malen laten blijken dat ze dat niet op prijs stelde, dat ze het niet bij een eenmalig avontuurtje wilde laten. Keer op keer maakte hij haar duidelijk dat er niet meer in zat en dat hij zijn huwelijk niet op het spel wilde zetten. Dit was blijkbaar haar wraak. Wat een puinhoop had hij ervan gemaakt.
'Annelies, ik...' de woorden stokten in zijn keel.
Wat wilde hij haar eigenlijk zeggen? Wat kon hij zeggen? Haar ijzige kalmte verontrustte hem. Die hysterische buien bevielen hem bij nader inzien toch beter. Dan wist hij tenminste waar hij aan toe was en kon Annelies stoom afblazen tot ze weer kalmeerde. Deze stilte pakte hem bij zijn lurven en hij wist niet wat hij nu moest. Bij het minste of geringste kon de vlam in de pan slaan en hij wist niet of hij ertegen opgewassen was als de boel explodeerde.
'Kunnen we erover praten?' probeerde hij voorzichtig.
'Hè ja, Wim, laten we een goed gesprek hebben. In de *Playboy* staan altijd van die goede interviews en over neuken buiten de deur kun je zalige conversaties voeren.'
Het cynisme droop van haar stem. Hij kon haar geen ongelijk geven.
'Wie was het en hoe lang is dit al gaande?'
Haar woorden waren vlijmscherp en doelgericht. Hij besloot er geen doekjes meer om te winden en antwoordde kort en krachtig.
'Het is iemand van mijn werk en het is maar één keer gebeurd.'
'MAAR ÉÉN KEER GEBEURD??? Dat is minstens twee keer te veel!' Haar stem werd weer rustig en er klonk een snik in door: '"Ik beloof dat ik je trouw zal zijn en zal respecteren," kun je je die woorden nog herinneren?'
Dat kon hij. Het was een zinsnede uit hun huwelijksgelofte. Beschaamd keek hij naar zijn schoenen. Er zat een pluisje op.

'Het spijt me zo, Lies, ik was dronken en van het een kwam het ander.'
'O, gadverdamme, je hebt niet eens een originele smoes voor me. Ik had meer creativiteit verwacht van je. Ík verdien meer creativiteit. Ik verdien het dat je je best voor me doet en alles uit de kast trekt om het me uit te leggen. Dat je met zo'n fantastische smoes aankomt, dat ik je ermee weg laat komen.'
'Het valt niet uit te leggen, evenmin als ik het kan goedpraten.'
'Goh, aanval van intelligentie? Is dat beetje bloed dat klem zat in je kruis eindelijk doorgeschoten naar je hersenpan?' Wim kromp ineen bij haar cynische woorden. 'Daar heb je niet van terug, hè? Lul. Een zielig mannetje, dat ben je. Dat ik toch ooit verliefd op jou ben geworden.'
Demonstratief draaide ze zich om en ging met haar rug naar hem toe liggen.
'Lies...' probeerde hij.
'Sodemieter op, Wim. Ik wens je een fijne nacht op de bank.'
Mismoedig liep hij de kamer uit. Hij kon haar deze reactie niet kwalijk nemen. Hoe zou hij zelf gereageerd hebben als de rollen omgedraaid waren geweest? Waarschijnlijk had hij Annelies met pek en veren het huis uitgezet. In die zin was het zeer coulant dat ze hem de bank aanbood voor de nacht en niet de volledige toegang tot het huis had ontzegd. Betekende dit dat ze de deur op een kier liet staan? Dat er nog een kans was dat alles goed kwam?
De gedachte aan een leven zonder Annelies vloog hem ineens in alle hevigheid aan. Hij had haar het afgelopen jaar regelmatig achter het behang willen plakken, maar zonder haar kon hij niet. Verdomme, hij hield van haar! Ze hadden ook zoveel mooie jaren gehad samen. Ze was een deel van zijn leven dat hij niet wilde weggooien. Hij wilde er alles aan doen om het weer goed te krijgen tussen hen.
Die vervloekte Tessa. Dat ze hem dit flikte! Hij zou haar weleens even vertellen wat hij van haar en deze hufterige actie vond. Waarom had hij zich zo laten gaan op dat feest? Hij walgde van zichzelf. Van zijn zwakte, zijn gebrek aan ruggengraat. Hij was net zo'n sukkel als

al die andere mannen die naast de pot piesten. Ook al was het hem maar één keer overkomen, het was inderdaad meer dan twee keer te veel zoals Annelies hem zojuist had ingewreven. Eeuwige trouw had hij haar beloofd en die belofte had hij willens en wetens geschonden. Oké, hij was ladderzat geweest, maar dat was geen excuus om dan maar alle remmen los te gooien. Ook dan had je je aan je huwelijksgelofte te houden. Hoe kon ze hem ooit nog vertrouwen?
Een intense woede overviel hem. Hij zou die Tessa weleens even opbellen. Hij zou haar vragen wat ze hiermee dacht te bereiken. Zijn hart won ze er in elk geval zeker niet mee. Integendeel zelfs. Hij pakte zijn telefoon, scrolde door zijn adresboek en constateerde dat hij het nummer van die trut niet eens had. Dan moest het maar wachten tot morgen op het werk. Nu naar haar toe rijden was geen optie. Annelies flipte als hij er nu vandoor zou gaan. Het feit dat hij thuis mocht slapen, moest hij koesteren.
Hij liep de woonkamer in. Knipte alle lichten die er waren aan. Hij hoopte dat het de duisternis zo veel mogelijk verdreef. Tot zijn opluchting zag hij dat er een dekbed op de bank lag. Hij hoefde vannacht in elk geval geen kou te lijden. Hij pakte stoffer en blik en liep naar de keuken. Het kapotte servies stond symbool voor de scherven van zijn relatie. Moedeloos veegde hij de puinhoop op en gooide alles in de prullenbak. Met een hoop kabaal verdween het tussen de etensresten van de dag ervoor. Was het echte leven maar zo makkelijk, leek het maar een beetje op een servies. Daar kon je de brokstukken tenminste van bij elkaar vegen en nieuwe kopen als het aan vervanging toe was. En als je af en toe wat liet vallen, dan was er geen man overboord.

Augustus 2009

16

Annelies gluurde naar buiten. Ze kroop zorgvuldig weg achter het gordijn zodat niemand haar kon zien. Verdorie, die trut zat er weer. Elke vrijdag was het raak, haar vrije dag volgens Wim. Vanaf een uur of tien in de ochtend zat ze op het grasveld tegenover hun huis op een klapstoeltje en hield het huis in de gaten. Annelies kon geen stap verzetten of er werd een verrekijker op haar gericht. De priemende ogen van de vrouw volgden haar als een zoeklicht. De enige manier om te ontsnappen was het dichthouden van de gordijnen. Het maakte haar bloednerveus en paranoïde. Het was toch te gek voor woorden dat ze zich moest verbergen in haar eigen huis? Ze had de politie al een paar keer gebeld met het verzoek de vrouw weg te halen bij haar huis, maar tevergeefs.
'Het is een openbare ruimte mevrouw, waar iedereen gebruik van mag maken op de momenten dat hij of zij dat blieft.'
Toch was ze elke vrijdag begonnen met het maken van een foto als bewijs. Mocht de politie onverhoopt nog eens besluiten wat aan de situatie te doen, dan had ze het verloop van de lastigvallerij in elk geval gedocumenteerd. Tot op heden was het haar nog niet gelukt om Tessa scherp en vol in beeld te krijgen. Op de een of andere manier had ze het altijd door als Annelies met haar camera klaarstond. Dan trok ze de zonneklep die ze altijd op had nog verder over haar gezicht waardoor het nooit lukte om een duidelijk plaatje te schieten. Ze zou een politietekenaar niet voldoende informatie kunnen geven voor een daderschets. Wat haar mateloos irriteerde en ook wanhopig maakte, was dat het mens altijd vertrokken was voordat Wim thuiskwam. Zo uitgekookt was ze wel.
Ook Wim beweerde gek van haar te worden op zijn werk. Om de

haverklap lagen er zoete briefjes in zijn postvak en de zwijmelachtige blik waarmee ze hem in de gaten hield, gaf hem de kriebels. Hij beweerde dat hij haar zo veel mogelijk negeerde en alleen 'professioneel' met haar communiceerde als dat strikt noodzakelijk was. Ze vroeg zich af of Wims definitie van professioneel dezelfde was als die van haar.
Ze bekeek de vrouw nog eens goed vanuit haar verdekte positie en werd spontaan misselijk bij het zien van de kersenrood gestifte lippen die op plekken waren geweest waar alleen zij mocht komen. En dan de handen van die trut, die huid hadden aangeraakt die alleen door haar gestreeld mocht worden. Levensechte beelden drongen zich aan haar op. Jaloezie, haat en woede kolkten omhoog. Zo hevig dat ze ervan begon te zweten.
Ze begreep nog steeds niet dat Wim alles op het spel had gezet voor een fractie van genot. En zelfs dat had het hem niet opgeleverd als ze hem moest geloven. Maar hoe kon ze hem nog geloven nadat hij haar bedonderd had?
Ze was er nog steeds niet over uit of ze met Wim verder wilde nadat hij hun huwelijk te grabbel had gegooid. Kón ze wel met hem verder? Hield ze zoveel van hem dat ze het hem uiteindelijk zou vergeven? Ze dacht van wel. Een paar keer had ze op het punt gestaan om Sara te informeren en haar emotionele spagaat met haar te bespreken. Ze stond al met de telefoon in haar hand maar tot het daadwerkelijk verbinding zoeken, kwam het uiteindelijk nooit. Ze schaamde zich te veel. Eigenlijk hoefde zij zich niet te schamen, zij had immers niks verkeerd gedaan, maar toch deed ze het. Ze kon niet toegeven aan de buitenwereld dat ze niet in staat was haar man bij zich te houden en volledig aan haar te binden. Het voelde als een persoonlijk falen dat ze amper aan zichzelf kon toegeven, laat staan aan anderen.
Het bevreemdde haar dat het haar zo weinig moeite kostte om mooi weer te spelen tegen Sara. Het stelde haar teleur dat haar vriendin het niet in de gaten had. Vroeger had Sara het altijd meteen door als er stront aan de knikker was, maar tegenwoordig liet ze op dat ge-

bied nogal eens een steekje vallen. Opgeslokt door haar werk en het hectische dagelijks leven was ze minder scherp dan voorheen.
Toch moest ze schoorvoetend aan zichzelf toegeven dat de eisen die ze aan Sara stelde niet helemaal eerlijk waren. Haar eigen gesloten houding was de belangrijkste oorzaak van het oppervlakkiger geworden contact. Maar toch stak het. Voor haar gevoel kon ze met niemand meer echt delen wat er in haar omging. Sinds Wim in haar leven was, deelde ze haar ziel en zaligheid in eerste instantie met hem. Tot aan zijn misstap tenminste.
Het delen van gevoelens deed je op basis van vertrouwen en dat was nou precies het essentiële detail dat op dit moment ontbrak in hun relatie. Van een open boek veranderde ze gestaag in een binnenvetter. *Ook in een buitenvetter,* wees een innerlijk stemmetje haar fijntjes op haar gewichtstoename van de laatste tijd. Ze was aan het troosteten geslagen met als doel de leegte die zich in haar binnenste bevond, op te vullen. Tot nu toe bleek geen enkel koekje, snoepje of gebakje de juiste remedie te zijn tegen het gapende gat in haar hart. De zoete smaken namen de bittere ondertoon niet weg.
Ze keek weer met een blik vol haat uit het raam naar de aanleiding van alle ellende. Het liefst rende ze nu naar buiten om het secreet de nek om te draaien. Zij was de verpersoonlijking van alle tegenslagen die Annelies recentelijk te verstouwen had gekregen. Naast haar kinderwens viel ook haar droom van het perfecte huwelijk in duigen door de vrouw die haar kamp aan de overkant van haar huis had opgeslagen. Met een vileine blik keek ze naar de emmer sop die ze zojuist had klaargezet om het toilet te poetsen. Zou ze... Waarom ook niet. Ze verwisselde haar huissloffen voor gympen en liep in een strakke lijn naar de vrouw voor haar huis. Er klotste wat water uit de heen en weer schuddende emmer. Haar rivale trok vragend haar wenkbrauwen op. Annelies keek haar doordringend aan en gooide zonder pardon de emmer sop over haar heen. De vrouw snakte naar adem toen het water haar neus en mond binnendrong. Paniekerig wreef ze in haar ogen in een poging het bijtende schoonmaakmiddel eruit te krijgen. Annelies glimlachte tevreden en draaide zich zonder

iets te zeggen om. Vergenoegd wierp ze haar hoofd naar achteren, liep met haar neus in de lucht terug naar het huis en sloeg met een daverende klap de voordeur achter zich dicht. Zo, dat luchtte op!

17

Lief dagboek,
Ik zag haar vandaag wel loeren vanachter haar gordijn. Dombo. Dacht dat ik het niet doorhad. Ik mag dan wel blond zijn, maar achterlijk ben ik allerminst. Opmerkzaam, dat stempel zou ik mezelf ook wel willen geven. Ik zie alles. Ook dingen die op het eerste oog niet zichtbaar zijn. Ik kon haar zenuwen en irritatie over mijn aanwezigheid weer voelen vandaag. Doodnerveus wordt ze ervan en elke week wordt ze een stukje wanhopiger. Heerlijk vind ik dat. Ik voed me ermee. Met de energie die zij verliest door de stress om mijn aanwezigheid, laad ik me op.
Ze weet niet wat ze moet doen, ze kan niet veel doen. Oké, een emmer water over mijn kop gooien, maar ik ben niet van suiker. Ik moet toegeven dat ze me wel verraste met die actie. Tot nu toe hing ze het passieve vrouwtje uit, het lijdend voorwerp. Haar verzet maakt het alleen maar interessanter.
Maar hoe dan ook, ze moet me tolereren want ik bevind me in de openbare ruimte, zoals de politie zo mooi zegt. Openbaar is van ons allemaal dus ook van mij. Daar betaal ik net als ieder ander belasting voor. Even voor zessen ben ik ertussenuit gepiept. Het liefste was ik gebleven tot hij thuiskwam. Wat had ik graag een glimp van hem opgevangen. Maar beter van niet. Die trut zou uit haar plaat gaan als ze ons samen zag. Ik zit niet te wachten op dat hysterische gedoe. En ik zag er na dat waterballet ook niet meer op mijn charmantst uit.
Nog drie nachtjes slapen, lief dagboek en dan zie ik hem weer. Gelukkig bestaat er zoiets als dromen. Het op een na beste tijdverdrijf dat er is. Op nummer één staat natuurlijk bij hem zijn, maar dat hoef ik je vast niet uit te leggen. Tot de dag dat hij helemaal van mij is, neem ik genoegen met flarden en momenten.

18

Waar bleef hij nou? Annelies liep als een gekooid dier op en neer door de woonkamer. Het was al zeven uur geweest en het eten stond te verpieteren. Normaliter was Wim altijd rond kwart over zes thuis na zijn werk. Hij had niks van zich laten horen. Gewoonlijk belde hij of stuurde hij een berichtje als hij later was, helemaal nu het vertrouwen dat Annelies in hem had bijna tot nul was gereduceerd. Maar niets, noppes, nada tot nu toe en hij nam zijn telefoon ook niet op.
Zou hij weer bij haar zijn? Beelden van Wim die met een ander lag te vrijen drongen zich aan haar op. Ze wilde ze niet zien, maar kreeg ze niet van haar netvlies. Een golf van misselijkmakende angst schoot door haar lichaam. Het was alsof een vuist haar hart samenkneep en haar ademhaling versnelde. Ze stond stijf van de spanning en de adrenaline. Hij mocht hopen dat hij haar op dit moment niet weer belazerde, want ze zou zijn kop van zijn romp trekken.
Wat dacht hij wel! Klootzak! Dat hij alles maar kon maken omdat ze toch wel bij hem bleef? Dacht hij nou echt dat ze niet zonder hem kon leven? Nou, dat had hij dan mooi mis, want dat kon ze dus toevallig wel. Zij was niet zo'n zielige vrouw die afhankelijk was van haar mannetje. Ze was een zelfstandig individu en ze kon zich uitstekend zelf redden. Mannen, waarom waren ze überhaupt uitgevonden? Ze liepen allemaal hun pik achterna. Ze dacht altijd dat Wim anders was, maar wat een deceptie. Hij was van hetzelfde laken een pak. Hoe had ze ooit kunnen denken dat hij de ideale man was? Ideaal, pff, hij kwam er nog niet eens bij in de buurt. Sara had groot gelijk dat ze voor het vrijgezellenleven koos. Ze begreep haar nu beter dan ooit.
Ze begon honger te krijgen en besloot niet langer op Wim te wachten. Waar anderen onder stress minder konden eten, gold dat voor

haar juist andersom. Hoe meer spanning, hoe meer behoefte ze aan eten had. Zoetigheid had de voorkeur, maar ze besloot zich in te houden en stortte zich op het inmiddels verpeste avondeten. De aardappels, gehaktbal en gekookte andijvie smaakten nergens meer naar. Met wat jus en appelmoes probeerde ze het geheel nog een beetje smaak te geven.
Agressief prakte ze het eten tot een drassig geheel en schoof het hap voor hap in hoog tempo naar binnen. Het volle gevoel dat ze hoopte te krijgen, bleef uit. Uit frustratie at ze Wims portie ook nog op. Ze zou dat buiten de deur eten van hem eens letterlijk gaan nemen. Hij scharrelde in het vervolg zijn eigen kostje maar bij elkaar. Als hij honger had, dan ging hij maar naar de snackbar. Net toen ze de laatste hap naar binnen schoof, hoorde ze een sleutel in het slot. De deur viel met een bescheiden klap dicht.
Ze kon uittekenen hoe hij binnenkwam. Koffertje rechts in de hoek, schoenen ernaast. In een rechte lijn naar de kapstok. Jasje uit. Op kousenvoeten naar de deur van de woonkamer, rechterhand op de klink. Na vijf seconden stond hij in de woonkamer. Ze telde af van vijf naar nul en inderdaad: de deur ging open. De laatste tijd had ze de sleur en de voorspelbaarheid in hun huwelijk vaker vervloekt, maar liever dat dan die totaal onverwachte vreemdgangersactie waar hij ineens mee op de proppen was gekomen.
Ze ging staan en maakte zich op voor de volgende ruzie waarin ze elkaar de volle laag zouden geven.
'Lies, waar ben je?'
Zijn stem klonk enthousiast en losjes, alsof hij zich van geen kwaad bewust was. Het feit dat hij zich niet eens realiseerde dat zij over de zeik was als hij niet op de afgesproken tijd thuis was, maakte haar nog bozer. Alleen maar met zichzelf bezig die man.
'Lies, waar ben je?' klonk het nogmaals.
'Kan het je iets schelen waar ik ben?' kaatste ze terug vanuit de keuken. Wim leek zich niets aan te trekken van haar pesthumeur en kwam met rode blossen van opwinding de keuken binnen, pakte haar beet en draaide haar in het rond. 'Alles wordt anders!'

Getergd sloeg ze hem van zich af.
'Alles wordt zeker anders. Waar was je, klootzak? Was je weer bij een van je sletjes?'
De dreigende toon in haar stem deed hem huiveren.
'Wat bedoel je?'
'Het is verdomme na achten en meneer komt hier doodleuk binnenstappen alsof het de normaalste zaak van de wereld is dat ie twee uur te laat is zonder dat te melden.'
Verschrikt keek hij op zijn horloge.
'Shit, ik had helemaal niet door dat het al zo laat was.'
'Waar was je?'
'Het is niet wat je denkt.'
'Dat mag ik hopen voor je, dat het niet is wat ik denk, want anders kun je nu je spullen pakken en opflikkeren.'
'Luister nou even naar me. Ik kan het allemaal uitleggen, maar dan moet je me wel de kans geven.'
Wims goede humeur leek niet te lijden onder de tirade van zijn vrouw. Hij pakte haar handen en deze keer liet ze hem begaan.
'Kun je je Roeland nog herinneren?' Annelies trok een bedenkelijk gezicht.
'Roeland... de naam zegt me vaag iets, maar er gaat nog niet echt een belletje rinkelen.'
'Denk eens goed na.'
'Wim, ik heb geen zin in raadspelletjes, vertel nou maar gewoon wat je te melden hebt, dan kan ik weer verder met mijn leven.'
'Roeland was een collega van me in de tijd dat wij elkaar leerden kennen. Ik had hem al jaren niet gezien en ineens kwam ik hem tegen toen ik in de pauze even een blokje om ging. Hij had haast en ik moest ook door, dus we besloten af te spreken aan het einde van de dag om even bij te kletsen met een biertje.'
'Dus jij zat doodleuk met die Roeland in de kroeg terwijl hier het eten kapot kookte en ik tegen de muren opvloog omdat ik niet wist waar je was? Je weet dat vrijdag altijd een moeilijke dag voor me is omdat die trut me dan continu in de gaten houdt.'

'Sorry, je hebt helemaal gelijk. Ik had meer rekening met je moeten houden, maar ik liet me meeslepen door mijn enthousiasme.' Schuldbewust keek hij haar aan. 'Ik was een uurtje eerder weggegaan van mijn werk zodat ik niet te laat thuis zou zijn. Ik ben de tijd vergeten omdat Roeland iets heel interessants te vertellen had.'
'*Time flies when you're having fun*... Natuurlijk. En wat is er lekkerder dan even niet aan thuis te denken waar je vrouw boven een pan Hollandse prut haar best voor je staat te doen, nietwaar?'
'Misschien kun je voor één keer eens niet zo cynisch doen? Ik weet dat je boos bent en daar heb je ook alle reden toe, maar je hoeft niet in herhaling te blijven vervallen. Ga je me nu de rest van ons leven elke dag inwrijven dat ik één keer de fout in ben gegaan?'
'Met jouw ultrakorte termijngeheugen...'
Wim liet haar niet uitpraten. 'Nu je mond houden en luisteren. Ik heb echt iets leuks te vertellen.'
Ze ademde in om hem weer van repliek te dienen, maar slikte haar woorden in toen hij dreigend zijn vinger opstak. Zwijgend ging ze aan tafel zitten en Wim volgde haar voorbeeld.
'Roeland is nog steeds reisleider en heeft inmiddels een enorm netwerk opgebouwd in de toeristenbranche. Toen ik aangaf dat ik het reizen en het werken met mensen nog steeds mis, gaf hij me een gouden tip. Kennissen van hem hebben een Bed & Breakfast op IJsland maar willen ervanaf omdat hij onlangs te horen heeft gekregen dat hij ongeneeslijk ziek is. Ze hebben haast om terug te komen naar Nederland omdat de medische zorg hier beter is. Daarom willen ze de B&B voor een schappelijk bedrag van de hand doen. Ze keren volgende week al voorgoed terug naar Nederland en ze hebben Roeland gevraagd de verkoop van de Bed & Breakfast namens hen te regelen. Hun hoofd staat niet echt naar zaken zoals je zult begrijpen. Het staat nog niet officieel te koop via een makelaar, maar dat zal niet lang meer duren. Roeland vroeg zich af of het niks voor mij was om het over te nemen. Het scheelt behoorlijk wat geld als je zo'n deal kunt sluiten zonder tussenkomst van een makelaar. Roeland liet me een paar prachtige foto's zien en toen was er die

klik vanbinnen. Het gevoel dat iets niet zomaar op je pad komt.'
Annelies onderbrak hem: 'Die klik noemen ze ook wel het lot, Wim. Ik heb het lot één keer in mijn leven blind gevolgd en ik moet zeggen dat het resultaat me toch wel teleurstelt.'
Ze keek hem vernietigend aan. Wim bezon zich op een reactie en koos ervoor niet op haar verwijtende woorden in te gaan.
'Ik was meteen verliefd op dat huis, op de omgeving. Ik voel dat ik het moet doen.'
'Meteen verliefd, hè? Tja, daar heb je wel vaker last van.'
'Lies, je bent echt onmogelijk!' Wim verloor zijn geduld en verhief getergd zijn stem.
'En waar kom ik voor in dit plaatje?' kaatste ze ogenblikkelijk terug.
'Jij gaat mee natuurlijk! We gaan dit samen doen. Dit wordt onze nieuwe start, een kans om alles achter ons te laten en opnieuw te beginnen. Weg van Tessa en het werk waar ik me doodongelukkig voel sinds dat gedoe met haar.'
'Ach, schat, wat rot dat je je doodongelukkig voelt na dat "gedoe" met die Tessa.' Ze pauzeerde even en haar steeds roder wordende hoofd beloofde niet veel goeds.
'Jij voelt je doodongelukkig? Hoe denk je dat het voor mij is?' Annelies ontplofte bijna. Wim stak in een afwerend gebaar zijn handen op om de nieuwe stroom verwijten te blokkeren. Hij maakte zich op voor een nieuwe ruzie. Fysiek geweld was er tussen hen nog nooit geweest, maar hij kon niet ontkennen dat zijn vingers af en toe jeukten als Annelies tegen hem tekeerging en van geen ophouden wist. Maar slaan was een teken van zwakte waar hij nooit aan toe zou geven. Op dat front beschikte hij wel over een ijzeren zelfbeheersing.
'Laat die foto's eens zien.'
'Hè?'
'Laat die foto's eens zien.'
Dan had hij het toch goed verstaan. Vroeger kon hij Annelies prima volgen en ook de gedachtesprongen die ze maakte, waren geen raadsel voor hem, maar dat was tegenwoordig wel anders. Hij had steeds minder grip op haar en op haar gedachten. Deze switch in het ge-

sprek kon hij ook weer niet rijmen met haar enorme boosheid. Eerst schold ze hem bij wijze van spreken de huid vol en nu deed ze ineens geïnteresseerd en wilde ze de foto's zien? Hij besloot maar gehoor te geven aan haar verzoek. Wie weet was zij net zo enthousiast als hij en leverde het iets op.
Hij voerde haar mee naar boven, naar de computer en zocht de website van de Bed & Breakfast op.
'Kijk nou toch,' riep hij enthousiast, 'is het niet prachtig?'
Bij het zien van de foto's begon zijn hart meteen weer sneller te kloppen. Hij hoopte maar dat het bij Annelies ook iets losmaakte in positieve zin. Verwachtingsvol probeerde hij haar blik te lezen, maar hij werd er niet goed wijs uit. 'Wat vind je ervan?' vroeg hij aarzelend. Onder het bureau kruiste hij zijn middel- en wijsvinger.
'Het ziet er leuk uit.' De eerste reactie was niet bijster enthousiast, maar in elk geval positief te noemen. Hoop gloorde op in zijn hart.
'Maar leuk is niet genoeg om in een opwelling al mijn zekerheden op te geven, alles achter me te laten en jou blind te volgen naar IJsland. Je denkt toch niet dat ik op basis van een paar plaatjes überhaupt over zoiets ingrijpends na ga denken?' Wim keek haar teleurgesteld aan. 'Vind je het zelf ook niet een beetje naïef, om je kop helemaal gek te laten maken terwijl je de plek nog nooit in het echt hebt gezien? Met Photoshop kun je zelfs mijn moeder nog mooi maken. Wie zegt dat dit zaakje te vertrouwen is?'
'Ik vertrouw Roeland en dat is voor mij genoeg.'
'Nu lijk je net zo'n stakker uit het programma *Ik vertrek*. Ik had je hoger ingeschat, Wim.'
'Waarom moet je altijd alles verpesten met je gezeur en gezeik?'
Wanhopig haalde hij zijn handen door zijn haar.
'Gelukkig bewaart er één iemand in dit huis nog zijn gezonde verstand,' bitste ze terug.
'Wat is er mis met passie, Annelies? Wat is er mis met je gevoel volgen?'
'Jeetje, je lijkt wel een wijf met je gelul over passie en gevoel. Als je je gevoel uitschakelt kun je ook niet gekwetst worden. Leve de ratio!'

Een zweem van teleurstelling trok over zijn gezicht. Dit ging weer helemaal niks worden. Hij zag zijn droom alweer in rook opgaan.
'Boek maar een vlucht en maak maar een afspraak. Als je echt serieus bent dan wil ik meer van die plek zien en weten.'
Vragend keek hij haar aan. Hij begreep er nu helemaal niets meer van. 'Meen je dat echt?'
'Laten we zeggen dat ik er neutraal tegenover sta en dat ik bereid ben de situatie te onderzoeken op haalbaarheid. Alles beter dan de rest van mijn leven in deze shit blijven rondlopen.' Ze maakte een zwaaiend gebaar met haar armen. 'Er moet iets veranderen, dat ben ik met je eens. Misschien is dit de strohalm waar we ons aan op kunnen trekken.'
Ze draaide zich om en verliet de kamer. Met een bonkend hart van opwinding pakte Wim de telefoon en draaide het telefoonnummer op de website. De eerste hobbel was genomen, Annelies was in elk geval bereid om een kijkje te gaan nemen.

19

'We gaan naar IJsland toe.'
'Goh, wat leuk, Lies. Ik ben eigenlijk ook wel toe aan vakantie. Hoe lang ga je?'
'Voorgoed.'
Sara verslikte zich in haar koffie.
'Pardon?'
'Je hebt het goed gehoord, we gaan emigreren naar IJsland. Via een oude kennis van Wim uit de reiswereld kunnen we een Bed & Breakfast op IJsland overnemen voor een aantrekkelijk bedrag en we hebben besloten het te doen.'
Sara's ogen waren zo groot als schoteltjes.
'Oké, nu even serieus.'
'Ik ben serieus, Sara, serieuzer dan ik ooit in mijn leven ben geweest.'
Door de ernstige gezichtsuitdrukking waarmee Annelies haar woorden ondersteunde, moest Sara haar vriendin wel geloven.
'Wanneer ga je?'
'Over twee weken.'
'Over twee weken?! Doe even normaal. Hoe lang ben je hier al mee bezig en waarom wist ik er niets van?'
'We hebben ervoor gekozen om het in alle stilte voor te bereiden en er pas over te praten met anderen als alles rond was.'
'O, val ik nu ineens in de categorie "anderen"? Ik dacht dat ik je beste vriendin was met wie je lief en leed deelde. Waar heb ik deze degradatie ineens aan te danken?' Sara's stem klonk verongelijkt.
'Je bent nog steeds mijn beste vriendin, maar dit was iets van Wim en mij.'
'En dan IJsland *of all places*. Waarom geen lekker zonnige locatie?'

Sara liet zich niet zo makkelijk afschepen.
'Een ijskonijn als ik hoort thuis in de kou en de sneeuw,' grapte Annelies. Het haalde de angel echter niet uit het gesprek. Sara keek haar vriendin onderzoekend aan.
'Wat zit hierachter? Je gaat niet zomaar "ineens" een Bed & Breakfast op IJsland beginnen.'
'Ik ben wel toe aan een nieuwe uitdaging nu het krijgen van een kindje voorgoed van de baan is en het is altijd Wims droom geweest om iets dergelijks te runnen.'
'Maar is er überhaupt droog brood te verdienen daar?'
'Jazeker, we zijn niet gek. Sinds de bankencrisis op IJsland is het land een stuk goedkoper geworden en daardoor steeds populairder bij toeristen.'
'Maar IJsland?' begon Sara weer.
'Gut, Saar, je doet alsof IJsland het einde van de wereld is. Het hoort gewoon bij Europa hoor en je vliegt er in drie uur naartoe.'
'En jullie gaan al over twee weken?'
'Yep.'
'Maar hoe kan ik nou een fatsoenlijk afscheidsfeest voor je organiseren in zo'n korte tijd?'
'Ik wil helemaal geen afscheidsfeest. Ik wil vertrekken met stille trom en alles achter me laten.'
Sara keek haar doordringend aan.
'Alles?'
'Ik zal je heel erg gaan missen, Sara, neem dat van mij aan. Uit het oog is niet uit het hart. Er is Facebook, Twitter, Skype, mail...'
'Ik ben niet goed in langeafstandsrelaties, Lies. Het is onvermijdelijk dat we uit elkaar groeien en elkaar misschien wel helemaal uit het oog gaan verliezen.'
Haar stem brak onverwachts. De woorden van Annelies kwamen keihard aan.
'Ik moet mijn leven omgooien, ik moet met een schone lei beginnen en dat kan niet in Nederland. Ik trek het niet meer om met kinderen te werken en Wim is ook niet onverdeeld gelukkig op zijn werk. Nu

is het moment om dit te doorbreken. We kregen de kans om naar IJsland te gaan in de schoot geworpen en we hebben deze met beide handen aangepakt.'

'Het is dat vermaledijde "lot" zeker weer. Dat lot dat ervoor zorgde dat ik je met Wim moest delen en dat je nu helemaal bij me wegkaapt. Is dat míjn lot? Om mijn vriendinnetje kwijt te raken en het verder maar uit te zoeken?'

Annelies pakte haar hand en kneep er bemoedigend in.

'Jij redt het uitstekend zonder mij, let op mijn woorden. Misschien vind je het uiteindelijk wel lekker dat ik weg ben. Hoef je ook niet de hele tijd naar mijn gezeur te luisteren.'

'Lul niet zo stom. Als je denkt dat het een opluchting voor me zal zijn als jij met de noorderzon vertrekt, dan ben je compleet getikt.'

Mokkend lepelde ze het cappuccinoschuim uit haar kopje en likte het afwezig op. 'Ik ga naar huis, ik moet dit even laten bezinken.'

Ze stond op en pakte haar jas van de stoelleuning.

'Laat het niet te lang bezinken hè, ik ben over twee weken weg,' herinnerde Annelies haar er nog eens fijntjes aan.

'Jij betaalt toch?'

Ze wachtte niet op antwoord en liep zonder haar gedag te zoenen of verder te groeten naar buiten.

'Nou, dat viel best mee,' zei Annelies hardop tegen zichzelf. Daar zat ze dan, in haar eentje. Het lege gevoel dat al tijden haar deel was, werd alleen maar groter. Ze probeerde het te ontkennen, maar slaagde er niet in. Wie probeerde ze nu wat wijs te maken? Ze wilde helemaal niet naar IJsland, maar ze had geen keus. Het was de enige manier voor haar en Wim om opnieuw te beginnen en te redden wat er nog te redden viel. Die trut van zijn werk bleef hem stalken en zette hun relatie zwaar onder druk. Hoewel Wim zijn uiterste best deed om zijn misstap goed te maken, lukte het haar nog steeds niet om hem volledig te vergeven en haar jaloezie aan de kant te zetten. Het viel haar zwaar om hem het voordeel van de twijfel te geven. Als hij maar vijf minuten later thuis was dan afgesproken dan kreeg ze het al op haar heupen. Tot nu toe geheel on-

terecht, maar ze zat er maar mooi mee.
Toen Wims oud-collega hem benaderde over IJsland leek dat de ultieme oplossing. Weg bij alles en iedereen. Geen Tessa meer die hen lastigviel, de kat niet meer op het spek binden met haar werk bij het kinderdagverblijf, Wim die zijn oude passie, het organiseren en begeleiden van reizen, weer kon oppakken. Ideaal toch?
Maar was het wel zo ideaal? Wat als het niet meer bleek te werken tussen haar en Wim? Dan zat ze daar in dat godvergeten oord. Hij kon overdag lekker op pad met de gasten, maar zij? Ze begon te hyperventileren. Ze pakte een boterhamzakje uit haar tas en begon er als een idioot in te blazen. Het was al de derde aanval deze week.

20

Het was haar toch gelukt om nog een afscheidsfeestje te organiseren voor Annelies en Wim. Het was te kort dag om een zaaltje te regelen, dus het festijn vond uiteindelijk bij haar thuis plaats. Het was meteen een mooie stok achter de deur om haar huis weer eens op te ruimen. Van enig achterstallig onderhoud op dat vlak was wel sprake. Ze maakte lange dagen en de spaarzame vrije uurtjes besteedde ze liever aan andere dingen dan het huishouden en schoonmaken.

Het feest was een echte verrassing geweest voor Annelies en Wim en het was duidelijk dat ze haar inspanningen waardeerden, ondanks het feit dat Annelies beweerde geen behoefte aan een officieel afscheid te hebben. Er was flink gedanst, de hapjes van de cateraar vielen in de smaak en een aantal vrienden sprak Annelies en Wim op ontroerende wijze toe. 'Met een lach en een traan' kon niet méér van toepassing zijn dan op die avond.

Even was er bijna een akkefietje geweest dat ze gelukkig voor Annelies verborgen had kunnen houden. Rond een uur of twaalf 's nachts was de deurbel gegaan. Toen ze de deur opende, stond er een onbekende blonde vrouw op de stoep. Ze was overduidelijk dronken. In haar handen hield ze een idiote mannenboxer met een olifantenslurf eraan. Tien jaar geleden had ze die maffe boxers al eens ergens in een winkel zien liggen en blijkbaar waren ze nog steeds te koop.

'Ik kom ervoor zorgen dat ie niet bevriest op IJsland.' Demonstratief tikte de vrouw met haar vinger tegen de slurf aan.

'En wie bent u?' had Sara gevraagd.

'O, collega van Wim.' Ze stak haar hand uit en stelde zich voor als Tessa. Sara had haar wenkbrauwen gefronst en stond net op het punt om Wim erbij te roepen toen hij toevallig de gang in liep.

'Dag Wim,' had de vrouw hem begroet. Wim was in eerste instantie lijkbleek geworden en daarna had hij een verbeten gezicht getrokken. Het leek er niet op dat hij die Tessa had uitgenodigd. En Annelies had ze ook nooit over een Tessa gehoord. Hoe wist die vrouw dan überhaupt dat hier vanavond een feestje was? Sara had er helemaal niks meer van begrepen. 'Ik handel dit wel af Sara, dankjewel. Hoe haal je het in je hoofd om hier te komen?' hoorde Sara hem woedend tegen Tessa zeggen. Hij had haar ruw bij de arm gepakt en haar het huis uitgegooid. Toen ze weigerde te gaan had hij haar een handje geholpen. Sara kon niet horen wat hij tegen haar zei, maar dat het niet mis te verstaan was, kon ze opmaken uit de blik op Tessa's gezicht. Woedend had ze de boxer over haar schouder gegooid en was vertrokken.

Sara had het schouwspel gadegeslagen en leunend tegen de deurpost wachtte ze tot Wim weer binnen was. 'Wat was dat allemaal?' vroeg ze hem.

'Gaat je geen donder aan, Sara. Mond dicht hierover tegen Annelies, ik wil het graag gezellig houden vanavond en geloof me, dat wil jij ook.'

Ze was geschrokken van de felle blik in zijn ogen. Ze besloot Annelies en daarmee ook Wim in bescherming te nemen en het incident voor haar te verzwijgen, maar het zat haar niet lekker. Ze probeerde het maar te vergeten, ze kon er verder toch niets mee. Het was haar zaak niet. Het feestje was heel gezellig geweest en daar ging het om. Ze keek met een tevreden blik de kamer rond. Het was een grote ravage, maar het deerde haar niet. Een goed feest en puinhoop gingen hand in hand. Zo te zien stond er geen schoon glas meer in de kast en op de vloer lagen platgetrapte borrelnootjes en andere vage substanties. Ze was blij dat ze het de hele avond bij fris had gehouden waardoor ze zich nog aardig fit voelde.

Vol goede moed bracht ze de eerste glazen naar de keuken en zette ze in de vaatwasser, een onmisbaar apparaat na dit soort evenementen. Ze dacht terug aan haar studententijd toen ze het servies nog met sop en afwasborstel te lijf ging. Vreselijke klus was dat altijd. Omdat ze er zo'n hekel aan had, stelde ze het uit tot er geen bord meer in de kast stond en het aanrecht te klein was voor alle glazen. Dan ontkwam ze er niet langer aan. Dan boende en schrobde ze tot haar handen rimpelden van het afwaswater en haar stem schor was omdat ze enthousiast meebrulde met de rockmuziek die haar begeleidde. Dat was toen. Het leven was nu een stuk makkelijker. Nou ja, in elk geval luxer.

Ze gaf een dankbaar klopje op de vaatwasser en liep weer naar de kamer voor een volgende lading glazen. Na een loopje of vijf zonk de moed haar in de schoenen. Er leek geen einde aan te komen. Ze had spijt dat ze niet was ingegaan op het aanbod van verschillende mensen om te helpen opruimen. Ze wilde haar huis weer voor zichzelf hebben en dacht de klus wel even op eigen kracht te klaren. Dat viel bij nader inzien toch even vies tegen. Een les voor de volgende keer. Zou er wel een volgende keer komen? Voorlopig niet, dacht ze. Annelies en Wim waren al vertrokken als ze jarig was en ze had geen zin om het zonder hen te vieren.

In overleg met Annelies hadden ze vanavond afscheid genomen en zou ze hen niet gaan uitzwaaien op Schiphol.

'Ik heb geen zin in emotionele taferelen, Sara. Vanavond was al moeilijk genoeg. Ik trek het niet als ik morgen weer afscheid van je moet nemen. Misschien bedenk ik me dan wel ter plekke.'

'Dat lijkt me dan een uitstekende reden om wel naar Schiphol te komen.'

Annelies viel haar snikkend in de armen en klampte zich aan haar vast alsof het afscheid voorgoed was. Ook Sara kreeg het te kwaad. Wim stond wat ongemakkelijk zijn keel te schrapen en wist zich geen houding te geven.

'Zorg je goed voor haar?' vroeg Sara hem.

'Natuurlijk zorg ik goed voor haar,' bevestigde hij.

'Want anders kom ik je opzoeken, hoor.' Haar ogen lachten, maar haar stem had een serieuze ondertoon. Wim grinnikte nonchalant, maar zijn zenuwachtige beweginkjes spraken boekdelen. Wees maar onder de indruk van me, dacht Sara, want als je haar ook maar een haar krenkt dan ben je van mij. Ze schrok van haar eigen felheid.

Waar kwam die ineens vandaan? Had het iets met die rare Tessa te maken? Ze mocht Wim heel graag en er was geen enkele aanwijzing dat hij niet het beste met Annelies voorhad. Niet dat zij wist tenminste. Waarschijnlijk nam ze het Wim onbewust kwalijk dat hij haar beste vriendin bij haar wegkaapte. Zij kende Annelies al veel langer dan Wim en had de oudste rechten. Ze was gewoon jaloers.
Tussen het piekeren door kreeg ze de vaatwasser uiteindelijk toch sneller vol dan ze dacht. Ze zette het apparaat aan en leunde tegen het aanrecht terwijl ze luisterde naar het gezoem en gepomp dat voor schoon servies ging zorgen. Vervolgens pakte ze de stofzuiger en maakte de vloer weer kruimel- en nootvrij. Tevreden bewonderde ze het resultaat. Nog een doekje over de salontafel en dan was alles weer bij het oude.
Ze wierp een schuine blik op de klok aan de wand. De vogeltjes stonden al bijna op terwijl zij haar bed nog niet gezien had. Over een krappe drie uur vloog Annelies weg uit haar leven. Er ging een steek door haar hart. Ze zou haar zo ontzettend gaan missen! Sterker nog, ze miste haar nu al terwijl ze nog niet eens officieel vertrokken was. Het idee dat ze haar vriendin niet meer kon knuffelen op elk gewenst tijdstip, dat een spontane lunch er niet meer in zat, vloog haar ineens enorm aan. Annelies was een deel van haar leven, was een deel van haar!
Ze barstte in snikken uit. Dikke tranen van verdriet drupten via haar wangen op haar kleren. Vol overgave snoot ze haar neus. Verdorie, waarom kon Annelies niet gewoon blijven? Ze kon haar toch helpen om haar leven weer op de rails te krijgen? Waarom had ze haar überhaupt niet om hulp gevraagd of verteld wat er aan de hand was? Dat deden beste vriendinnen toch? Die deelden toch alles met elkaar? Met haar betraande ogen keek ze nogmaals naar de klok. Ze had een halfuur kostbare tijd weggejankt. Annelies kon haar wat, ze ging naar Schiphol! Ze was inmiddels over haar slaap heen en zo nuchter als maar kon. Morgen ging ze wel extra vroeg naar bed. Vanuit een nu-of-nooitgevoel pakte ze haar autosleutel uit haar handtas en rende naar buiten. Als ze opschoot was ze precies op tijd.

Juni 2010

21

Sara was op weg naar haar werk. Ze mijmerde mee met de muziek die uit de autoradio schalde. Het leven was stil zonder Annelies. Hoewel ze elkaar voorheen ook niet dagelijks zagen, was er een soort leegte ontstaan die ze maar moeilijk gevuld kreeg. De eerste maanden na het vertrek van Annelies en Wim skypeten ze een aantal keer in de week, maar gaandeweg was de klad er een beetje in gekomen. Zij was druk met haar werk en Annelies druk met... Ze had eigenlijk geen idee waar Annelies druk mee was. Misschien met de rookgordijnen van die vulkaan met die onuitspreekbare naam die een maand of twee geleden het hele vliegverkeer in Noord- en West-Europa had platgelegd. Het was de omvangrijkste sluiting van het luchtverkeer sinds de Tweede Wereldoorlog.
Annelies reageerde steeds wat vaag en summier als Sara vroeg hoe het op IJsland beviel en of ze de boel daar al helemaal op de rit hadden. Ze kon er niet echt hoogte van krijgen. Ze begreep dat Wim een programma vol leuke activiteiten in elkaar had gezet en dat de eerste groep gasten in volle tevredenheid was vertrokken. De Bed & Breakfast bleek uiteindelijk meer weg te hebben van een pension. Het was groter dan ze in eerste instantie dachten. Tien ruime kamers brandschoon houden, bleek een enorme klus die Annelies met moeite in haar eentje klaarde. Sinds kort had ze een hulp genomen ter ondersteuning van de schoonmaakactiviteiten. Het lokale meisje met de naam Björk wist van aanpakken en nam haar veel werk uit handen.
'Ik voelde me net een zwabber en zag eruit als een dweil,' vertrouwde Annelies haar onlangs nog toe tijdens een Skype-sessie.
'Wim is lekker op pad met de gasten en beleeft elke dag een nieuw avontuur. Dat wilde ik ook wel. Door de hulp van Björk heb ik wat

meer vrije tijd en kan ik af en toe eens mee op excursie.'
'Björk? Dé Björk?' vroeg Sara.
'Dat mocht ze willen. Ik noem haar Jurk,' antwoordde Annelies ongekend fel.
Sara switchte snel naar een ander onderwerp. Die paar keer dat ze Annelies sprak, had ze geen zin in gechagrijn. Het bleek dat ze snel door de koetjes en kalfjes heen waren en dat er zelfs af en toe ongemakkelijke stiltes vielen. Dat was hen nog nooit overkomen. Sara kon er niet echt de vinger op leggen waar het mis was gegaan. Ze weet het maar aan het geïsoleerde leven dat Annelies momenteel leidde terwijl zij vol in de drukte zat. Er waren soms wat zijwegen nodig om elkaar te vinden en soms liepen die wegen dood zoals tijdens hun laatste gesprek. Na de zoveelste ongemakkelijke stilte had ze het beëindigd. Volgende keer beter. Tot nu toe was er nog geen volgende keer geweest.

Ze draaide net op tijd de snelweg af. Bijna miste ze de afrit door haar gepieker. Tien minuten later parkeerde ze haar auto en liep naar de redactie van *HipSter*. Ze werkte nu bijna twee jaar voor het populaire tijdschrift. Haar collega's begroetten haar enthousiast bij binnenkomst.
'Jij ook een cappuccino, Sara?'
'Nou, dat sla ik niet af.' Ze kroop achter haar bureau en startte haar computer op. Voordat ze goed en wel zat, kwam de chef-redactie Valerie naar haar toe.
'Sara, kan ik je even spreken?'
'Ja, natuurlijk,' antwoordde ze. Ze hoopte dat de zenuwen niet doorklonken in haar stem. Had ze iets verkeerd gedaan? Werd ze op staande voet ontslagen? *Denk toch niet altijd meteen het ergste.*
'Ik heb niet de hele dag de tijd. Naar mijn kantoor. Nu graag.'
'Ja, ja natuurlijk.' Gedwee liep ze achter haar chef aan.
'Neem plaats.' Een uitnodigend gebaar richting een stoel. Gewillig ging ze zitten. Haar chef zat inmiddels tegenover haar achter haar bureau.

'Je werkt hier nu bijna twee jaar.' Valerie keek streng over het randje van haar bril met donker montuur. Sara humde bevestigend. 'Hoe vind je zelf dat het gaat?'
'Wel goed eigenlijk?' Ze sprak de zin op vragende toon uit en zocht bevestiging bij haar chef. Vooralsnog bleef die uit.
'Wel goed? Ja, ja.' Weer richtte ze haar strenge blik op Sara. 'Definieer "wel goed",' commandeerde ze.
'Uhm, nou, ik kan goed uit de voeten met de opdrachten die ik krijg en de reacties die op de redactie binnenkomen op mijn artikelen zijn over het algemeen positief. Ik heb het erg naar mijn zin hier,' liet ze er nog op volgen.
'En denk je dat wij het ook naar onze zin hebben met jou?' was de tegenvraag die meteen werd afgevuurd.
'Ik hoop het.'
Het zweet brak Sara uit. Wat een raar gesprek was dit. Het was onmogelijk om te bepalen waar dit heen ging. Wat haar betreft kon het alle kanten op. Hoewel ontslag wat meer voor de hand lag dan een vette promotie, gezien de toon van het gesprek. Ze wilde dat haar chef concreet werd. Met dit vage gedoe kon ze niks. Ineens brak er een grote lach door op het gezicht dat haar aanstaarde. Sara lachte terug want dat leek haar sociaal wenselijk, maar ze meende er geen donder van. Wat een zenuwslopend gedoe!
'Wij zijn ook heel blij met jou, Sara.'
Een diepe zucht ontsnapte haar keel voor ze er erg in had.
'Je schrijft vlot en enthousiasmerend,' ging haar chef onverstoorbaar door, 'en daarom wil ik dat je een nieuwe, vaste rubriek gaat verzorgen in *HipSter*. Ik wil dat je je gaat specialiseren in daten. De komende tijd ga jij uitvinden waar je de man van je dromen tegenwoordig moet zoeken. Is dat in een kroeg, via internetdaten, speeddaten, blinddaten, ontmoet je hem op Facebook of Twitter, et cetera. Onze vrijgezelle lezeressen zullen smullen van dit onderwerp. Veel succes met je veldwerk.'
Haar chef stak haar hand uit naar Sara en schudde hem enthousiast. Van haar strenge en zure houding was niets meer over. Sara keek

haar beduusd aan. Er werd haar niet eens gevraagd of ze dit zag zitten, het leek meer een dienstbevel. Vast weer zo'n slim managementtrucje. Domineer, overval en fileer. Ze inhaleerde diep om haar visie te geven op deze opdracht, maar kreeg de kans niet. Haar chef boog zich semigeconcentreerd over een stapel kopij.
'Waar wacht je nog op, aan het werk jij. Ik verwacht je eerste stuk over twee weken. *Vite*!' commandeerde ze en wapperde ongeduldig met haar hand richting de deur.
Compleet overdonderd verliet Sara het kantoor. Voordat ze de deur dichtsloeg, brulde Valerie haar nog na: 'Vanaf volgende maand ga je een schaal omhoog in salaris.'
Ze moest het even op zich in laten werken. Vond ze dit leuk? Ja, ze dacht van wel. Had ze niet altijd gedroomd van een eigen rubriek? Maar waarom was juist zij uitgekozen voor deze opdracht? Ze stond nou niet bepaald bekend om haar amoureuze kwaliteiten als het om mannen ging. Haar collega's noemden haar niet voor niets de eeuwige vrijgezel. In die zin was een rubriek over dit onderwerp haar dus niet op het lijf geschreven. Maar het was haar stellige overtuiging dat een professional alles moest aankunnen en zich onderwerpen die niet voor de hand lagen ook eigen moest kunnen maken. Dit was haar kans om te bewijzen dat ze een professional was. Het feit dat Valerie blijkbaar zoveel vertrouwen in haar had, deed haar goed. En naast Valerie kon ze in elk geval nog één iemand verzinnen die deze opdracht geweldig vond en haar niet uitlachte. Dat was haar moeder, die stiekem hoopte op kleinkinderen.
'En? Wat moest ze van je?' Zes paar ogen keken haar nieuwsgierig aan.
'Ik mag een nieuwe rubriek gaan schrijven en ik heb geen flauw idee waarom mij die eer te beurt valt.'
'Wow, een hele rubriek voor jezelf! Dat is té cool!' reageerde stagiaire Lidewei enthousiast. 'O, als ik het ooit zo ver schop dan is het helemaal af voor mij.'
'Zeg, waar gaat die rubriek eigenlijk over?'
'Over de liefde en daten. Waar vind je tegenwoordig je prins op het

witte paard? Om daarachter te komen mag ik gaan internetdaten, speeddaten, enzovoort.'
Haar collega Amanda proestte het uit.
'Kijk, Sara, ik weet wel waarom jij bent uitgekozen hoor.'
'Zo, en waarom dan wel?'
'Omdat je de enige single bent op de redactie en daarom zonder gezeik op onderzoek uit kan gaan.' Haar collega sprak haar deze keer in volle ernst toe. 'Serieus Sara, ik kan met zo'n opdracht toch niet thuiskomen? Mijn man zou me ondersteboven aan het balkon ophangen.'
Nu gierde Lidewei het weer uit.
'Nou, van je collega's moet je het hebben,' bromde Sara.
'Om het goed te maken haal ik een verse cappuccino voor je, want de vorige is koud geworden.'
Sara schonk Amanda een gemaakte glimlach.
'Je bent te goed voor deze wereld en het is me een eer en genoegen om je collega te mogen zijn.'
'Genoeg gekletst, dames, het is hier geen kippenhok.' Valerie stond ongemerkt op de redactie en klapte luid in haar handen. Iedereen was meteen weer bij de les. Zuchtend nam Sara weer plaats achter haar computer en startte Safari op.
'Je hebt een gezicht als een oorwurm.' De opperbaas klopte op haar schouder met een glimlachje om haar mond. 'Start maar met internetdaten, nu je toch achter je computer zit.' Ze schoof Sara met stoel en al een stukje aan de kant en haar vingers ratelden ongevraagd over het toetsenbord. 'Begin maar met deze site, daar heb ik goede dingen over gehoord. Als je inschrijfkosten moet betalen, dan kun je die uiteraard bij me declareren, evenals je natje en je droogje tijdens de dates.'
Sara keek alsof ze het in Keulen hoorde donderen nu het ineens allemaal concreet dreigde te worden. Was dit nou echt wel iets voor haar? De twijfel sloeg weer toe. Lidewei giechelde op de achtergrond. Sara richtte zich op het computerscherm en keek er vol afschuw naar. Lovebirds.nl las ze in de adresbalk. De schreeuwerige pagina die

voor hip door moest gaan, deed pijn aan haar ogen. Brutalen hadden de halve wereld toch? Met die filosofie moest deze site uit de grond zijn gestampt. En die naam! Getver. Welke stoere man schreef zich nou in bij een site met de kwijlerige naam Lovebirds? Niet één toch!
'Ja, meldt u zich maar aan.' Haar chef trommelde ongeduldig met haar lange roze gelakte nagels op Sara's bureau. Zuchtend klikte ze op de button met GRATIS PROFIEL AANMAKEN. Moest er nog bijkomen dat je ervoor moest betalen ook zeg. Ze vulde het profiel naar waarheid in, maar fakete haar naam.
'Ik leen jouw naam even, Lies, ik moet immers incognito,' mompelde ze tegen niemand in het bijzonder. Ze plaatste een het-kon-ermeedoor-foto van zichzelf op de nieuw aangemaakte profielpagina. Pimpte hem nog wat op met hartjes en bloemetjes en volgde de aanwijzingen voor het definitief maken van de pagina. Ze maakte een Hotmail-adres aan waar eventuele reacties van geïnteresseerden naartoe gestuurd konden worden. Een laatste muisklik en ze kon niet meer terug. Nooit gedacht dat ze zich hiervoor zou laten lenen.
Collega Amanda zette met een theatraal gebaar een dampende cappuccino op haar bureau. *'Madame de l'amour, votre cappuccino avec un peu de sucre!'*
Ze bedankte met een zuur gezicht. Ze zag het ineens helemaal niet meer zitten.
'Kom Sara, nou is het klaar hoor. Het is een hartstikke leuke opdracht. Als ik geen relatie had, dan zou ik het wel weten. Maak gewoon wat lol en wie weet houd je er nog iets leuks aan over. Niet alles zo zwaar opvatten hoor. Je bent toch nog jong en je wilt wat?'
'Ach, je hebt ook gelijk.'
Nu pas drong het echt tot haar door dat ze vanaf volgende maand salarisverhoging kreeg en dat ze op kosten van de baas uit mocht. Bij nader inzien een zeer aanlokkelijke deal. Ze logde in op haar nieuwe mailaccount en zag meteen dat er nog geen reactie was binnengekomen. Ineens sloeg de onzekerheid toe. Wat nou als niemand op haar profiel reageerde? Wat nou als bleek dat geen enkele man op Lovebirds haar als potentiële, ideale partner zag? Als de moeder van zijn

kinderen? Haar hart maakte een sprongetje van schrik. Hoe was het eigenlijk gesteld met haar marktwaarde? Ze maakte zich er eigenlijk nooit druk om. Ze was niet op zoek naar iets serieus. Maar nu ze deze opdracht had, wilde ze natuurlijk koste wat het kost voorkomen dat ze afging voor haar collega's, of erger nog, haar chef teleurstelde. Weer ververste ze haar Hotmail-pagina. Klikte nog een keer of vijf achter elkaar op het icoontje. Het bleef verdacht leeg in haar nieuwe postbus. Amanda had haar van een afstandje blijkbaar gadegeslagen.
'Een beetje geduld Sara, je staat welgeteld tien minuten ingeschreven. Die leuke mannen komen heus wel op je af, maar geef ze even de tijd je te vinden.'
Met een rode kop van schaamte wendde Sara zich af.
'Voor je het weet verlang je naar het moment dat die mailbox nog leeg was. Je gaat het druk krijgen, meisje, let op mijn woorden.'

22

Nerveus stiftte ze haar lippen en trok haar jurkje recht. Ze draaide een rondje voor de spiegel en streek een pluk haar uit haar gezicht.
'Het is werk Sara, stel je niet aan,' sprak ze tegen haar spiegelbeeld. Over een uur zou ze haar eerste ontmoeting hebben met lovebird André. Binnen drie uur na inschrijving op de datingsite stuurde hij een geïnteresseerde reactie. Haar collega's verzamelden zich joelend om haar heen toen ze het voorzichtig meldde.
'Ziet er goed uit, Sara,' concludeerde Lidewei op basis van zijn profielfoto. Ze stuurde André een reactie terug en hij stelde voor om te chatten. Ze ging op zijn verzoek in, uiteraard met volle bemoeienis van haar collega's. De arme man had er geen benul van dat hij eigenlijk in een groeps-chat was beland. Vooral Amanda was lekker op dreef en lepelde de ene na de andere bijdehante zin op die ze een op een overnam.
André bleek een vlotte jongen die niet op zijn mondje was gevallen. Regelmatig grinnikte ze om zijn humoristische reacties. Qua interesses waren er ook wel wat overeenkomsten te ontdekken. Ze waren allebei dol op feestjes, deelden dezelfde muzieksmaak en een uitgebreid diner met een goed glas wijn behoorde tot de favoriete bezigheden.
In de loop van de week meldden zich nog een paar geïnteresseerden, maar André sprong er duidelijk met kop en schouders bovenuit. Na een paar chatsessies die duurden tot in de kleine uurtjes, besloten ze dat het tijd was voor een ontmoeting. Digitaal klikte het, maar was die klik er ook in real life? In de hoop daarachter te komen, hadden ze vanavond om zeven uur afgesproken in restaurant Luilekkerland. Sara voelde zich wel een beetje schuldig dat ze André misbruikte

voor haar research. Stiekem fladderde er een klein vlindertje in haar buik, ook al gaf ze dat niet aan zichzelf toe. Misschien leidde dit project wel degelijk tot iets blijvends. Ze hoonde het elke keer weg als haar collega's iets dergelijks suggereerden, maar diep vanbinnen geloofde ze wel dat het mogelijk was.
Ze checkte een laatste keer haar make-up, pakte haar handtas en stak volgens afspraak een rode roos in haar haar. André zou er één in zijn borstzakje dragen voor de herkenbaarheid. Wat kon er nu nog misgaan? Ze nam plaats aan de bar die uitkeek op de ingang. Ze koos voor een kruk die wat verder naar achteren stond. Op die manier zat ze een beetje verscholen voor mensen die het restaurant binnenkwamen, maar had ze zelf wel goed zicht op iedereen. Gespannen keek ze naar de deur terwijl ze nipte aan een gin-tonic. De kou trok in haar gevoelige tanden en bezorgde haar een onaangenaam gevoel. Als dat maar geen voorbode was voor het verdere verloop van de avond.
Ineens kregen de zenuwen de overhand. Stel nou dat André niet was wie hij beweerde te zijn? Hoe vaak hoorde je niet dat mensen met een valse profielfoto probeerden een date uit te lokken? Misschien was hij wel een ontzettend eng mannetje met kwade bedoelingen en rare seksuele fantasieën. Ze was ineens niet meer zo zeker van haar zaak en heel blij dat ze had afgesproken in een openbare gelegenheid. Stel je voor dat ze had gekozen voor de intieme huiselijke sfeer... Een rilling van onbehagen trok langs haar ruggengraat. In een vol restaurant was ze tenminste veilig.
Wat deed ze hier eigenlijk? Werken. En zo was het. Niet meer en niet minder. Wat haalde ze zich nou in haar hoofd? Dit was een zakelijke ontmoeting en ze baalde dat ze zich zo puberaal had laten meeslepen, opgezweept door haar collega's.
Angstvallig richtte ze haar blik weer op de deur die toegang gaf tot het restaurant. Ze keek op haar horloge. André was inmiddels tien minuten te laat. Eerste aanwijsbare minpuntje gescoord. Ze nam een paar grote slokken om zichzelf moed in te drinken. Hij kwam toch wel? Hij liet haar toch niet zitten? Dat kon natuurlijk ook nog. Misschien dacht hij wel dat zíj een of andere freak was en zag hij van de

ontmoeting af. Belachelijk natuurlijk, maar het behoorde tot de mogelijkheden.
Misschien had ze toch een andere profielfoto moeten plaatsen? Eentje die duidelijker was en liet zien dat ze er heus wel goed uitzag? Ze had gekozen voor een foto waar alleen haar gezicht op stond en dan nog half verscholen achter haar lange blonde haar. Ze zou zichzelf op basis van die foto ook niet herkennen op straat. De foto gaf niets prijs van haar figuur, dus een geïnteresseerde kon niet zien wat voor vlees hij in de kuip had.
De deur ging weer open. Een schok van spanning trok door haar buik. Was het André? Een klein, wat dikkig mannetje kwam binnen. Brilletje met jampotglazen, terugtrekkende haargrens. Hij droeg een gele spencer met een wit overhemd op een kaki corduroy broek. Aan zijn voeten droeg hij klassieke, bruine instappers. Het toonbeeld van wansmaak. Haar kritische blik scande verder. *Oh my god*, hij had een rode roos vast en spelde hem ter plekke op zijn borst. Ze verslikte zich bijna in haar laatste slok. Onmiddellijk trok ze de roos uit haar eigen haar en vermorzelde hem in haar gebalde hand. Ze wendde zich acuut af en ging met haar rug naar de man toe zitten in de hoop dat hij haar niet zag. Dit moest André wel zijn toch? Wie kwam er anders met een roos op zijn borst naar een restaurant? Had zij dat belegen idee trouwens verzonnen of hij? Ze wist het niet eens meer. Ach, wat deed het er ook toe, zij en André waren geen match.
Iemand tikte op haar schouder. Langzaam draaide ze zich om.
'Annelies?'
Even overwoog ze te ontkennen, maar besloot dat een mislukte date ook leuke stof voor een artikel opleverde. Het was nodig voor het totaalplaatje dat ze haar lezeressen wilde voorschotelen.
'Dat ben ik,' antwoordde ze.
'Ik ben André, leuk om je te ontmoeten.' Hij stak zijn hand uit en nadat ze de verfrommelde roos ongemerkt op de grond had laten vallen, pakte ze hem aan. Zijn huid was kleverig en nat van het klamme zweet, een beetje koud ook. De gedachte dat die handen haar zouden aanraken bande ze snel uit haar hoofd. Brrr. Op zijn

voorhoofd parelde een enkele druppel. De man was duidelijk stront-zenuwachtig. Zou zij ook zijn geweest als ze in zijn schoenen stond. Liegen over je uiterlijk gaf niet echt een basis voor vertrouwen.
'Je lijkt niet echt op je profielfoto,' kon ze niet nalaten te zeggen.
'Uhm, nee dat klopt,' gaf hij aarzelend toe. Hij keek haar hulpeloos aan vanachter zijn brillenglazen. De geur van mondwater drong haar neus binnen. Ondanks het hulpmiddel was hij er niet in geslaagd zijn slechte adem helemaal te camoufleren. Jakkes. Ze schoof subtiel wat naar achteren op haar kruk. Hij leek het niet in de gaten te hebben en vervolgde: 'Ik ben realistisch genoeg om toe te geven dat ik niet bepaald moeders mooiste ben, maar ik ben wel heel lief en heb een goed karakter. Vrouwen zijn altijd zo gefocust op uiterlijk. Ik wilde gewoon een eerlijke kans.'
'Dat eerlijk klinkt een beetje raar uit jouw mond. Je vraagt om een faire kans met bedrog als uitgangspunt.'
Hij stond erbij als een geslagen hond en bestudeerde zijn schoenen vol overgave. Dat ze haar hand ook in eigen boezem moest steken, vertelde ze hem lekker niet. Ook zij was immers onder valse voorwendselen aan dit avontuur begonnen.
'Ik weet het, je hebt gelijk, maar ik vond je zo leuk dat ik een leugentje om bestwil wel vond kunnen voor het hogere doel,' verexcuseerde hij zichzelf. Een man die moeite voor haar wilde doen omdat hij haar zo leuk vond. Ondanks dat ze hem een verschrikkelijke nerd vond, streelde het haar ego.
'En wat versta je dan onder het hogere doel?'
'Het vinden van de ware.' Hij keek haar weer recht aan met zijn lodderige ogen. 'Ik voelde gewoon dat het lot wilde dat ik je zou ontmoeten en soms moet je het lot een beetje helpen.'
O nee, niet weer dat gezwam over het lot.
'Je zou eens met mijn vriendin Annel... uhm Sara moeten praten. Ook zo'n aanhanger van het lot.' Oeps, daar ging ze bijna de fout in. Dat undercovergedoe was ook niets voor haar. Veel te ingewikkeld. Kop erbij houden Sara, sprak ze zichzelf toe.
'Ja?' reageerde hij verheugd. 'Is ze nog vrijgezel?'

Werd ze hier nou ter plekke aan de kant geschoven of leek dat maar zo? 'Nee, mijn vriendin Sara is zo bezet als de kruk waar ik op zit,' antwoordde ze pinnig. Zijn hoopvolle houding veranderde weer in gelatenheid.
'Uw tafel is klaar, meneer en mevrouw,' onderbrak een aardige ober het moeizame gesprek. Vragend keek André haar aan, er duidelijk rekening mee houdend dat ze nu al kon afhaken.
'Nou, zullen we dan maar?' Ze deed een poging enigszins enthousiast te klinken. De uitdrukking in Andrés ogen was als die van een blij kind. Hoewel hij haar besodemieterd had met zijn profielfoto, voelde ze een sprankje medelijden voor de man. Hij snakte naar een relatie, dat was duidelijk, maar dat zijn uiterlijk dat behoorlijk in de weg zat, mocht helder zijn. Bij het uitdelen van de schoonheden had hij absoluut niet vooraan gestaan.
Ze stond op van haar kruk. André sloeg onhandig een arm om haar middel in een poging galant te zijn. Ze onderdrukte de neiging om hem van zich af te schudden. Ze voelde zijn zweterige hand door de stof van haar jurk heen. Dat werd vanavond nog de wasmachine. André schoof de stoel voor haar onder de tafel vandaan en ze nam plaats.
'Wilt u alvast wat drinken?' vroeg de ober.
'Een rode wijn graag,' reageerde ze.
'Een glas of een fles?'
'Fles!' floepte ze eruit zonder dat ze André vroeg of hij dat ook wilde. Dat flesje tikte ze desnoods in haar eentje wel achterover. Ze had het hard nodig om de avond door te komen. 'Drinkt u met mevrouw mee, meneer?'
'Welke rode wijnen hebt u?'
'Op dit moment hebben we een heel bijzondere Spaanse wijn van donkerrood fruit. De smaak is warm en zwoel door de impressies van bramen en zachte tannines.'
André knipoogde naar haar.
'De afdronk is lang en intens,' vervolgde de ober onverstoorbaar.
'Dat klinkt als een uitstekend wijntje voor deze bijzondere avond,'

hakte André de knoop door. De ober knikte en vertrok. Al snel was hij terug met twee glazen en de fles wijn. Op professionele wijze maakte hij de fles open en schonk een bodempje in voor André. Haar tafelgenoot walste de donkerpaarse vloeistof door het glas alsof hij nooit anders gedaan had. Een kenner dus. Daar had hij tenminste niet over gelogen. Daarna rook hij uitgebreid en nam een klein slokje dat hij langzaam liet rondgaan in zijn mond voordat hij het doorslikte. Hij klakte nog een paar keer met zijn tong tegen zijn verhemelte. Een spoor van het paarse vocht bleef achter in zijn mondhoeken. Het maakte hem er niet charmanter op. Het gaf hem zelfs een wat clowneske aanblik. Goedkeurend knikte hij naar de ober die vervolgens beide glazen tot de helft vulde en de fles op tafel zette. Sara begon zichzelf meteen moed in te drinken.

'Ik kom zo bij u terug met de menukaart. Alvast een mandje stokbrood met kruidenboter?'

'Lijkt me heerlijk,' antwoordde Sara. Toen de ober was vertrokken wees ze discreet met haar vinger naar haar mondhoek. André fronste niet-begrijpend.

'Wijn,' hielp ze hem op weg.

'O.' Gegeneerd keek hij weg en boende als een razende zijn mond met het servet dat op tafel lag. Het zag er aandoenlijk uit. De ober verscheen weer met de menukaart en keek minzaam naar de rode vlekken op het witte katoenen servet van André. Sara sloeg de menukaart open en scrolde met haar ogen naar de maaltijdsalades.

'Voor mij de maaltijdsalade met biefstukreepjes, alstublieft.' Een koude salade was snel te eten en zorgde ervoor dat ze spoedig weer weg kon. André had zijn menukaart nog niet eens opengeslagen. Opgejaagd door haar snelle keuze bestelde hij het eerste het beste vleesgerecht.

'Tournedos met pepersaus voor mij graag.'

De ober noteerde hun bestelling en vertrok.

'Nou, allebei aan de bief, hè stuk,' grapte André terwijl hij het glas hief. Ze lachte als een boer met kiespijn om zijn leuk bedoelde woordspeling en gaapte daarna verveeld. Ze hoopte maar dat ze zouden opschieten met dat eten. Van de grappige, spitsvondige man waar ze mee gechat had, zag ze tot nu toe nog niets terug in de figuur tegenover haar. Zou hij voor de chatsessies ook een stand-in hebben gebruikt? Je zou het bijna denken...

23

Pff, wat een avond. Ondanks de twee flessen rode wijn die ze in recordtempo met André deelde, was ze ontzettend toe aan een borrel. Dit was waarschijnlijk de saaiste avond van haar leven. Het kostte haar enorm veel moeite om geen gehoor te geven aan haar behoefte om te vluchten. Ik ben aan het werk, ik ben een professional en ik kan dit, herhaalde ze keer op keer tegen zichzelf.
Ze zou al haar creativiteit moeten aanspreken om op een grappige en leesbare manier verslag te doen van haar eerste internetdate, want o wat was die man slaapverwekkend. Nog uren met hem blijven zitten zou geen interessante anekdote meer opleveren, dus ze kon net zo goed na het hoofdgerecht vertrekken. Dat duurde al lang genoeg, want André nam uitgebreid de tijd voor zijn stukje vlees. Ze had haar salade al drie kwartier op toen hij eindelijk het laatste stukje tournedos in zijn mond stak. In die tijd had zij nog maar wat glazen wijn achterover getikt. Met de lullige smoes dat ze geen plek meer had voor een toetje vertrok ze uiteindelijk uit Luilekkerland, een teleurgestelde André achterlatend. Als goedmakertje rekende ze af voordat hij de kans kreeg.
'Kopje koffie bij mij thuis?' probeerde hij nog.
Ze bedankte vriendelijk maar resoluut en besloot de man uit de droom te helpen. Ook mislukte dates behoorden tot de realiteit van het e-matchen.
'Het gaat hem niet worden tussen ons, André. Ik denk dat het lot andere plannen met jou heeft.'
Hij zonk in elkaar en leunde uitgeblust met zijn hoofd op zijn hand.
'Denk je dat ik ooit een vrouw vind?'
'Op elk potje past een dekseltje, dus ook op het jouwe.'

Meer dan een cliché kon ze hem niet geven. Ze kon zich niet voorstellen dat er een vrouw was die voor deze man viel, maar dat hing ze hem natuurlijk niet aan zijn neus. Straks deed hij zichzelf nog wat aan en dat wilde ze niet op haar geweten hebben.

Een vervelende hoofdpijn diende zich aan. De ontmoeting met André was haar niet in de koude kleren gaan zitten en de chateau migraine evenmin. Ze liep naar haar fiets, maar besloot abrupt dat ze behoefte had aan een ommetje voordat ze naar huis ging. Deze avond was een grote deceptie. De verwachtingen die ze aan het begin van de avond had gehad, waren volledig de grond in geslagen.

Werk, je was gewoon aan het werk, troostte ze zichzelf. Ze voelde hoe de eenzaamheid bezit van haar nam. *Stel je niet aan, een week geleden was je nog apetrots op je vrijgezellenbestaan.*

Ze genoot van de zwoele avondlucht en slenterde op haar gemakje verder. Heerlijk vond ze dat, als het lekker lang licht bleef. Toch had ze niet echt een voorkeur voor een bepaald seizoen. Ook de knusse wintermaanden behoorden tot haar favorieten. Elk seizoen had zijn charme. Flarden muziek drongen haar oren binnen. Nieuwsgierig volgde ze het geluid. Ze sloeg rechts af een zijstraat in. Het geluid werd sterker. Aan het einde van de straat doemde een bruin café op. DE TAP prijkte er op het verlichte uithangbord. Ze tuurde naar binnen. Het zag er gezellig uit. Een afzakkertje, *mademoiselle*? stelde ze zichzelf voor. Laten we dat maar doen. Ze stapte de kroeg binnen en haar ogen screenden de zaak op een vrije plek om te zitten. In een oogopslag zag ze dat er alleen nog wat krukken aan de bar vrij waren. De tweede barkruk van deze avond waar ze op plaatsnam. Hopelijk bracht deze plek meer geluk. Ze was in elk geval in goed gezelschap. Want wat was er leuker dan op stap zijn met jezelf? *Op stap met een lekkere vent...* Ondanks de behoorlijke hoeveelheid wijn die al in haar systeem zat, bestelde ze een Glenfiddich bij de niet onaantrekkelijke barman.

'*On the rocks*?' vroeg hij. Ze schudde van nee. Ze had erg veel behoefte aan het pure spul. De barman zette met een knipoog een glas met een ruime portie voor haar neer. Ze nam meteen een slok. De

whisky brandde aangenaam in haar keel en verzachtte de bittere smaak die deze avond had achtergelaten. Bij de gedachte dat ze nog meer van dit soort 'werkdates' moest zien te doorstaan, werd ze acuut depressief. Misschien moest ze prozac overwegen? Of een mental coach om bij uit te huilen? Tegenwoordig hoefde je je voor een beetje psychische bijstand niet meer te schamen.
Ze was zo in gedachten dat ze niet doorhad dat de lege kruk naast haar inmiddels gevuld was. Ze merkte pas dat er iemand op had plaatsgenomen toen een elleboog haar arm raakte. Geërgerd keek ze naar de persoon die het fysieke contact bedoeld of onbedoeld veroorzaakte. Zat ze net even uitgebreid medelijden met zichzelf te hebben, werd ze weer gestoord. Voordat ze iets lelijks kon zeggen, verontschuldigde de man naast haar zich al.
'Sorry, het was niet de bedoeling je uit je gepeins te halen.'
Was het zo duidelijk dat ze in gedachten was verzonken? Als zelfs een wildvreemde dat al zag. Met een enigszins benevelde blik keek ze haar buurman aan. Haar irritatie nam meteen af toen ze in twee prachtige pretogen keek.
'Beroerde avond gehad?' vroeg het heerschap belangstellend. Ze nam een grote slok whisky en onderschreef zijn woorden. De tranen sprongen in haar ogen van de sterke alcoholsmaak. 'Schouder nodig om op uit te huilen?' Hij trok een schone zakdoek uit zijn broek en bood hem haar aan. Theatraal depte ze haar ogen, subtiele mascaravlekjes op de zakdoek achterlatend. Daarna snoot ze demonstratief haar neus en gaf hem zonder blikken of blozen de zakdoek weer terug. *Waar zijn je manieren gebleven*! hoorde ze de stem van haar moeder in haar hoofd tetteren. *Zo heb ik je niet opgevoed*. Het leek de man niet te deren. Hij stak zijn hand naar haar uit.
'René. Die overigens een goede wasmachine heeft.' Hij lachte terwijl hij de volgesnoten zakdoek achteloos terug in zijn broek stopte.
'Sara.' Ze schudde hem de hand. 'Die geen ster is in het huishouden en de was nog weleens naar haar moeder brengt. Dat je het maar weet.' Ze nam nog een slok en verslikte zich bijna. René klopte bezorgd op haar rug.

'Gaat het?'
Ze knikte van wel, door de prikkel in haar keel niet in staat om te praten.
'Zo, jij moet echt een beroerde avond gehad hebben.' Voordat ze kon reageren vervolgde hij: 'Heeft je vriendje het uitgemaakt?'
'Ik heb geen vriendje,' mokte ze.
'Zo'n mooie vrouw als jij?'
'O, duh, ga mijn avond nou niet nog verder verpesten door een blik clichés open te trekken.'
Ze sloeg de laatste paar slokken whisky in een keer achterover en zette het glas met een ferme klap op de bar.
'Nog eentje?' Hij wenkte de barman. 'Het zal me niet gebeuren dat je vertrekt voordat we geproost hebben.'
'Er valt niks te proosten.'
De barman stond voor hun neus en keek René vragend aan. 'Zeg het maar.'
'Voor haar een whisky. Maak er maar een dubbele van, want zo te zien kan ze het gebruiken. En voor mij... Ach ik doe gezellig met haar mee.'
Even later zette de barman twee goed gevulde glazen voor hun neus. René pakte ze allebei op en reikte haar het hare aan. Hij tikte met zijn glas tegen dat van Sara.
'Proost.' Ze hief haar glas in de lucht en nipte er vervolgens aan. De drank begon haar nu echt naar het hoofd te stijgen. Ze vroeg zich af of ze niet ter plekke neer zou storten als ze opstond en de veilige barrand los moest laten. 'Wil je iets voor me doen?' Pff, wat wilde die vent van haar? Uitdagend richtte ze haar blik op hem. 'Wil je een keer naar me lachen?' Werktuigelijk krulde ze haar lippen in iets wat voor een grijns door moest gaan. 'Kijk, mijn vermoeden wordt bewaarheid.'
'Welk vermoeden?'
'Dat je heel mooi bent als je lacht. Zou je vaker moeten doen.'
'Nou doe je het weer!'
'Wat doe ik weer?'

'Me lastigvallen met een cliché. Als je me nu ook nog gaat vragen om een vuurtje dan ben ik vertrokken.'
'Dan vrees ik dat je nog even moet blijven zitten. Het is je misschien ontgaan, maar roken in kroegen is tegenwoordig verboden. Een vuurtje ga ik je dus niet vragen. Maar even iets anders: ken ik jou niet ergens van?'
Hij schaterde het uit. Ze stond onmiddellijk op. Gadver, ze had geen zin meer om naar deze onzin te luisteren. Ze zette het thuis wel verder op een zuipen. Ze deed een wankele stap, verloor haar evenwicht en viel plompverloren tegen René aan die haar nog net op tijd opving. O, wat was dit gênant. Een aftocht met rechte rug zat er niet in. Fietsend naar huis ook niet. Ze vreesde dat ze een taxi moest inschakelen.
Ze hing nog steeds in Renés armen, realiseerde ze zich ineens. Ze probeerde zich los te wurmen, maar een alcoholische duizeling bracht haar meteen weer uit haar evenwicht. Ze greep naar haar hoofd in de hoop dat het gedraai stopte. Haar maag protesteerde en ze sloeg haar hand voor haar mond. Als ze nu ook nog ging spugen, dan overwoog ze zelfmoord. Ze slikte vol overgave, maar het was al te laat. René draaide haar van zich af, maar kreeg ondanks dat de volle lading over zijn broek. De barman verleende assistentie en wierp hem een natte theedoek toe. Met een vies gezicht maakte hij zijn broek zo goed en zo kwaad als het ging schoon, terwijl hij Sara tegelijkertijd bleef ondersteunen.
'Nouw da worde ovwerure voow die wasjmasjien vwan je,' lispelde ze met dubbele tong.
'Meestal heb ik meer succes bij de vrouwen,' reageerde hij droog. 'Jij bent wel heel direct in het laten merken wat je van iemand vindt.'
Hij zocht oogcontact met de barman, maakte een telefoongebaar en playbackte 'taxi' in zijn richting. De barman begreep zijn hint en stak zijn duim op ter bevestiging.
'Ik vwoel mwe nie zoow lekker gewloof iwk.' Ze wendde zich tot de bar en leunde er met haar ellebogen op. René kwam achter haar staan en gaf haar de balans die ze zelf kwijt was. Hij drukte zijn ondergespuugde broek tegen haar kont aan.

'Eerlijk zullen we alles delen,' grinnikte hij. Ze vond het allemaal prima.
'Je vwattut wew spowtiewf opf. Mowgen maawk ik mwe vwan kwant, maaw eewst eewven eewn twukkie dwoen.'
Ze kreeg de woorden niet meer normaal uit haar mond. Haar tong leek te groot voor haar mond en voelde aan als een gezwollen, leren lap. Het ding maakte fatsoenlijk articuleren schier onmogelijk. Ze legde haar hoofd op de bar. De roes voerde haar mee en ze zakte weg.
'Ho, ho, dame, nog even wakker blijven. Er is een taxi onderweg.'
De barman zette een koud glas water met een rietje voor haar neer. René stopte het rietje tussen haar lippen.
'Wjij dwurft, metween aw bwij dwe eewste ontmwoetiwng iewts iwn mwijn mwond stwoppewn.'
'Opdrinken.' Zijn stem klonk onverbiddelijk. Ze nam kleine slokjes om haar maag niet nog verder van streek te maken. Het koude water verdreef de slaperigheid een beetje.
'Ah, daar zul je de taxi hebben.'
Hij hees haar overeind en zwaaide naar de taxichauffeur die hun richting op kwam. Hij legde een vette fooi op de bar, naast de smerige theedoek die hij al die tijd vast had gehad. De barman stak zijn duim weer op en blikte of bloosde niet van de gore theedoek. Het was niet de eerste keer dat een klant dronken werd afgevoerd.
René pakte Sara bij haar middel.
'Kom, ik ga je naar huis brengen.' Gewillig liet ze zich meevoeren naar buiten, zich nauwelijks bewust van zichzelf en haar omgeving. René zette haar op de achterbank neer en nam naast haar plaats. Sara's kin zakte op haar borst en ze maakte zachte snurkgeluidjes.
'Zo, die is ver heen,' concludeerde de taxichauffeur. René kon het alleen maar beamen.
'Waar gaat de reis naartoe?' vroeg de chauffeur.
'Sara, wat is je adres?' René schudde haar voorzichtig door elkaar. Ze kreunde als reactie en smakte wat met haar mond.
'Sara, je adres,' vroeg hij nu wat luider en dwingender. 'Daarna mag je weer verder slapen.'

'Wozenplein 45,' mompelde ze onverstaanbaar.
'Iets harder graag, ik versta je niet.' René bracht zijn oor richting haar mond.
'Wozenplein 45,' brulde ze.
'Ze bedoelt waarschijnlijk Rozenplein,' bemoeide de taxichauffeur zich ermee. 'Van Wozenplein heb ik nog nooit gehoord.'
'Laten we de gok maar wagen en koersen op Rozenplein,' was René het met de man achter het stuur eens.
Sara krulde zich behaaglijk tegen hem aan. Wat een aparte avond en wat een aparte vrouw. Na een rit van een kwartier stopte de taxi op de plaats van bestemming. Sara was inmiddels in een diepe slaap verzonken. Een poging haar wakker te krijgen mislukte. René pakte haar handtas op zoek naar een huissleutel. Hij voelde zich er uiterst ongemakkelijk bij. Hij graaide niet graag in andermans spullen, zo was hij niet opgevoed. Maar in dit geval had hij weinig keus. Hij kon Sara niet de hele nacht in die taxi laten zitten of erger nog, haar voor een huis dumpen waarvan hij niet eens zeker wist of het het hare wel was. Eindelijk had hij iets te pakken wat op een sleutelbos leek.
'Ogenblikje,' zei hij tegen de chauffeur, 'ik ga even proberen of een van deze sleutels op de voordeur past.' Hij ontworstelde zich aan Sara's greep en legde haar languit op de achterbank neer. 'Zo terug.' Hij sprong de taxi uit en liep naar de voordeur met nummer 45. Een benedenwoning zo te zien. Aan de rinkelende bos in zijn hand zaten acht sleutels. Welke zou de goede zijn? Een voor een stak hij ze in het slot. Bij sleutel vijf was het prijs. Soepel draaide hij het slot open en liet de voordeur openstaan toen hij terugliep naar de taxi. Hij vroeg de chauffeur op hem te wachten en tilde Sara uit de auto. Haar lichaam was slap en werkte niet echt mee. Zonder kleerscheuren wist hij haar uiteindelijk uit de auto te krijgen. Hij tilde haar over de drempel. Ooit hoopte hij dat nog eens te doen na een geslaagde huwelijksdag met een vrouw die het in volle bewustzijn meemaakte.
Zijn ogen speurden de donkere gang af naar een lichtknop. Hij vond er een aan de rechterwand en hij duwde er met zijn elleboog tegenaan.

'En toen was er licht,' mompelde hij. Sara kreunde even, maar gaf verder geen krimp. Hij liep door naar wat hij aannam dat de woonkamer was. Er brandde een klein lampje in de hoek. Geïnteresseerd nam hij het interieur in zich op. Ze zeiden weleens wat van mannen met een typisch vrijgezellenhuis, maar deze vrouw kon er ook wat van. In de hoek stond een rommelig bureau met grote stapels papieren die balanceerden op de rand. Er was weinig voor nodig om het bouwwerk in te laten storten. Ernaast stond een thermoskan met duidelijke koffiesporen gebroederlijk naast een halfvolle mok. In de hele kamer geen plant of kaars te bekennen. Gezellige accessoires ontbraken. Op de kleine salontafel stonden wat vuile borden en glazen.
Hij legde Sara op de rode bank die onder het raam stond. Ondanks haar slanke postuur begon haar gewicht hem toch op te breken. Kon hij haar hier zo achterlaten op de bank of moest hij haar in bed leggen? Misschien moest hij in elk geval op zoek gaan naar een dekentje, zodat ze het niet koud zou krijgen. Hij liep naar de deur aan de andere kant van de woonkamer. Een klein halletje bracht hem naar de slaapkamer met badkamer en suite. Hij voelde zich net een voyeur. Hij hoorde deze persoonlijke ruimtes eigenlijk niet te betreden zonder toestemming van de eigenaresse. Het feit dat de eigenaresse op dit moment half in een alcoholische coma lag, bracht zijn gemoed iets tot rust, maar nam het ongemakkelijke gevoel niet helemaal weg. Hij besloot haar toch maar in bed te leggen. Maar haar kleren uittrekken ging hem te ver. Hij tilde haar slappe lichaam van de bank, legde haar neer in het tweepersoonsbed en sloeg het satijnen laken over haar heen. Slapen deed ze dus wel in luxe. Sara kreunde genoeglijk toen haar hoofd het comfortabele kussen raakte. Ze krulde zich in het laken en draaide op haar zij met haar rug naar hem toe. Hij vatte het maar niet persoonlijk op. Hij nam de contouren van haar lijf onder het laken goedkeurend op. Hij had haar graag wat beter leren kennen. Ze was een mooie vrouw, die zeker paste in zijn smaakpalet. Nou ja, je kon niet altijd geluk hebben in het leven. Waarschijnlijk herinnerde ze zich hem morgen niet eens meer en wist ze niet hoe ze uiteindelijk thuis was gekomen.

Hij zette nog een glas water op haar nachtkastje, want hij verwachtte dat ze behoorlijk dorstig zou zijn als ze wakker werd. Uit een keukenkastje haalde hij een slakom en zette die op de grond bij het bed voor als haar maag weer zou opspelen. In de warboel op het bureau zocht hij naar een leeg papiertje en een pen. Hij krabbelde er een beknopte samenvatting van de avond op en legde het briefje met zijn naam en telefoonnummer op de kleine salontafel. Mocht ze een zwart gat in haar geheugen hebben, dan zou zijn briefje ervoor zorgen dat ze zich de dingen weer herinnerde. Hij stak zijn hoofd nog even om het hoekje van haar slaapkamer om zeker te weten dat ze er goed bij lag. Met de woorden 'Dag, mooie Sara, slaap lekker,' verliet hij het huis en trok de voordeur zachtjes achter zich dicht. De taxi stond met draaiende motor op hem te wachten. Hij stapte in en vroeg de chauffeur hem naar huis te brengen.

24

Ergens in de verte hoorde ze een geluid. Ze kon het niet plaatsen, maar wist wel dat ze het niet wilde horen. De snerpende klank werd steeds doordringender en deed pijn in haar kop. Ze verstopte haar hoofd onder het kussen, maar bande daarmee het geluid niet uit. Ze voelde zich ontzettend groggy. Haar hersenen kwamen langzaam op gang. Ineens schoot ze overeind, als door een wesp gestoken. Ze greep naar haar hoofd.

'*Shoot.*' Dit was niet fijn. Haar telefoon! Het geluid was afkomstig van haar telefoon! Waar was dat ding? Hij lag in elk geval niet op haar nachtkastje. Ze spande zich in om te achterhalen waar de klanken vandaan kwamen. De woonkamer leek het. Wankel stapte ze uit bed en struikelde bijna over een slakom die op de grond stond. Ze gaf de kom een trap. Hoe kwam dat ding daar nou? Wat voor dag was het eigenlijk? Langzaam kwamen de beelden van haar horrordate met André weer terug. Ze had veel te veel gezopen en was daarna nog in de kroeg beland. Ze had met een of andere vent gepraat van wie ze de naam alweer vergeten was. En o nee, ze had hem ondergespuugd. Daarna was het licht uitgegaan en wist ze niks meer.

Hoe was ze eigenlijk thuisgekomen? Ze kon zich niet herinneren dat ze had gefietst. Ze strompelde de woonkamer in en probeerde de streep zon die naar binnen viel te negeren. Het felle licht deed pijn aan haar ogen. Het aanhoudende gerinkel was inmiddels gestopt. Ze zag haar handtas op de rode sofa staan en graaide erin tot ze haar telefoon uiteindelijk vond. GEMISTE OPROEP stond er op het schermpje. Ja, ja, dat wist ze. Ze keek wie haar had gebeld. Shit, het was haar werk. O nee, het was maandag en ze had al twee uur op de redactie moeten zitten.

De telefoon begon weer te rinkelen. Haar chef. Aarzelend nam ze op.
'Met Sara.'
'Zeg, waar hang jij uit? We gaan zo de *brain* in en zitten met z'n allen op je te wachten.'
'Ik kom eraan. Heb me verslapen, sorry.'
'Je hebt weleens fitter geklonken inderdaad.'
'Was op date gisteren voor de nieuwe rubriek.'
'Aha, ben zeer benieuwd naar de *dirty details* die je zo tijdens de vergadering uit de doeken mag doen. En nou hup, hup! Zorg dat jij en dat kittige kontje van je als de sodemieter naar de redactie komen.'
Sara humde bevestigend en verbrak de verbinding. Man, wat had ze een dorst. Ze kon de kraan wel leegdrinken. Ze klokte drie grote glazen water naar binnen. Aan ontbijt moest ze even niet denken. Een ibuprofen en paracetamol moesten maar als vervanging dienen. Ze wankelde naar de douche voor een snelle opfrisbeurt. Toen ze langs de badkamerspiegel liep, ving ze even een glimp van zichzelf op die ze graag had willen missen. Haar mascara was flink uitgelopen en gaf haar een gothic-achtige look. Haar bloeddoorlopen ogen zorgden voor een draculaelement. Dit kon ze met de beste wil van de wereld vandaag niet meer straktrekken. Gehaast boende ze haar gezicht schoon met make-upremover. Het laatste restje dat achterbleef spoelde ze weg onder de douche.
Ze zette het water niet te warm in de hoop dat de frisse druppels haar wat helderheid brachten. Helaas was het resultaat niet wat ze ervan hoopte. De mist in haar hoofd bleef. Hoe moest ze in hemelsnaam deze dag fatsoenlijk doorkomen op de redactie als ze niet in staat was om helder te denken? Snel trok ze een jurkje aan en stapte in haar zwarte ballerina's, hakken kon ze vandaag niet aan. Haar natte haar moest onderweg maar drogen. Ze zette een grote zonnebril op haar hoofd die haar rode ogen camoufleerde. Die moest ze de hele dag maar ophouden.
Ze pakte haar tas en sleutels en begaf zich naar de voordeur. Op het moment dat ze hem opentrok, liep een man met een bos rode rozen haar voortuin in. Zijn gezicht ging schuil achter de bloemen. Wie

was dat nou weer? Met een luide klap trok ze de deur dicht en sloot hem af. De man was haar inmiddels genaderd.
'Ik denk dat u verkeerd bent hoor, er is echt niemand die mij een bloemetje wil bezorgen.'
De man haalde de bos bloemen weg voor zijn gezicht en keek haar geamuseerd aan. Hij was knap, viel haar meteen op.
'En waarom zou niemand jou een lekker ruikertje willen bezorgen?'
'Omdat ik mijn date van gisteravond voortijdig heb laten zitten en later in de kroeg geloof ik ook nog over iemand heen heb gespuugd. Niet echt kwalificaties die goed staan op je cv.'
'Hier, voor jou.' Hij stak de bos bloemen naar voren. Ze lachte verlegen. 'En mijn broek is allang weer schoon hoor,' liet hij erop volgen.
'Ben jij...' hakkelde ze.
'Ja. Ik ben de man met wie je gisteren aan de bar hing totdat je in slaap viel.'
'O, wat gênant. Ik herkende je niet.'
Ze voelde het schaamrood in volle hevigheid naar haar kaken stijgen.
'Ik heb je met een taxi naar huis gebracht en in bed gelegd. Je was volledig van de wereld. Heb je mijn briefje op tafel gevonden?'
'Uhm, nee. Ik heb nogal haast want ik heb me verslapen. Mijn chef ontploft als ik niet heel snel op de redactie ben.'
Haar handen speelden met de sleutelbos waar ook haar autosleutel aan zat.
'Je was toch niet van plan om auto te gaan rijden in deze toestand hè? Ik vrees dat het in elk geval nog een dag duurt voordat dat overtollige promillage uit je lijf is.'
'Hoe heet je eigenlijk?' onderbrak ze zijn bezorgde praatje. 'Ik kan het me niet meer herinneren, sorry.'
'René.'
Hij stak zijn hand uit en ze pakte hem aan. Zijn lange, slanke vingers omsloten die van haar alsof het nooit anders geweest was. Een klein kriebeltje schoot door haar buik. Zijn huid was zacht en droog en voelde aangenaam aan op de hare. Niet te vergelijken met dat zweterige handje van André gisteravond.

'Mag ik mijn hand misschien terug?' vroeg hij geamuseerd.
Verschrikt liet ze hem los.
'Ja, natuurlijk. Sorry.' Ze had helemaal niet door dat ze hem te lang vasthield. Ze was blij met de semiveiligheid die haar grote zonnebril haar bracht. Het was heel prettig dat hij haar niet rechtstreeks in de ogen kon kijken. Haar telefoon ging. 'O, dat is mijn chef weer. Ik heb echt een probleem nu.'
Ze liet hem overgaan, bang voor de scheldkanonnade die ze ongetwijfeld om haar oren kreeg. *Kom eraan!* sms'te ze terug.
'Wacht, ik breng je wel even. Ik wil absoluut niet dat je zo achter het stuur gaat zitten, Sara.' Ah, hij wist háár naam dus nog wel. 'Zet die op je werk maar in het water.'
Hij gaf haar de bos rozen en pakte haar hand. Ze volgde gewillig. Het was inderdaad niet verstandig dat ze zelf achter het stuur kroop en als ze al de puf had om te fietsen, dan ging dat niet omdat haar fiets nog bij Luilekkerland stond. 'Waar gaat de reis heen?' Ze gaf hem het adres en hij stelde zijn TomTom in. Het eerste stukje zwegen ze allebei. Uiteindelijk verbrak Sara de stilte.
'Wat kwam je eigenlijk doen?'
'Even kijken of alles goed met je was. Ik liet je gisternacht nou niet bepaald in ideale toestand achter.'
'Da's heel attent van je. En waar heb ik die bloemen aan verdiend? Het was logischer als ik ze aan jou zou geven nadat ik me had uitgeleefd op je broek.'
Ze trok een wat zuur gezicht bij de gedachte aan 'het akkefietje' dat ze liever vergat.
'Dat heeft te maken met de gouden regel.'
'De gouden regel?'
'Dat je nooit op bezoek gaat bij een vrouw zonder iets voor haar mee te brengen.'
Ze proestte het uit.
'En waar heb je deze handboekwijsheid vandaan?'
Als antwoord tikte hij tegen zijn hoofd. 'Hier vandaan.' Hij keek haar vluchtig aan met die sprankelende ogen en richtte zich toen weer op

de weg. Weer fladderde dat vlindertje door haar buik. Ze vond hem echt knap. Zonder dat ze erbij nadacht streek ze met haar hand over zijn beginnende stoppelbaardje.
'Je mag je weleens scheren.' Hij trok zijn hoofd terug, zodra haar hand hem aanraakte.
'Oeps, sorry,' verontschuldigde ze zich voor haar vrijpostigheid. 'Ik weet niet wat me bezielde.'
'Geeft niet. Ik vond het wel prettig hoor, maar ik schrok er een beetje van omdat ik het niet verwachtte.'
'Sorry,' verontschuldigde ze zich nog een keer.
'Zeg, je bent toch geen stalker?' gooide ze het ineens over een andere boeg.
'Een stalker? Wat is dat nou voor een rare vraag?' reageerde hij verontwaardigd.
'Nou, er staan niet dagelijks mannen op mijn stoep die een bos bloemen komen brengen als beloning omdat ik me misdragen heb.'
'Als ik een vieze vent was dan had ik vannacht wel misbruik van je gemaakt want daar was alle kans toe. Maar nee hoor, ik, sukkel die ik ben, heb je keurig thuisgebracht en met kleren aan in bed gelegd. Dat pleit toch wel voor me dacht ik.'
Weer voelde ze zich genoodzaakt om haar excuses aan te bieden.
'Sorry, je hebt helemaal gelijk, maar ik moest het gewoon vragen. Ik ben nogal een flapuit.'
'Dat blijkt ja. Excuses aanvaard onder één voorwaarde.'
'Gaan we eisen stellen?'
'Jazeker.'
'Nou, kom maar op dan.'
'Ik schenk je eeuwige vergeving als je van het weekend met me uit eten gaat en me een avondje gunt met een nuchtere Sara.' Haar hart maakte een sprongetje. *Niet te makkelijk toehappen. Playing hard to get, weet je wel.* Te laat. Ze hoorde zichzelf zeggen dat zaterdag nog vrij was in haar agenda en dat ze zijn voorwaarde accepteerde.
'Is dat een officiële date of een goedmakertje?' kon ze niet nalaten te vragen.

'Je mag het naar eigen inzicht labelen, maar voor mij is het een date.' Een tevreden glimlachje krulde rond haar lippen. Zwijgend vervolgden ze de rest van de rit. Allebei verzonken in hun eigen gedachten.
'Hier is het!' Ze kneep René waarschuwend in zijn been en wees tegelijkertijd naar het moderne kantoorgebouw waar *HipSter* in gevestigd was. Abrupt trapte hij op de rem en ze schoot voorover. Ze kromp ineen om de klap te incasseren die ongetwijfeld volgde als er iemand achter hen reed. De klap bleef uit, want de weg achter hen bleek leeg.
'Pff, ik schrok me rot.' Haar hart bonkte als een razende in haar keel.
'Dan was je niet de enige,' reageerde René. 'Je bent wel een handtastelijk meisje hè. Niet dat ik daar bezwaar tegen heb overigens,' grinnikte hij erachteraan. Een zoveelste sorry lag op haar lippen, maar hij was haar voor. 'Laat maar. Ik vind het stempel excuustruus niet echt op jou van toepassing.'
'En dan te bedenken dat ik mijn oma altijd om die reden vervloekte als ze naast me in de auto zat.'
'Tja, bepaalde genen zijn blijkbaar nogal hardnekkig,' zei hij lachend. Hij boog zich over haar heen en opende het portier aan haar kant. Ze voelde zijn huid tegen het dunne stofje van haar jurkje. Het bracht een aangename tinteling teweeg. Ze verroerde zich niet om het moment zo lang mogelijk te laten duren. Ook René leek geen haast te maken.
'Ik haal je zaterdagavond om zeven uur op, oké?'
'Uhm ja, dat is prima.'
Haar stem klonk schor en ze schraapte haar keel.
'Je zonnebril is trouwens niet uitgenodigd,' liet hij erop volgen.
'Ha ha, grapjas.'
Ze stapte uit, pakte haar tas en de bloemen en salueerde als dank voor de rit. René toeterde als antwoord en reed toen weg. Wat ging hij eigenlijk doen? Moest hij niet werken? Het was niet in haar opgekomen om het hem te vragen. Wat wist ze nou van deze man? Helemaal niets. Tijd om er verder over na te denken kreeg ze niet, want Amanda kwam jubelend naar buiten lopen.

'Saartje! Kom jij tante Amanda maar eens even vertellen wie dat lekkere ding was.' Ze sloeg haar arm om Sara heen en pakte de bloemen van haar over.
'Toe maar, nog rode rozen ook. Dat moet wel echte liefde zijn.'

25

Met tegenzin trapte ze de pedalen van haar fiets plichtmatig rond. Had ze die stomme rubriek maar nooit aangenomen. Haar chef was erg tevreden over haar eerste stuk, waarin ze op hilarische wijze verslag deed van haar afspraakje met André. Het had een stroom aan positieve reacties opgeleverd. Reden genoeg dus om ermee door te gaan. Er werd flink gespeculeerd over wie er achter de rubriek *Dating Daisy* zat. Er was uiteindelijk voor gekozen dat ze anoniem bleef en onder een pseudoniem schreef, omdat ze anders nooit authentieke dates kon hebben. Er moest voorkomen worden dat mannen met haar afspraken omdat ze genoemd wilden worden in haar rubriek. Daar zat wat in vond ze. Daarbij had ze ook nog een privéleven en dat hield ze graag gescheiden van deze zakelijke *tour d'amour.*

Over twee weken was de deadline voor haar volgende stuk dus vanavond was ze weer de klos. Ze was tien minuten geleden op haar fiets gesprongen, deze keer op weg naar een avondje speeddaten. Ze had er totaal geen zin in. Voor haar was de conclusie allang helder; de ideale man vond je nog steeds in een ouderwetse kroeg.

Tussen haar en René was het dikke mik sinds het etentje van twee maanden geleden en ze bracht deze avond tien keer liever met hem door. Ze was smoorverliefd en hij ook. Nog nooit eerder had ze zo'n klik gevoeld met een man. *A match made in heaven.* Hoewel ze het voorheen altijd Spaans benauwd kreeg als een man hoteldebotel van haar was en steeds bij haar in de buurt wilde zijn, kon ze van René geen genoeg krijgen. Als ze niet bij hem was, miste ze hem verschrikkelijk. Eigenlijk was ze al zo goed als bij hem ingetrokken. Vorige week legde ze ritueel haar tandenborstel in zijn badkamer en een paar onderbroeken in zijn kledingkast. Een paar van haar favoriete pumps

stonden goed zichtbaar onder de kapstok als permanent bewijs van haar aanwezigheid in zijn leven.
Renés huis was ruimer en een stuk gezelliger dan dat van haar en ze had zich er meteen thuis gevoeld. Ze was ook groot fan van de knusse tuin waar ze genoten van de lange zwoele zomeravonden met wijn, goede gesprekken en stapels boeken. Op de schommelbank die op een houten vlonder stond, omringd met kleurrijk gevulde bloembakken, mijmerden ze uren hand in hand over een plek waar de zon altijd scheen en geluk chronisch was.
Ze schrok op uit haar gedachten toen ze luid getoeter hoorde. Verontschuldigend stak ze haar hand op. Ze was zo in gedachten verzonken dat ze bijna door rood reed. De chauffeur had haar zojuist behoed voor een aanrijding.
'Opletten, Sara,' sprak ze zichzelf toe. 'René houdt van slank, maar niet van plat.' Bij het uitspreken van zijn naam ging er een steek van verlangen door haar hart. René zat een weekend in het buitenland voor zijn werk en alleen slapen in dat koude, grote bed beviel haar niks. Vreemd eigenlijk want tot een paar maanden geleden was ze niet anders gewend geweest en moest ze er niet aan denken dat ze een warm lijf tegen zich aan had liggen. René had haar leventje behoorlijk op zijn kop gezet.
Het zat haar dwars dat ze hem van haar chef niets mocht vertellen over de rubriek *Dating Daisy*. 'Hoe minder mensen het weten, hoe beter.'
'René is niet zomaar iemand, hij is mijn vriend,' had ze aangevoerd, maar haar chef bleef bij haar standpunt.
'Wat niet weet wat niet deert. Ik heb geen behoefte aan een jaloers vriendje dat je het werken onmogelijk maakt.'
'Maar we hebben afgesproken om altijd eerlijk tegen elkaar te zijn,' sputterde ze nog tegen.
'Beroepsgeheim valt daarbuiten, Sara. Einde discussie.'
Daar kon ze het weer mee doen. Op de een of andere manier kletste haar chef haar altijd weer klem terwijl ze toch echt niet op haar mondje was gevallen.

Toen ze haar dilemma aan Annelies voorlegde, kreeg ze ook geen bevredigend antwoord. 'Ach, Sara, de hele wereld is niet eerlijk, dus het is vrij nutteloos als jij de heilige Maria gaat lopen uithangen. Meegaan met de stroom is het beste en levert het minste gezeik op.' Daarna had Annelies abrupt het gesprek dat ze voerden via Skype verbroken, want 'ze moest weer verder'. Waarmee liet ze in het midden. Sara bleef met een katterig gevoel achter. Ze kon nog steeds geen vinger leggen op de overdosis cynisme die Annelies tentoonspreidde sinds ze op IJsland zat. Misschien moest ze eens voorstellen om haar op te komen zoeken op IJsland of Lies juist uitnodigen om bij haar te komen logeren, zodat ze even kon ontsnappen aan het leven in dat koude gat. Maar op dit moment kwam dat even niet uit, de komende maanden eigenlijk niet. Ze had het zo druk met haar werk en René.

Ineens kneep ze verschrikt in haar handremmen. Bijna reed ze partycentrum De Drie Wilgen in volle vaart voorbij. Ze had zich na het bijna-ongeluk met de auto van zopas voorgenomen om beter op te letten, maar haar gedachten dwaalden toch al snel weer af. Ze was ook zo'n dromer. Verliefdheid deed rare dingen met je. Soms herkende ze zichzelf niet meer.

Ze zette haar fiets vast aan een lantaarnpaal, pakte het kleine spiegeltje uit haar tas en stiftte haar lippen. Goedkeurend bekeek ze zichzelf nog een laatste keer. Onweerstaanbaar, al zei ze het zelf. Ze schakelde om in de werkmodus. Vrouw met een missie gaat het gebouw binnen, dacht ze gekscherend.

In de ontvangsthal stond een chic glanzend wit bord met het logo van Quick & Click in verleidelijke roze letters. ZAAL DRIE stond er in een keurig handschrift op geschreven met een afwasbare stift. Aan het plafond hingen houten bewegwijzeringsbordjes. Voor zaal drie moest ze naar links. Er was niemand te bekennen. Ze had zich toch niet vergist in de dag? Even hoopte ze dat ze inderdaad verkeerd in haar agenda had gekeken. Maar net zo snel besefte ze ook dat ze er uiteindelijk toch niet onderuit kwam.

Terwijl ze naar de zaal liep schoten er beelden van Miranda uit *Sex and the City* door haar hoofd. De scène waarin zij haar geluk beproefde bij het speeddaten was een gruwel. Ze had er destijds hartelijk om gelachen met Annelies, maar vond het nu ze zelf de klos was een stuk minder grappig. Schoorvoetend vervolgde ze haar weg. Uit een zaaltje aan haar rechterhand klonk geroezemoes. Behoedzaam stak ze haar neus om het hoekje. Een handjevol mannen en vrouwen stond wat onbeholpen op een kluitje. Verderop stonden een stuk of twintig tafeltjes opgesteld die haar deden denken aan de lagere school. Aan weerszijden van elk tafeltje stond een klapstoel. De ruimte was versierd met roze hartjesballonnen. Dit kon niet missen, hier moest ze wezen.

Nieuwsgierig namen haar ogen de mensen een voor een op. Haar eerste indruk van de mannen was 'saai'. Verder dekten 'oninteressant' en 'niet moeders mooiste' de lading. Ze zuchtte verveeld. Ze moest wel erg van haar baan houden om dit te doen. Vandaag speelde ze de rol van Karin, stewardess. Ook nageaapt van *Sex and the City*. Toen Miranda net deed of ze stewardess was in plaats van advocate, verliepen de gesprekjes ineens een stuk soepeler. Een poging waard dus, dacht ze zo.

Ongeduldig keek ze op haar horloge. De aanvangstijd was al bijna vijf minuten verstreken. Het leek verder niemand te deren, maar haar irriteerde het. Ze wilde zo snel mogelijk input voor haar artikel verzamelen en dan weer weg. Een vrouw met een rok tot knielengte en een sjaaltje om haar hals maakte zich los uit het groepje mensen. Ze liep op Sara af en stelde zich voor.

'Ik ben Evelien van Quick & Click. En jij bent?'

'Karin.' Verdorie, vergiste ze zich bijna weer.

'Leuk dat je er bent, Karin.' De vrouw nam haar onderzoekend op. 'Waarom ga je niet lekker *mingelen*? Je staat hier zo in je eentje.' Mingelen? Wat een stom woord was dat toch. Evelien keek haar met opgetrokken wenkbrauwen doordringend aan, alsof ze haar gedachten kon lezen.

'Kat-uit-de-boomkijkertje, zeker?' Haar gezicht ontspande meteen na deze conclusie. *In-een-hokjestoppertje, zeker*, schamperde Sara in gedach-

ten. *Tuttebel.* Evelien gaf haar nog een zetje en nam het woord.
'Goedemiddag, lieve mensen. Fijn en spannend dat jullie er zijn. Ik ben Evelien van Quick & Click en jullie gastvrouw van vanmiddag. Ik zou de vrouwen graag willen uitnodigen om plaats te nemen achter een tafeltje.' Semi-elegant maakte ze een zwaai met haar arm in de richting waar ze de vrouwen wilde hebben. Braaf gehoorzaamden alle vrouwen, Sara als laatste. Ze nam haar concurrentie eens even goed in zich op. Ze had weinig te vrezen, zag ze al snel. Wat had die vrouw rechts van haar nou in haar haren? Een enorme bloem? Typisch gevalletje van jammer. Als je Máxima was, dan kon je het hebben, maar deze vrouw was absoluut geen Máxima. Eerder een wannabe dan een lookalike.
'Ik deel zo aan iedereen een scorekaart en een consumptiebon uit. Want een pauze om af te koelen zullen we wel nodig hebben straks.' Evelien schudde met haar rechterhand en keek ondeugend. Niemand lachte. Sara gaapte verveeld en bekeek de mannen aan de overkant van de zaal. Vervolgens keek ze nog eens naar de vrouwen. Ze voorspelde zeker drie matches. Als Annelies hier was, zetten ze er een weddenschap op. Maar Annelies was er niet en ze zat hier in haar eentje.
Ze nam de potentiële koppels nog eens wat beter in zich op. Ze had ergens gelezen dat mensen die hun partner vonden via speeddaten vaak ook binnen een jaar al aan kinderen begonnen. Niet alleen snel met daten dus. Ze schatte de vrouw naast haar wel zo in. Ze had iets ongedurigs over zich en keek naar de mannen als een roofdier. Je zou maar zo wanhopig zijn. Daar had zij gelukkig nooit last van gehad.
Evelien ging verder: 'Als je iemand aan je tafeltje krijgt die je wel ziet zitten dan kruis je "ja" aan achter zijn of haar naam. En als je totaal geen klik hebt met iemand dan kruis je...' Ze vormde een kommetje met haar hand en duwde haar oor naar voren. Haar afwachtende blik zorgde voor een bescheiden 'Nee aan' van haar mededaters. Sara verdomde het om aan deze kinderachtigheid mee te doen. Ze waren geen kleuters meer, kom op zeg. Evelien wierp haar een niet al te vriendelijke blik toe. Sara had de neiging om haar tong uit te steken.

Dat paste wel bij het niveau van deze middag.
'Even voor alle duidelijkheid, het is niet toegestaan om hartjes en andere versiersels op je scorekaart te tekenen. Gewoon ja of nee is voldoende. We zijn volwassen mensen en geen pubers meer.'
'Misschien kun je het niveau van je praatje dan ook wat opschroeven...' mompelde Sara binnensmonds. De vrouw aan het tafeltje naast haar giechelde zachtjes. Evelien keek verstoord hun richting op.
Ineens vloog de deur open en rende een man met een verhit hoofd naar binnen. 'Sorry, bus gemist.' Er ging een schok door Sara heen. Shit, dat was een vriend van René die ze laatst op een feestje had ontmoet... Ze dook in elkaar en verborg haar hand achter haar gezicht in de hoop dat hij haar niet zag. Ging ze maar ter plekke in rook op! Hoe vertelde ze dit aan René zonder hem kwijt te raken? Hij zou woedend zijn, en terecht.
'En u bent?' vroeg Evelien vinnig.
'Patrick, de man waar jullie allemaal op zitten te wachten.'
'En de grootste lolbroek zeker?'
Hokje gevonden, Patrick erin.
'Luister, Patrick, daten is een serieuze aangelegenheid en geen lolletje zoals jij denkt.'
'Maar ik ben heel serieus,' reageerde hij.
'Vind jij te laat komen een teken van serieus zijn?'
'Ik heb de bus gemist, dat zei ik toch? Verkeerd op de dienstregeling gekeken,' vulde hij aan ter verklaring. 'Het is weekend, kort nachtje...'
'Maak het nou niet nog erger voor jezelf,' corrigeerde Evelien. Even was Sara blij met het schooljufgedrag van Evelien. Het voorkwam dat Patrick zich op de datekandidaten focuste en daardoor was de kans dus klein dat hij haar nu ontdekte. Maar dat ze straks tegenover elkaar zaten, was onvermijdelijk. Misschien moest ze zich voortijdig uit de voeten maken? Een migraineaanval faken of zo? Maar wellicht bood Evelien weer uitkomst. Haar volgende vraag aan Patrick deed Sara hoopvol glimlachen.

'Ik vind dat de groep mag beslissen of je nog mag deelnemen. Dan zullen we eens zien of we inderdaad op je zaten te wachten.' Ze draaide zich van hem weg en keek vragend naar alle kandidaten. 'Ik wil handen zien. Wil je Patrick nog een kans geven na zijn misstap, steek dan je hand op. Wil je dat hij nu vertrekt, dan houd je je handen naar beneden. Oké, wie wil dat hij blijft?'
Sara hield haar handen angstvallig naar beneden. Ze spiedde tussen haar wimpers door en zag dat ze niet de enige was. Kom op mensen, handjes naar beneden.
'Even tellen.' Na een halve minuut had ze de uitslag paraat. 'Negen om elf. Je bent weggestemd, Patrick.' Triomfantelijk keek ze hem aan. 'Doe je de deur achter je dicht?' Ze keerde zich van hem af en richtte zich weer op de groep. Sara hoorde de klink en keek opgelucht op.
'Sara? Wat doe jij hier? Weet René hiervan?' Patrick keek haar recht aan en de verbazing droop van zijn gezicht. Voordat Sara kon reageren duwde Evelien hem kordaat de zaal uit. Ze hoorde hem nog roepen op de gang en toen werd het stil. Evelien kwam weer binnen en sloeg met een klap de deur dicht. 'Goed, waar waren we gebleven?'

26

Sara hoorde gerommel bij de voordeur. Ze trilde van de zenuwen. Haar hart klopte twee keer zo snel als normaal. Ze hoorde de deur zachtjes dichtgaan. Voetstappen klonken in de gang. Een hanger werd van de kapstok gehaald, schoenen eronder gezet. De deur naar de woonkamer ging open. René kwam fluitend binnen. Staakte zijn gefiedel abrupt toen hij zag dat Sara op de bank zat. 'Zo, jij hebt lef,' was zijn eerste reactie. Als blikken konden doden dan viel ze nu ter plekke om.
'René, het is niet wat je denkt.'
'En wat denk ik dan?'
'Dat ik achter jouw rug om aan het daten ben.'
'Niet zo'n gekke gedachte toch? Ik geloofde mijn oren niet toen Patrick me belde en vertelde dat hij je tegenkwam bij het speeddaten.'
'Ik kan het allemaal uitleggen.'
'O, ongetwijfeld, je hebt twee dagen de tijd gehad om een goede smoes te verzinnen en ik schat in dat je een mooie tekst paraat hebt. Maar waarom zou ik je geloven?'
'Misschien moet je eerst eens naar me luisteren, voordat je een oordeel velt.' Sara praatte wat harder en hoopte dat ze tot hem doordrong.
'We hadden het toch geweldig samen? Waarom was ik niet genoeg voor je?' Renés stem werd zachter en hij kreeg een verdrietige blik in zijn ogen.
'Ik héb genoeg aan jou. Ik was daar voor mijn werk.'
'O, natuurlijk. Als je een artikel over speeddaten moest schrijven dan hoefde je daar toch niet zo geheimzinnig over te doen? Dan kon je me dat toch gewoon vertellen? Aangezien je dat niet hebt gedaan, moet er meer aan de hand zijn.'

‘Ik was daar in het geheim.’
‘Ja, dat kun je wel zeggen, ja, Jamie Bond,’ schamperde hij. ‘De staatsveiligheid kwam zeker in gevaar en je offerde je op voor het land. Hoe nobel.’
‘René, je draaft door. Laat me nu verdorie eerst mijn verhaal doen en stop met het invullen van scenario’s die de waarheid onrecht aandoen.’
‘Dapper dat jij het woord onrecht in je mond durft te nemen.’
Ze sloeg keihard met haar vuist op tafel.
‘Nu ben ik het zat! Je gaat op de bank zitten en houdt je kop totdat ik uitgepraat ben.’ Haar ogen spuugden vuur. Dat maakte indruk. René nam stilzwijgend plaats op de bank. Even was Sara de baas in zijn huis. ‘Ik schrijf een rubriek over daten voor *HipSter* onder een pseudoniem en ik heb geheimhoudingsplicht over mijn identiteit. Zelfs aan jou mocht ik het niet vertellen van mijn chef. Tot nu toe heb ik daar gehoor aan gegeven, maar nu breek ik die belofte. Ik vind het vreselijk om me te begeven in de wereld van het daten sinds ik jou heb ontmoet. Weet je waarom ik zo dronken was, de eerste keer dat we elkaar tegenkwamen in de kroeg? Omdat ik net mijn eerste internetdate achter de rug had en dat was een groot debacle. Ik ben opgestapt voordat het toetje arriveerde en heb die vent laten zitten. Het was zo gênant.’
René zweeg nog steeds en leek te luisteren.
‘Ik was een stukje gaan lopen en kwam langs De Tap. Ik besloot nog een afzakkertje te nemen voordat ik naar huis ging. En toen kwam ik jou tegen. De rest weet je, want daar was je zelf bij.’
René keek haar strak aan en het lukte haar niet zijn blik te peilen. Geloofde hij haar, of twijfelde hij nog steeds? ‘Zeg eens wat, René.’
‘Ik ben te vaak bedonderd in mijn leven. Ik heb hier geen zin in.’
De tranen sprongen in haar ogen. Dit kon hij niet menen!
‘Maar ik bedonder je niet! Ik spreek de waarheid. Ik zal bewijzen dat ik de waarheid spreek!’
Ze pakte haar telefoon en draaide het nummer van haar chef.
‘Je moet wel een heel goede reden hebben om me te storen in het

weekend, Sara,' klonk het dreigend aan de andere kant van de lijn.
'Waarom denk je dat ik je anders bel,' snibde ze terug.
'Niet zo'n toontje aanslaan hè, want dan hang ik direct weer op.'
'Valerie,' bond ze in, 'luister even naar me, dit is een noodgeval. Een vriend van René heeft me gezien tijdens het speeddaten en nu denkt René dat ik achter zijn rug om met anderen loop te rotzooien. Wil jij hem even vertellen dat dat niet zo is en dat ik daar was in jouw opdracht? Alsjeblieft,' zei ze er snel achteraan.
Ze gaf haar toestel aan René en hij pakte het zowaar aan. 'Hallo?' zei hij aarzelend. Ze hoorde dat Valerie meteen van wal stak en al zou René willen, hij kreeg de kans niet om ertussen te komen. Valerie ten voeten uit. Ze glimlachte ondanks de precaire situatie. Er viel een stilte aan de andere kant van de lijn. 'Nee, ik ben overtuigd, je hoeft me niet nog meer info te geven. Dankjewel.' René gaf haar het toestel weer terug.
'Valerie? Dit is Sara weer.' Haar chef herhaalde wat ze René zojuist had verteld.
'*I owe you!* Zie je maandag op kantoor.' Ze verbrak de verbinding.
'Pff, wat een ratel,' waren de eerste woorden van René. 'Vermoeiend als je daar de hele dag tussen zit.'
'De redactie van *HipSter* is net een kippenhok,' zei ze lachend en werd meteen weer serieus. 'En? Wat vond je van wat ze zei?'
'Het klonk plausibel...' Sara sprong op van de bank en liep zijn richting op. 'Maar...' hij hief zijn hand op als stopteken. 'Ik zou in het vervolg toch graag zien dat je loyaler bent aan mij dan aan je baas. Ik begrijp je zwijgplicht, maar als jij een toekomst met mij wilt, dan zul je goudeerlijk tegen me moeten zijn. Ik wil je blind kunnen vertrouwen, Sara, anders word ik gek.'
'Je kunt me blind vertrouwen, lieverd. Echt waar. Sinds jij in mijn leven bent, heb ik niet eens meer naar andere mannen gekeken. Behalve professioneel dan,' voegde ze er voor de zekerheid toch maar even aan toe. Hij spreidde zijn armen uit en ze vleide zich opgelucht tegen zijn borst. Het had een haar gescheeld of ze was hem kwijt geweest en dat allemaal door die achterlijke rubriek. Hij gaf een kus

op haar hoofd en drukte haar tegen zich aan.
'Ik heb je gemist,' fluisterde hij in haar oor. Ze zocht zijn lippen en zoende hem vol overgave. 'Ga je mee naar de slaapkamer? Ik heb zin in goedmaakseks...'
Snel wurmde ze zich uit zijn armen en huppelde lachend voor hem uit. 'Pak me dan als je kan...' Hij spurtte haar kant op en gillend rende ze voor hem uit naar de slaapkamer.

Najaar 2012

27

Ze opende haar mailbox. Een bericht van Annelies! Dat was alweer een tijdje geleden. Hun contact was nog meer verwaterd sinds René in haar leven was. Ze was zo druk met haar relatie dat ze steeds minder aan haar vriendin dacht. Haar kop zat vol met René, René en... René. Al ruim twee jaar. Annelies zat in Verweggistan en zij had hier haar leven. Maar bij het zien van Annelies' berichtje bekroop haar vanuit het niets ineens een hevig heimweegevoel. Een verlangen naar prachtige tijden in haar leven die ze toch meer miste dan ze aan zichzelf wilde toegeven.

Ze had Annelies en Wim al ruim twee jaar niet gezien. In mei 2011 zou ze eigenlijk voor een weekje naar IJsland vliegen, maar een uitbarsting van de vulkaan Grímsvötn gooide roet in het eten. Er ging geen vlucht meer, zelfs niet van of naar Keflavík, het Schiphol van IJsland. Ze had haar vlucht moeten annuleren. Diep vanbinnen was ze opgelucht geweest. René had die week geen vrij kunnen krijgen en kon haar niet vergezellen. Ze had erg opgezien tegen het idee dat ze hem een week moest missen. Kinderachtig eigenlijk. Wat was nou een week? En ze kreeg er Annelies even voor terug. Haar liefste vriendin die ze al zo lang niet gezien had. Maar de vulkaan besloot anders. Uiteindelijk boekte ze samen met René een weekje naar de zon en was IJsland, ondanks het verlangen naar haar vriendin, weer op de langere baan geschoven.

Nieuwsgierig klikte ze het bericht van Annelies open en scande met haar ogen de strekking ervan. René kwam achter haar staan en kuste haar in haar nek. Ze gooide haar hoofd naar achteren en hij vond haar mond.

'Wat leuk, Annelies en Wim nodigen ons uit om naar IJsland te ko-

men!' Het klonk onverstaanbaar omdat René zijn lippen op de hare hield.
'Niet met volle mond praten hè,' grapte hij. Ze gaf hem een speelse tik en beet zachtjes in zijn tong.
'Hoor je wat ik zeg? Annelies vraagt of we in december naar IJsland komen! Ik wil, ik wil, ik wil! Jij ook?'
'Tja, als je me zo aankijkt kan ik natuurlijk geen nee zeggen, maar...'
Sara liet hem niet uitpraten en sprong jubelend in zijn armen. Met een hoop kabaal plantte ze kusjes over zijn hele gezicht. 'Dan ga je eindelijk mijn vriendinnetje ontmoeten! O, ik ben zo benieuwd hoe ze daar wonen en...'
'Maarrr,' onderbrak René haar en legde een hand over haar mond. 'Ik moet eerst uitzoeken of ik vrij kan krijgen voordat ik definitief ja kan zeggen.'
'Ach, dat lukt toch wel. Je hebt hard genoeg gewerkt om een vakantie te verdienen. Wíj verdienen een vakantie.'
'Wat is precies de bedoeling?'
Sara herlas het mailtje, deze keer wat geconcentreerder.
'Ze vraagt of we van 15 tot en met 29 december komen. Ze hebben in die weken ook gasten in het pension, dus Wim organiseert een aantal excursies en dagtrips die een goed beeld geven van IJsland. We kunnen gewoon inschuiven bij de groep en meedoen met de activiteiten als we dat willen. Kost en inwoning krijgen we van Wim en Annelies. We hoeven dus alleen de vlucht maar te boeken en een auto te huren. Fantastisch toch?'
'Dat klinkt inderdaad aanlokkelijk. Ik ga het morgen meteen proberen te regelen op mijn werk.'
'En met je moeder,' vulde Sara aan, 'want die zal het wel niet zo waarderen dat we verstek laten gaan aan haar kerstdis.'
'Ach ja, mijn moedertje,' grinnikte René, 'grote mond, klein hartje. Mijn broer moet de honneurs dan maar dubbel waarnemen. Een mooie kerstster en een zoen en mijn moeder overleeft het wel tot de volgende kerst.'
Sara had haar twijfels. Haar toekomstige schoonmoeder was een

zeer dominante vrouw die eiste dat de dingen liepen zoals zij dat wilde. René kon haar altijd wel zo bespelen dat hij zijn eigen zin door kon voeren, maar Sara had niets in de melk te brokkelen. Ze vroeg zich zelfs af of Renés moeder haar überhaupt wel mocht. Ze kreeg de indruk dat ze het nooit goed kon doen, hoezeer ze ook haar best deed om een wit voetje te halen. René vond dat ze schromelijk overdreef en schaarde het onder zijn moeders 'manier van doen' en 'dat ze het niet zo bedoelde'. Sara dacht er het hare van. Ze begreep in elk geval waarom Renés vader eieren voor zijn geld had gekozen en was vertrokken zodra zijn zoons volwassen waren. Er had zich sindsdien nog geen serieuze nieuwe kandidaat aangediend en ook dat kon ze snappen. Je zou de hele dag met dat mens opgescheept zitten. Ze moest er niet aan denken.

'In welk gedeelte van IJsland zitten ze eigenlijk?'

'In het oosten, ergens in een bos.'

'In een bos? Ik dacht dat er amper bomen te vinden waren op IJsland. Op plaatjes zie je altijd groene heuvels, watervallen en sneeuw.'

'Klopt, maar Hallormsstaður is een gebied waar wel bomen zijn. Sterker nog, het is het meest beboste deel van IJsland.'

'Zo, jij hebt je huiswerk goed gedaan, Miss Encyclopedie.'

'Beetje Google-kennis in combinatie met wat Annelies me verteld heeft,' zei ze lachend. 'Wist je trouwens dat er in dat bos waar Annelies en Wim hun pension hebben wel veertig verschillende boomsoorten staan en dat sommige wel dertien meter hoog zijn?'

'Dat noemen wij struiken, Sara.'

Ze negeerde zijn opmerking en vervolgde: 'Je kunt daar ook de hoogste boom van het hele eiland vinden, een Russische lariks van maar liefst 21 meter.'

'Nee, dat wist ik niet. Voor mij is een boom gewoon een boom en het wordt me te ingewikkeld om daar ook nog rangen en standen in aan te brengen. Wat ik wel weet is dat ik jou in het vervolg meeneem als hulplijn bij Triviant.' Hij trok plagend aan haar staart en ze liet het zich grijnzend welgevallen.

'Weet je wat er ook in de buurt zit?'

'Nou?' reageerde René.
'Het Lögurinn-meer. Er gaan geruchten dat daar het IJslandse monster van Loch Ness in huist, de zogenaamde duivel van Lagarfljót.'
'*Wooh, spooky*!' René liet zijn vingers over haar rug lopen als kriebelende beestjes die haar kippenvel bezorgden. Lachend schudde ze hem af. 'Afgelopen februari is het beest nog gesignaleerd.'
'En hoe luidde het signalement dan?'
'Het schijnt eruit te zien als een grote worm. Volgens de legende was het in eerste instantie een heel klein wormpje dat op een gouden ring gezet werd in de hoop dat hij het goud kon laten groeien. Toen de eigenaar van de ring een tijdje later ging kijken naar het resultaat, zag ze tot haar grote verbijstering dat niet het goud, maar de worm enorm gegroeid was. Uit frustratie gooide ze de ring met de worm het meer in. De worm bleef maar groter worden en groeide uiteindelijk uit tot een monster.' Sara pauzeerde kort om adem te halen. 'Sceptici beweren dat het monster helemaal niet bestaat en dat het een groot bevroren visnet is dat door de wind in het meer is geblazen.'
'Hm, ja, ja. En heeft het beestje annex visnet ook nog een naam?'
'Jazeker, ik google hem even. Lagarfljótsormurinn is zijn troetelnaampje.' Ze deed haar best om de naam zo goed mogelijk uit te spreken.
'Gelukkig heb je nog even de tijd om voor december aan je articulatie te werken, mop.' René grinnikte bij het horen van haar gestuntel. 'Voer jij straks het woord maar, schatje, dan komt het helemaal goed.'
'Net of jouw IJslands zo denderend is, René van Wijk,' mopperde ze.
'Oké, daar heb je een punt, maar ik spreek weer een paar andere woordjes over de grens.'
'Jij moet ook altijd het laatste woord hebben hè.' Ze tikte hem speels aan en René zoende haar in haar nek.
'Zal ik Annelies en Wim laten weten dat ze op ons kunnen rekenen?'
'Prima, als je maar een kleine slag om de arm houdt wat betreft mijn werk. Vertel ze maar dat ik daar zo snel mogelijk duidelijkheid over probeer te geven. Er is trouwens één feitje dat ik wel paraat heb over IJsland.'

'Wat dan?' vroeg ze nieuwsgierig.
'Dat in december de dagen extreem kort zijn. Ik geloof dat er in die tijd maar vijf uur daglicht is. Dat betekent dus dat we negentien uur per dag hebben om stoute dingen te doen...' Hij keek haar ondeugend aan en gaf haar een overdreven knipoog. 'Je weet wat er gebeurt als de stroom uitvalt. De duisternis brengt mensen dichter bij elkaar en daar komen baby's van...'
Sara's humeur sloeg in een klap om. Het woord baby's herinnerde haar weer aan de vruchtbaarheidsproblemen van Annelies en het verdriet dat haar vriendin erom gehad had. René merkte de verandering in haar houding meteen op. 'Natuurlijk laat ik dergelijke opmerkingen achterwege als we op IJsland zijn. Ik weet hoe gevoelig dit onderwerp ligt bij Annelies en Wim. Ik heb de verhalen die je me vertelde over hun tevergeefse pogingen om zwanger te worden goed in mijn oren geknoopt.'
'Het heeft hen bijna hun huwelijk gekost en Annelies bezweek bijna onder de druk en ellende.'
'Daarom zijn ze toch ook naar IJsland vertrokken?'
'Inderdaad, een nieuw begin in een nieuwe omgeving om te proberen hun leven en hun huwelijk weer op de rit te krijgen.' Van Sara's jolige stemming was niets meer over. Wat een vreselijke tijd was dat toch geweest. Het machteloze gevoel dat het destijds bij haar opriep, was in de loop der jaren naar de achtergrond geraakt, maar kwam nu weer in volle hevigheid terug. René sloeg zijn armen om haar heen in een poging haar te troosten.
'Weet je liefje, ik vind het heel vervelend hoe het verlopen is bij Annelies en Wim, maar hun problemen zijn niet exemplarisch voor het krijgen van kinderen in het algemeen. Ik weet dat je door hun narigheid op dat gebied twijfelt over het moederschap, maar je bent nog jong en gezond en voor mij geldt hetzelfde.'
'Annelies en Wim waren ook jong en gezond en toch wilde het niet lukken,' wierp ze tegen. René sprak de laatste tijd steeds vaker uit dat hij op termijn kinderen met haar wilde. Vorige week nog zei hij: 'Op dit moment vind ik het nog te vroeg, maar ik zou het zeker leuk vin-

den als er over een jaar of wat een mini-Sara door het huis kruipt.'
Waar het kon meed ze het onderwerp, maar ze realiseerde zich dat er een moment kwam waarop ze een beslissing moest nemen. Haar biologische klok tikte door en op een gegeven moment gingen de jaren toch meespelen.
Vertwijfeling maakte zich van haar meester. Enerzijds maakte het haar blij dat René een kind met haar wilde. Het betekende dat hij hun relatie zeer serieus nam en een gezamenlijke toekomst ambieerde, maar anderzijds kreeg ze het er ook een klein beetje benauwd van. Was ze eraan toe om zich volledig te binden aan één man? Nog niet eerder had ze deze vraag zo concreet aan zichzelf hoeven te stellen. René was absoluut haar ideale man en zoals ze er nu tegenaan keek was hij ook de liefde van haar leven. Was ze er klaar voor om een stap verder te gaan?
René kneep zachtjes in haar schouders.
'Stel je eens voor, zo'n klein hummeltje met tien vingertjes en teentjes, jouw lieve neusje en mijn ogen, ruikend naar Zwitsal en talkpoeder...'
'Ja, ja, hou nou maar op,' reageerde ze, 'straks krijg ik er nog zin in.'

28

Dromerig hing ze tegen René aan, met haar hoofd tegen zijn brede schouder. Ze hadden ieder een oortje van zijn iPod in. Aan zijn licht snurkende ademhaling te horen was hij in slaap gevallen. Ruim twee uur geleden waren ze opgestegen van Schiphol en binnen een uur zouden ze landen op IJslandse bodem. Het vliegen met Icelandair beviel haar prima. Het toestel waar ze zich in bevonden was nieuw, modern en comfortabel en de service was uitstekend. Naast het gebruikelijke veiligheidsriedeltje had de stewardess vol trots verteld dat Icelandair destijds de eerste volledig rookvrije luchtvaartmaatschappij in Europa was. Was vast een uitvloeisel van het imago van zuivere lucht en onaangetaste natuur waar IJsland mee schermde.
In het begin van de vlucht had ze nog een poging gedaan om wat te lezen, maar al gauw had ze haar e-reader weer opgeborgen. Door de zenuwen had ze een aandachtsspanne van nul komma nul. Het feit dat ze Annelies na al die tijd weer ging zien, maakte haar blijkbaar toch nerveuzer dan ze dacht. *Hallo, het is je goede vriendin Lies die je al zo'n beetje je hele leven kent*, probeerde ze zichzelf gerust te stellen. Maar wat nou als de Annelies die ze kende zo erg was veranderd dat het niet meer klikte? Zou dat kunnen? Ze had het vermoeden dat haar vriendin niet al te lekker in haar vel zat. Hun Skype-gesprekken verliepen de laatste tijd niet al te soepel. Annelies was snel geïrriteerd en bozig als een gesprek een richting op ging die haar niet aanstond. Naar de reden van dit gedrag kon ze alleen maar gissen. Haar vriendin had nooit duidelijk uitgesproken dat ze ergens mee zat. Misschien bracht IJsland haar en Wim toch niet wat ze ervan verwachtten en had ze moeite om dat bespreekbaar te maken.
Ze was de kribbige reacties van Annelies niet gewend. Waar ze vroe-

ger dingen meestal afdeed met een grapje, ging ze nu overal serieus op in. Hoe lang was het geleden dat ze Annelies had horen schaterlachen zoals alleen Annelies dat kon? Hoe lang was het geleden dat ze sámen dubbel hadden gelegen? Ze kon het zich met de beste wil van de wereld niet herinneren. Ze hoopte maar dat Annelies wat zou ontdooien als ze elkaar weer in de ogen konden kijken. Anders werden het twee lange weken...

Nou ja, ze had altijd René nog. Met hem vermaakte ze zich altijd meer dan goed. Ze was benieuwd wat Annelies van hem vond. Ze had vrij mat gereageerd toen ze haar vertelde dat ze 'verkering' had, en pas nadat ze er specifiek om vroeg had Annelies een lauwe reactie gegeven op de foto die ze van haar en René had doorgemaild. 'Leuk hoor, Sara. Leuk voor je.' Toen ze vroeg hoe het tussen haar en Wim stond, was Annelies vlug op een ander onderwerp overgestapt. De vraag was tot op de dag van vandaag onbeantwoord in de ether blijven zweven. Ze had het maar zo gelaten.

De piloot kondigde de landing aan en ze stootte René zachtjes aan. 'Word je wakker, liefje, we gaan zo landen.' Versuft keek hij om zich heen en wreef de slaap uit zijn ogen. Het koptelefoontje viel uit zijn oor en door zijn veranderde houding die van haar ook. Snel greep ze de iPod en borg hem op in haar buiktasje bij de paspoorten en bankpassen. René geeuwde luidruchtig en rekte zich uit voor zover dat ging in de krappe ruimte. Ze pakte zijn hand en kneep er zachtjes in. Hij keek haar lachend aan. 'Heb je er zin in?'

'Ja, maar ik ben ook wel een beetje nerveus. Ik heb Annelies al zo lang niet gezien...'

'Snap ik, maar maak je geen zorgen. De kwaliteit van een vriendschap is belangrijk en niet de kwantiteit. Die kwaliteit zit wel goed, toch? Je zult merken dat het net lijkt of jullie elkaar gisteren voor het laatst zagen.'

'Ach, je hebt vast gelijk, waar maak ik me druk om.'

Ze controleerde haar veiligheidsgordel en nestelde zich nog even behaaglijk tegen Renés schouder. Hand in hand gingen ze de landing in. Nieuwsgierig keek ze uit het raampje. Het bleef een prachtig ge-

zicht om de contouren van het miniatuurlandschap onder je groter en scherper te zien worden bij een landing. Met een flinke bonk zette de piloot het toestel een paar minuten later aan de grond op de luchthaven van Keflavík. Sara werd altijd een beetje claustrofobisch van het gedrang in het smalle gangpad en wilde graag zo snel mogelijk naar buiten. Als haantje de voorste wurmde ze zich met René naar de uitgang. De stewardess bij de deur knikte hen vriendelijk toe. Sara wenste haar een *nice day* toe en verdween vlug in de slurf.
Via de douane kwamen ze in de ruimte met bagagebanden terecht. Al snel kwamen hun koffers voorbij en konden ze door. Eenmaal buiten snoof Sara de IJslandse lucht tot diep in haar longen. Een verademing na de muffe, gecirculeerde lucht in het vliegtuig. Buiten was het schemerig. Ze keek op haar horloge. Halfvier. Dat betekende dat de zon nu zo'n beetje onderging. Zodra ze uit de beschutting van het luchthavengebouw stapten, werden ze verrast door de harde wind. De temperatuur was rond het vriespunt, maar de wind deed het veel kouder aanvoelen. Sara stopte haar gezicht diep weg in de kraag van haar jas en trok haar grote rode das nog eens flink aan.
'Heb je het koud, liefje?'
René trok plagerig haar witte gebreide muts over haar oren. Ze gaf hem een speels duwtje.
'Kijk, daar staan de taxi's!' Ze wees opgewonden naar de rij wachtende auto's. 'Kom, voordat ze allemaal bezet zijn!'
Enthousiast liep ze vooruit en René volgde glimlachend. Sara trok de deur van de eerste de beste taxi open. '*Do you speak English?*' De chauffeur stak een IJslandse riedel af waar ze geen bal van verstond. Wanhopig keek ze René aan.
'Kom, laat mij maar even,' stelde hij haar gerust. Hij haalde een verkreukeld briefje uit zijn broekzak met de naam van het vliegveld voor binnenlandse vluchten. Het was nog zo'n 650 kilometer van Reykjavík naar het pension van Annelies en Wim dus hadden ze besloten te vliegen naar Egilsstaðir, een plaats die zo'n dertig kilometer van hun eindbestemming Hallormsstaður lag. Bij het vliegveld van Egilsstaðir stond een auto klaar die René al vanuit Nederland

gehuurd had. De taxichauffeur las het briefje dat René hem onder zijn neus duwde en knikte begrijpend. Hij stapte uit om hun koffers aan te nemen en stopte ze in de kofferbak. René stak zijn duim op en de man glimlachte. Sara had inmiddels plaatsgenomen op de achterbank en René voegde zich bij haar. De chauffeur ging weer achter het stuur zitten en draaide het volume van de radio wat omhoog, aangezien een conversatie er toch niet in zat.
'Nou, op hoop van zegen dan maar.'
Sara keek René wat onzeker aan. Die man kon hen overal naartoe brengen zonder dat ze het in de gaten hadden. Ze hoopte maar dat het gros van de IJslandse bevolking wel een beetje Engels sprak, anders werd het een lastig verhaal. Sara zuchtte opgelucht toen het vliegveldje even later opdoemde.
'Zie je wel, alles komt goed. Beetje vertrouwen in de medemens.'
René gaf haar een zoen op haar wang en stapte daarna uit om de bagage aan te pakken van de chauffeur. René maakte een geldgebaar met zijn vingers en gaf de chauffeur het briefje en een pen zodat hij het verschuldigde bedrag kon opschrijven. René diepte een stapeltje IJslandse kronen uit zijn broekzak op en telde het bedrag op het briefje uit.
'Geef hem maar wat extra's,' zei Sara, 'hij ziet eruit of hij het wel kan gebruiken.' René knikte en gaf de chauffeur een fooi. De man boog dankbaar zijn hoofd en stopte het geld snel weg. Hij zwaaide nog een keer, stapte in zijn auto en scheurde weg, Sara en René achterlatend met hun koffers.
Ze verdeelden de bagage en vervolgden hun weg naar binnen. De aansluiting van beide vluchten was vrij goed waardoor ze niet lang hoefden te wachten. Na een korte vlucht landden ze veilig op Egilsstaðir.
'Als jij hier even bij de bagage wacht, dan rijd ik zo de bolide voor.'
Annelies had aangeboden om hen op te komen halen van het vliegveld, maar ze hadden ervoor gekozen om eigen vervoer te regelen zodat ze ook de vrijheid hadden om wat in de omgeving rond te toeren, mochten ze dat willen. Sara stopte haar handen in haar zak-

ken en hupte wat op en neer om warm te blijven. Al vrij snel kwam René toeterend aanrijden en stopte bij de koffers. Sara wierp zich theatraal op de motorkap van de zwarte Toyota Hilux 4x4. 'Neem me mee, meneer, ik heb het zo koud.'

René stapte uit, gaf haar grinnikend een klap op haar kont en begon de bagage in te laden. Sara ging snel in de auto zitten en was dankbaar dat René de kachel al flink had opgestookt. De aangenaam droge warmte verspreidde zich in de ruimte en ze rilde van genoegen. Ze hoorde een autodeur dichtslaan en René stapte naast haar achter het stuur. Hij stelde het navigatiesysteem in.

'We zijn er binnen een halfuur als het goed is. Hallormsstaður *here we come*!'

29

Sara genoot van de autorit. Met haar neus bijna tegen het raam geplakt, probeerde ze elk detail van het prachtige landschap in zich op te nemen. Het was duidelijk dat de mooie plaatjes die ze al op internet had gezien niet getruukt waren. Ze begreep wel waarom Annelies en Wim hun hart aan dit land hadden verpand. De schattige houten huisjes, de tanige IJslandse paarden, de groene heuvels die nog zichtbaar waren onder een dunne laag sneeuw. Ondanks dat de zon al een klein uurtje onder was, had ze nog prima zicht door de reflectie die het besneeuwde landschap veroorzaakte.

'Mooi is het hier hè,' verzuchtte ze tegen René.

'Heel mooi,' beaamde hij. 'Ik kan helaas niet zo om me heen kijken als ik zou willen, want ik moet ook nog op de weg letten, maar dat haal ik de komende dagen zeker weten ruimschoots in.'

Sara gaapte, ze werd een beetje rozig van de kachel die volop zijn warmte de auto inblies. Sneller dan ze wilde gaf het navigatiesysteem aan dat ze hun bestemming bijna hadden bereikt. Ze had best nog even loom uit het raam willen staren. Een opgewonden spanning maakte zich weer van haar meester toen ze zich realiseerde dat ze over een paar minuten Annelies weer kon knuffelen.

De weg maakte een scherpe bocht. René reed rustig. Ondanks de stevige winterbanden wilde hij geen enkel risico nemen op de gladde wegen. Het pak sneeuw dat hier lag was een stuk dikker dan in de buurt van het vliegveldje van Egilsstaðir waar ze net vandaan kwamen. Aan hun rechterhand lag het Lagarfljót-meer.

'Kijk, dat is dat meer waar dat slangenmonster in zit!' Sara tikte enthousiast op het raam.

Het begon zachtjes te sneeuwen en René zette de ruitenwissers aan, die

meteen driftig hun best deden de ruit schoon te houden. Aan het einde van de weg doemden bomen op.
'Dat zal het bos zijn met die "enorme" bomen van je.' Renés stem klonk plagend.
'Annelies zei dat we het weggetje dat door het bos heen loopt moeten volgen en dan rijden we vanzelf tegen hun optrekje aan.'
René knikte. 'Het navigatiesysteem stuurt me ook het bos in,' merkte hij droog op.
Sara moest lachen toen ze zag dat het pijltje dat hun positie aangaf als een dolle heen en weer sprong tussen twee weggetjes. 'Ik denk dat ie de weg een beetje kwijt is inderdaad. Nou, we komen er zo ook wel. De weg volgen en dan kon het niet missen zei Annelies.'
'Het is hier tussen die bomen wel een stukje donkerder,' merkte René op.
'Ja, best een beetje griezelig als je hier 's avonds in je eentje doorheen moet. Ik zou bang zijn dat achter elke boom een enge man staat. Ik heb met brugklaskamp ooit eens een dropping gehad in een bos. Doodeng. Ik krijg nog de kriebels als ik eraan terugdenk. Het was midden in de nacht en pikkedonker. Voordat we waren afgezet was ons nog een spookverhaal verteld over de geest zonder hoofd die zich ergens in het bos schuilhield en zich voedde met mensenvlees. We hadden de bibbers dus al goed in de benen, dat begrijp je.' René knikte, maar hield zijn blik op de weg.
'De jongens waren nog banger dan de meisjes. Toen we een halfuur in dat bos hadden rondgestruind, kregen we de schrik van ons leven. Er zweefde ineens een bloederig, verwrongen mannenhoofd achter een boom vandaan. Ik heb nog nooit in mijn leven zo hard gerend, gegild en gejankt. Man, wat was ik bang. Achteraf bleek dat een van de docenten achter die boom met een stok stond te zwaaien waar een masker op was vastgezet.'
René begon onbedaarlijk te lachen. 'Ach, schatje toch,' hikte hij.
Sara kon haar eigen gezicht ook niet meer in de plooi houden. 'Erg hè, dat je als kind zo makkelijk bang te maken bent.'
'Ik was vroeger ook niet zo'n held hoor,' bekende René schoorvoetend.

Sara kroelde plagend door zijn haar.
'Kijk, daar aan het einde van de weg is het!' zei René ineens. Sara's ogen volgden zijn wijzende vinger en inderdaad, in de verte doemde een groot rood gebouw op dat duidelijk afstak tegen de witte sneeuw. Ze klikte haar veiligheidsgordel alvast los zodat ze zo meteen uit de auto kon springen. 'Wel toeteren hoor als we vlak bij het huis zijn, zodat Annelies weet dat we er zijn.' Ze had haar woorden amper uitgesproken of een knalroze 'bol' schoot het huis uit en kwam hun richting op. Hoe dichter het ding naderde, hoe meer het de contouren van een mens aannam. Sara deed haar raampje open en ging er half uithangen.
'Saartje!' klonk het in de verte.
'Dat is Lies, René, dat is Lies! Ik wil eruit!'
René trapte op de rem en liet haar gaan. De kou was een klap in haar gezicht na de warmte in de auto, maar ze negeerde het. Ze rende zo hard als haar benen haar dragen konden.
'*Run Forest, run*,' brulde René haar na.
'Lies, hier ben ik!' Ze spreidde haar armen alvast zodat ze Annelies kon opvangen. Nog een paar meter te overbruggen. Annelies keek haar blij aan en vergat even op de weg te letten. Ze struikelde en kwam met een grote plof in de sneeuw terecht. Sara kon haar nog net ontwijken. Snel draaide ze zich om en liet zich naast Annelies in de sneeuw vallen. Ze omhelsden elkaar en bij beiden stroomden tranen over de wangen.
'Heb je je geen pijn gedaan?' Sara keek haar vriendin bezorgd aan.
'Welnee joh, ik heb spek zat om mijn val te breken.' Annelies was inderdaad niet veel gewicht verloren sinds de laatste keer dat ze elkaar gezien hadden. Ze klauterde overeind en sloeg de sneeuw van zich af. Sara deed hetzelfde. De kou drong door haar natte broek heen en ze huiverde zichtbaar.
'Alles goed dames?' René was naast hen gestopt en hing uit het open raam.
'We kunnen wel een lift gebruiken, denk ik,' antwoordde Sara lachend. 'René, dit is Annelies.'
Ze sloeg haar armen om haar vriendin heen en gaf haar een zoen op haar rood gebloste wangen.

'René,' stelde hij zichzelf voor, 'erg leuk om je te ontmoeten. Ik heb al veel over je gehoord van Sara.'
Annelies grinnikte: 'Alleen maar goede dingen hoop ik?'
'Uiteraard Lies, wat valt er over jou nou voor slechts te vertellen?'
Sara trok zachtjes aan Annelies' krullen, waar een dikke laag sneeuw uit viel.
'Stap maar snel in voordat jullie het te koud krijgen.' Gezusterlijk klommen ze op de achterbank en René reed voorzichtig verder.

'Nou, dit is het dan.' Annelies opende de deur en ging hen voor naar binnen. Via een lange, smalle gang kwamen ze in de woonkamer terecht. De houten lambriseringen, de vrolijke kleuren en de open haard zouden het huis een warme uitstraling moeten geven, maar toch hing er een kilte. Het kwam vast omdat ze het zelf zo koud had van haar duik in de sneeuw. 'Is Wim er niet?'
'Die verwacht ik elk moment thuis. Hij doet boodschappen voor de komende week. Morgen komen de gasten die excursies bij Wim hebben geboekt, maar vanavond hebben we het rijk alleen en kunnen we eens ouderwets bijkletsen.' Annelies pakte Sara's arm en richtte zich vervolgens op René. 'Als jij de bagage nou eens naar binnen brengt, dan trekken Sara en ik even droge kleren aan. Ik weet niet hoe het met jou zit, Saar, maar ik ben nat tot in mijn bilnaad.'
René trok een gezicht alsof hij een poging deed zich er vooral geen beeld bij te vormen. Sara lachte in zichzelf. Dit was de Annelies die ze kende, kordaat en niets aan de verbeelding overlatend. Het voelde meteen weer vertrouwd om samen te zijn met haar vriendin.
'Dan zal ik snel gaan zorgen dat Sara ook iets droogs heeft om aan te trekken.' René wilde al naar de auto lopen.
'Ik heb nog wel een droge broek voor Sara, dus haast je niet.' Zowel René als Sara lieten hun ogen over het dubbel zo dikke lijf van Annelies gaan.
'Ik denk niet dat dat gaat werken,' probeerde Sara voorzichtig. Annelies keek met een jaloerse blik naar Sara's slanke figuurtje en haalde haar schouders op. 'Daar heb je een punt.'

30

'Waar zal ik onze spullen neerzetten?' René had alle bagage inmiddels binnengehaald en stond een beetje verloren midden in de woonkamer. Annelies was naar haar slaapkamer vertrokken voor droge kleren en nog niet teruggekeerd. Sara haalde haar schouders op. 'Ik heb geen flauw idee. Ik ga Lies wel even zoeken om het haar te vragen.' Ze liep naar de deur waar Annelies even geleden achter was verdwenen en stak haar hoofd om het hoekje. 'Lies?' Geen reactie. 'Annelies!' verhief ze haar stem. Weer bleef het stil. Als Annelies niet naar de berg kwam, dan kwam de berg wel naar Annelies. Sara liet haar terughoudendheid varen en liep de kamer binnen. Er stond een groot bed met een geblokte sprei erop. De twee nachtkastjes aan weerszijden lagen bezaaid met boeken. Tussen de twee hoofdkussens in zat een grote, grijze knuffelolifant. Het beest zag er wat versleten uit en miste een oog. Sara lachte vertederd. Annelies had Dombo dus meegenomen. Sara had hem haar ooit cadeau gegeven na een dagje Ouwehands Dierenpark.
Aan de wand hing een enorme ingelijste foto met een oer-Hollands landschap. Misschien hadden Annelies en Wim toch meer heimwee naar het kikkerlandje waar hun roots lagen dan ze wilden toegeven. Haar natte sokken lieten vochtige sporen achter op de donkere, houten vloerplanken toen ze verder de kamer in liep. Annelies was nergens te bekennen. Waar was ze nou gebleven? Links van het bed zat nog een deur. Ze opende hem voorzichtig. Geklater van een douche drong haar oren binnen en warme stoom kwam haar tegemoet. Haar vriendin had zich dus blijkbaar verschanst in de badkamer. 'Annelies!' riep ze met behoorlijk volume terwijl ze discreet buiten de badkamer bleef staan. Vroeger was ze gewoon naar binnen gelopen,

maar dat voelde nu toch even anders. Voor dat soort dingen ontstond toch een drempel als je elkaar zo lang niet gezien had. Het geklater van de douche verstomde en Annelies verscheen met een rood hoofd en een handdoek om haar lichaam bij de deur. 'Riep je?'
'Uhm, ja. René heeft de bagage uit de auto gehaald en we vroegen ons af waar onze kamer is zodat we de spullen kunnen wegzetten.'
'Och, stom, wat ben ik nou voor een gastvrouw. Ik trek snel even wat aan en dan loop ik met jullie mee.' Ze liet haar blik over Sara heen gaan. 'Heb je nou nog steeds die natte zooi aan?'
Sara was inmiddels gaan klappertanden. De kilte van haar natte kleren begon in haar botten door te dringen.
'Meid, je bent steenkoud. Schiet op, onder de douche jij. Ik wijs René jullie kamer en laat hem wat kleren voor je pakken die ik zo kom brengen. Vooruit.' Ze liep de badkamer uit, duwde Sara naar binnen en sloot de deur voordat ze kon protesteren.
Hoewel ze zich wat onwennig voelde in de vreemde badkamer, besloot ze het advies van Annelies toch op te volgen. Ze snakte naar een beetje warmte. Ze kleedde zich uit en gooide haar natte goed op een hoopje in de hoek. Uit een kast aan de wand pakte ze een grote roze handdoek. Het ding rook fris en voelde zacht aan. Ze legde de handdoek op het bad en stapte de ernaast gelegen douchecabine in. Zette het water aan en verwelkomde de heerlijke stralen op haar verkleumde lichaam. De thermostaat stond ingesteld op een aangename temperatuur. Kippenvel verspreidde zich over haar lichaam en ze sloot haar ogen van genot.
Ze schrok op toen de deur opengging. Dat zou Annelies wel zijn met haar schone kleren. Blijkbaar voelde zij minder scrupules en het was tenslotte haar eigen badkamer. Met een verschrikt gilletje sloeg ze haar handen voor haar borsten en kruis toen ze zag dat niet Annelies maar Wim de badkamer binnenkwam.
'O, sorry, ik wist niet dat jij hier was,' reageerde hij alsof ze elkaar gisteren voor het laatst hadden gezien. 'Ik zocht een deodorant.' Hij staarde naar haar naakte lichaam en Sara voelde een blos van schaamte opkomen. Ze voelde zich hoogst ongemakkelijk. 'Goed je weer te zien, Sara.'

Wims stem klonk geamuseerd. Op het moment dat hij zijn ogen nogmaals goedkeurend over haar naakte lichaam liet gaan, stapte Annelies nietsvermoedend de badkamer binnen met een stapeltje kleren in haar armen. Ze hield haar pas onmiddellijk in toen ze Wim zag staan. De laatste sprong van schrik achteruit, alsof hij zich betrapt voelde.
'Wat doe jij hier?' klonk het ijzig. Als blikken konden doden zou hij ter plekke zijn neergevallen.
'Ik zocht een deodorant.' Wims stemming sloeg van geamuseerd acuut om in onderdanig en hij durfde Annelies nauwelijks aan te kijken. 'Hoe kan ik nou weten dat zij hier staat te douchen?'
Snel griste hij een deo van het plankje onder de spiegel en verliet in hoog tempo de badkamer. Annelies mompelde iets binnensmonds wat Sara niet verstond, maar aan haar gezicht te zien was het niet al te vriendelijk. 'Hier, kleed je aan.' Ze smeet Sara's kleren op de grond en vertrok zonder verdere uitleg. Sara snapte haar reactie wel. Zij zou zich ook niet goed een houding weten te geven als ze een poedelnaakte Annelies met René had aangetroffen. Hoe onschuldig het ook was.

31

Vanuit de keuken klonk het gerammel van potten en pannen. De mannen waren samen aan het koken en Sara en Annelies zaten met een wijntje op de grote loungebank. Het hout in de open haard liet zich zonder verzet verslinden door de vuurtongen. De takjes knapten als brekende botten. De sfeer tussen Wim en Annelies leek weer wat bijgetrokken. Sara kon niet helemaal peilen of het uit beleefdheid was naar haar en René toe, of dat het daadwerkelijk gemeend was.
'Hoe is het nou met je?' Sara wilde zoveel met haar vriendin bespreken dat ze een beetje blokkeerde en slechts tot die ene vraag kwam.
'Prima, uitstekend, hartstikke goed.'
Annelies reageerde te snel en haar stem klonk te schril om geloofwaardig over te komen. Sara keek haar doordringend aan, maar Annelies vertrok geen spier. Ze nam een grote slok van haar wijn en verslikte zich bijna. Proestend probeerde ze de verkeerd gevallen slok alsnog in goede banen te leiden. Sara wreef haar bezorgd over haar rug en nam het glas wijn dat vervaarlijk overhelde van haar aan. Met een rood hoofd en betraande ogen liet Annelies zich even later achterover zakken. Sara gaf haar een paar minuten de tijd om bij te komen en ging toen vol in de aanval. 'Hoe is het nu écht met je?'
'Uitstekend, beter dan ooit, dat heb ik net toch al gezegd.'
'Ik geloof er geen reet van. Ik vind het een belediging voor onze vriendschap dat je denkt dat je mij iets op de mouw kunt spelden.'
'Wat wil je nou horen? Dat ik zwaar depressief ben, het niet meer zie zitten en overweeg er een einde aan te maken?'
'De waarheid, ik wil de waarheid horen. Op Skype kun je me misschien nog foppen, maar live lukt dat niet.' Het gezicht van haar vriendin betrok. 'Ik maak me zorgen om je. Ik voel aan alles dat er

dingen aan de hand zijn. Je weet toch dat je me kunt vertrouwen?'

'Natuurlijk vertrouw ik je, maar ik kan er niet over praten. Als ik erover ga praten dan moet ik er iets mee en dat kan ik niet aan. Soms is het beter om dingen heel diep te begraven en er nooit meer naar te kijken.'

Annelies kreeg een afwezige blik in haar ogen.

'Gaat het niet goed tussen jou en Wim? Is er iets gebeurd?'

'Ik wil het er niet over hebben. Kun je dat respecteren? We gaan er een gezellige boel van maken de komende twee weken. Als ik behoefte heb aan een therapeut dan ben ik mans genoeg om er een in te huren.' Ze frummelde nerveus met haar handen en stond op. 'Ik ga eens even kijken hoe het er in de keuken voor staat. Zo terug.'

Sara bleef teleurgesteld achter. Wat was een vriendschap nog waard als er niets meer besproken kon worden en de gesprekken alleen nog maar bestonden uit oppervlakkige prietpraat? Niet haar idee van *best friends* in elk geval. Even schoot het door haar hoofd of het wel zo'n goede beslissing was geweest om haar spaarzame vakantiedagen op te offeren aan IJsland als het op deze manier moest, maar al snel wuifde ze de gedachten weg. Natuurlijk was het de moeite waard. Annelies was de moeite waard. Ze moest alleen nog een beetje ontdooien en dan kwam ze er wel doorheen. Het moest goed komen. Aan haar zou het in elk geval niet liggen. Ze stond vierkant achter haar vriendin en zou er voor haar zijn als dat nodig was.

32

Sara was eerder wakker dan René. Ze had prima geslapen in het ruime tweepersoonsbed met lekkere dikke matrassen. Vertederd keek ze naar haar slapende vriend. Zijn bovenlip trilde lichtjes bij elke inademing. Ze keek naar zijn donkere wimpers en wenkbrauwen en de beginnende stoppels op zijn wangen. Ze hield van elk haartje. Ze dacht terug aan gisteravond. Ondanks het wat geforceerde gesprek met Annelies was het uiteindelijk toch nog heel gezellig geworden. Vroegere tijden herleefden en de verwijdering die de afgelopen jaren was ontstaan verdween.

Wim had een heerlijke streekmaaltijd gekookt en René had hem daarbij geassisteerd. Het hoofdgerecht bestond uit *Highland lamb*. Dit lamsvlees was niet te vergelijken met hetgeen in Nederland werd geserveerd. Het was verstoken van hormonen en groeibevorderende medicijnen en volledig puur natuur. De lammeren waren voor de slacht uitgezet op de IJslandse hooglanden waar ze zichzelf voedden met gras, planten, kruiden, heide en bessen. Tussenkomst van de mens leidde niet altijd tot verbetering, dat bleek maar weer. De natuur zelf zijn gang laten gaan leverde verrassend lekkere resultaten op.

Het vlees werd weggespoeld met een traditioneel brouwsel dat *brennivín* heette. Sara moest in het begin wennen aan de bittere smaak, maar hoe meer ze ervan dronk, hoe lekkerder het werd. Als toetje kregen ze een soort IJslandse hangop met wat bruine suiker en verse bessen die viel als een baksteen. *Skyr* heette het goedje, vertelde Wim. Hoewel ze het gevoel had dat haar maag de proportie van een ballon had aangenomen, had ze alles opgegeten. Het was te lekker om te laten staan.

René en Wim hadden het hoogste woord gevoerd tijdens de maaltijd. Beide mannen konden uitstekend met elkaar opschieten. Ze had René niets verteld van Wims gluuractie in de badkamer. Ze was er nog steeds een beetje beduusd van, maar Wim gedroeg zich volkomen normaal en voelde zich blijkbaar niet opgelaten door het gebeurde. Ze moest het maar snel vergeten. Het was gewoon een rare samenloop van omstandigheden geweest, niet meer en niet minder. Hoe kon Wim nou weten dat zij naakt in zijn badkamer stond? Ze had immers een eigen kamer in de Bed & Breakfast en er was dus in principe geen enkele reden om gebruik te maken van hun privésanitair.

Hoe verder de avond vorderde, hoe gezelliger het was geworden. Tegen twaalven waren ze alle vier zo melig geweest dat ze huilend van het lachen over tafel hingen. Zelfs Annelies had zich uiteindelijk helemaal laten gaan. Sara genoot ervan haar weer eens ouderwets te horen schaterlachen en aan de heimelijke blikken die Wim naar zijn vrouw wierp te zien, was hij het helemaal met Sara eens. Gezamenlijk hadden ze uiteindelijk de troep in de keuken opgeruimd en hand in hand waren beide stellen naar bed gewankeld.

'Ik voel me net een walrus en kan werkelijk geen pap meer zeggen.'

René was naast haar geploft met een luide kreun. 'Van hetzelfde,' verzuchtte hij, 'maar wat was het verdomde lekker zeg.'

'Als ze elke avond zo eten dan begrijp ik wel waarom Annelies nog steeds een maatje meer heeft,' liet Sara erop volgen.

René knikte grinnikend. 'O, ik val om,' geeuwde hij luidkeels. Ze hadden op karakter hun tanden nog gepoetst en hun nachtgoed aangetrokken en waren vervolgens binnen een paar minuten in slaap gevallen.

Sara werd uit haar gepeins gehaald door een zachte klop op de deur. Ze trok haar duster aan en deed de deur open.

'*Morning babe*!' riep Annelies haar enthousiast toe. Aan de glans in haar ogen te zien had ze een heel fijne nacht gehad met Wim. Haar blik was een stuk opener en haar gestreste houding had plaatsgemaakt voor ontspanning. Zou dat het zijn geweest? Had Annelies te lang drooggestaan en was ze daar zo kregelig van geworden? Sara keek haar vriendin geamuseerd aan.

'Wat?' reageerde Annelies op Sara's starende blik.

'Fijn om je zo uhm... tevreden te zien.' Sara gaf haar een vette knipoog die voldoende insinueerde. Annelies giechelde verlegen.

'Het ontbijt staat klaar,' ging ze weer over tot de orde van de dag. 'Ik vind het wel gezellig om nog even met zijn viertjes te ontbijten. Vanmiddag komen de andere gasten en dan hebben jullie niet meer onze onverdeelde aandacht.'

'Ik zal René wakker maken en dan komen we er zo aan.'

33

Alle kamers in de Bed & Breakfast waren sinds het einde van de middag bezet. Het was een leuke groep vol vlotte, jonge mensen. Annelies drentelde nerveus van hot naar her, maar er kwam niets concreets uit haar handen. Het was wel duidelijk dat Wim de leiding had en de tent runde.
Nadat iedereen een kamer toegewezen had gekregen en zich had opgefrist riep Wim hen allemaal bij elkaar in de ruime eetzaal. 'Welkom allemaal, leuk dat jullie er zijn en dat jullie ervoor gekozen hebben om te verblijven in ons pension. Mijn vrouw Annelies en ik zullen er alles aan doen om het jullie naar de zin te maken.' Annelies zwaaide even naar de gasten. 'Laat ik beginnen met wat huishoudelijke mededelingen. In deze zaal krijgen jullie elke ochtend op excursiedagen het ontbijt geserveerd om acht uur. De avondmaaltijd zal meestal bestaan uit een barbecue op het verwarmde terras.'
'Avondmaaltijd? Een Bed & Breakfast serveert toch alleen ontbijt?' vroeg een van de groepsleden verbaasd.
'Klopt,' antwoordde Wim, 'maar omdat we hier zo afgelegen zitten en het dus niet zo makkelijk is om een restaurantje te vinden, hebben we besloten het diner ook mee te pakken. Eigenlijk zijn we een Bed & Breakfast plus.' Er werd wat goedkeurend gelachen. Wim vervolgde: 'Zoals jullie misschien weten is er in deze periode beperkt daglicht aanwezig en dat betekent dat we rond halfelf op de plaats van bestemming moeten zijn om zo veel mogelijk uit de dag te halen. Morgen doen we niets georganiseerds zodat jullie even kunnen acclimatiseren en zelf de nabije omgeving wat kunnen verkennen. We zitten hier in het meest beboste gebied van IJsland en als je het paadje achter dit gebouw afloopt dan kom je uit bij het zogenaamde

hallormsstaðarskógur waar je kunt wandelen en meer dan veertig boomsoorten kunt bewonderen.' Een man stak zijn hand op. 'En wat is dat Hallormstadinges dan precies?'
'Een ander woord voor bos,' reageerde Wim lachend. 'Er ligt trouwens ook nog een meertje aan de andere kant van het terrein. Overmorgen gaan we de Gouden Cirkeltour doen. Dat is een prachtige trip langs de bezienswaardigheden in Zuidwest-IJsland. De gehele tour neemt een dag in beslag, maar omdat we maar vijf uur daglicht hebben, splitsen we hem op in twee dagen. Dat betekent dat we halverwege de route zullen overnachten in het plaatsje Laugarvatn. Ik heb een leuk hotelletje gereserveerd vlak bij een meer. Van daaruit trekken we de volgende dag weer verder. Natjes en droogjes gedurende de dag zijn geregeld.
De tour begint in Reykjavík. Met mijn bus gaan we naar het vliegveld van Egilsstaðir en nemen daar een binnenlandse vlucht naar Reykjavík. Op het vliegveld staat een bus voor ons klaar die ons langs alle prachtige bezienswaardigheden zal voeren. Ik beloof jullie, jullie gaan je ogen uitkijken. Vergeet vooral niet je fototoestel mee te nemen. De precieze details zal ik morgen uitgebreid uit de doeken doen. Dan wil ik jullie allen tot slot nog van harte uitnodigen voor de visbarbecue van vanavond op ons verwarmde terras. Een mooie gelegenheid om elkaar wat beter te leren kennen, mocht daar behoefte aan zijn. Wat jij Annelies?' Wim probeerde zijn vrouw nog enigszins bij het gesprek te betrekken. Ze knikte bevestigend, maar bleef er een beetje verloren bij staan.
Ergens verderop klonk het geluid van een deurbel. Wim en Annelies keken elkaar vragend aan. Annelies stak haar hand op ten teken dat ze wel even zou gaan kijken terwijl Wim zich weer tot de gasten richtte. 'Dan is het nu tijd om ons te goed te doen aan een IJslandse verslaving. Koffie!' Hij maakte een uitnodigend armgebaar naar de gedekte tafel waar servies en een stel thermoskannen klaarstonden.
Met een flinke zwaai werd de deur naar de eetzaal geopend en een vrouw op hoge hakken kwam de zaal binnen. Annelies liep met een wanhopige uitdrukking op haar gezicht in haar kielzog. Wim trok

goedkeurend zijn wenkbrauwen op en liet zijn ogen over haar lichaam gaan, wat hem op een waarschuwende blik van zijn vrouw kwam te staan. Ook de rest van de aanwezige mannen leek onder de indruk van de verschijning. Ze had ook wel een verdomd goed figuur.

'Hallo allemaal, ik ben Ymke. Sorry dat ik wat laat ben.' De vrouw liep al kauwgomkauwend linea recta naar de koffietafel toe. 'Ah, heerlijk, ik ben wel toe aan een bakkie.' Vervolgens schonk ze zichzelf met vaste hand een kop koffie in en nam plaats aan een vrijstaand tafeltje. Sara probeerde oogcontact te krijgen met Annelies die inmiddels met Wim stond te smoezen. Aan zijn gespannen lichaamshouding kon ze zien dat hij boos was. Ook van de relaxte houding van Annelies was niets meer over. Wat was er aan de hand?

Ze twijfelde of ze naar Wim en Annelies toe moest lopen om te vragen wat er gaande was, maar voordat Sara goed en wel kon besluiten wat te doen, wenkte Annelies haar al. Wim trok zijn gezicht weer in de plooi en schaarde zich tussen de gasten. Met grote passen beende ze naar haar vriendin toe. Annelies keek haar smekend aan. 'O, Saar, je moet ons helpen, we hebben een groot probleem.'

'Wat is er aan de hand dan?'

'Ik heb een vergissing gemaakt met de boekingen. Ik ben deze vrouw vergeten in de planning te zetten en nu komen we een kamer tekort. Wim is woedend.'

'En wat kan ik doen om te helpen dan?'

'We hebben de kamer van jou en René nodig...' Annelies trok een moeilijk gezicht.

'O, geen probleem, René en ik slapen wel in een zelfgebouwde iglo in de tuin.'

'Ik meen het, Sara. We hebben naast dit pension ook nog een apart chalet op het terrein met alles erop en eraan. We gebruiken het eigenlijk niet, maar het is volledig gefaciliteerd en heeft zelfs een sauna. Zouden jij en René daar misschien in willen verblijven? Jullie zouden ons er ontzettend mee helpen. Ik weet even niet hoe ik het anders op moet lossen.'

'Een privéchalet met sauna? Hm, ik zou gek zijn als ik dat afsloeg. Er zijn ergere dingen. Als we jou en Wim daarmee kunnen helpen dan offeren we ons wel op.' Sara lachte verheugd. Toch leek Annelies zich nog steeds ongemakkelijk te voelen.

'Ik trek het boetekleed volledig aan en weet dat ik een enorme steek heb laten vallen. Het is oerstom, maar nu moet ik het zien op te lossen zonder dat onze goede naam een deuk oploopt.' En je huwelijk, dacht Sara die schrok van de vernietigende blik die Wim zijn vrouw vanuit de verte toewierp. Daarna richtte hij zich weer met bovenmatige interesse op Ymke. Annelies sloeg het met een gepijnigd gezicht gaande.

'Echt, het is oké, je hoeft je niet te verontschuldigen.' Sara kneep haar vriendin bemoedigend in haar schouder.

'Je bent een engel! *Love you*!' Annelies vloog haar zo lomp om de hals dat Sara bijna haar evenwicht verloor.

'Ja, ja, het is al goed.' Ze keek nog eens naar Ymke.

'Volgens mij is die griet op de verkeerde locatie uitgestapt,' fluisterde ze Annelies in haar oor. 'Wie komt er nou op zulke ultrahakken naar IJsland?'

'Ik kan me iemand herinneren die ooit eens op zulke "ultrahakken" wilde gaan wandelen in Peru...' Annelies lachte haar fijntjes toe.

'Toen was ik nog een halve puber,' verdedigde Sara zich, 'deze vrouw is die fase al ver voorbij.'

'Hm,' humde Annelies. 'Oké, werk aan de winkel. Zou je zo goed willen zijn om je spullen te gaan pakken zodat we jullie kamer voor onze nieuwe gast in orde kunnen maken?'

'*At your service, ma'am*,' salueerde Sara en ze liep vlug naar René om hem in te lichten over hun verhuizing.

34

Het chalet had dezelfde rode kleur als het hoofdgebouw. Aan de ene kant lag een meer met een houten steiger. Aan de andere kant rezen bomen op vanuit het achterliggende bos. Het lag ongeveer een kilometer verwijderd van de Bed & Breakfast van Wim en Annelies. Stapvoets reden ze over het besneeuwde landschap achter Wim aan die hen voorging naar hun nieuwe verblijf voor de komende twee weken. Het lokale meisje dat normaliter de Bed & Breakfast poetste, legde als het goed is de laatste hand aan het gebruiksklaar maken van het chalet.

'Vies kan het niet zijn, hooguit een beetje stoffig,' had Annelies hen verzekerd. 'Maar als Björk klaar is met haar zwabber kun je weer van de vloeren eten.'

Wim parkeerde zijn auto voor het huisje en ze volgden zijn voorbeeld. De mannen sjouwden de bagage naar binnen terwijl Sara naar het meertje liep. Ze staarde over het water waar een dikke laag ijs overheen lag. Zowaar haar eigen privéschaatsbaan. Het was al veel te lang geleden dat ze had geschaatst. Ze was er dol op, maar op de een of andere manier kwam het er steeds niet van. Ze was gek op het eindeloos zwieren en pirouetjes draaien, maar ook op het gewone rondjes rijden met pootje over in de bochten.

Ze liep terug naar het chalet en ging naar binnen. Hun bagage stond opgesteld in de gang. Ze ving een glimp op van René die de haard in de woonkamer aanmaakte. Ze besloot ook haar steentje bij te dragen en sjouwde vast een koffer naar boven. Aan het einde van de trap was een halletje waar verschillende deuren op uitkwamen. Op één na zaten ze allemaal dicht. Ze liep naar de kamerdeur die op een kier stond in de veronderstelling dat het de slaapkamer was die Björk

zojuist gebruiksklaar had gemaakt. Haar hand lag al op de klink toen ze fluisterende stemmen opving. Ze herkende de stem van Wim. De andere stem was haar onbekend. Die moest van Björk zijn, dat kon niet anders. De vrouwenstem praatte in een mengelmoes van gebroken Engels en IJslands, naar ze aannam. Sara spitste haar oren om de strekking van het gesprek op te vangen. Geruisloos nam ze een andere positie aan zodat ze door de openstaande kier de kamer in kon kijken. Ze zag een jonge vrouw die niet groter kon zijn dan 1.65 meter. Haar wangen waren verhit en ze stond flink met haar handen te gebaren.
'*You give me more money or I tell!*' Met twee handen streek ze over haar licht opbollende buikje. Sara schrok zich een hoedje, het meisje was duidelijk zwanger. Van Wim? Dat kon toch niet? Twee mannenhanden pakten haar bij haar schouders en schudde haar door elkaar. '*You know I can't pay you more money, otherwise Annelies will find out.*' Wim klonk zo wanhopig dat zijn stem het fluisterniveau ontsteeg. Sara stond als aan de grond genageld.
'*Your problem, not mine. More money or I'll tell.*'
'*You shut up or I'll kill you.*'
Sara's adem stokte in haar keel. De dreigende ondertoon in Wims stem gaf haar de kriebels. Dit wilde ze helemaal niet horen. Wat moest ze nu? Zachtjes met haar koffer terug naar beneden lopen of met een hoop kabaal haar komst aankondigen? Ze koos voor het laatste. Ze liep een stukje weg bij de deur en liet haar voeten flink neerkomen op de houten vloer. Het gesprek verstomde onmiddellijk. Sara zwaaide de deur open en sjouwde de koffer naar binnen. Wim en Björk stonden er wat ongemakkelijk bij.
'Stoor ik?' Ze zette haar meest onschuldige gezicht op en deed of haar neus bloedde.
'Natuurlijk stoor je niet.' Wim deed duidelijk zijn uiterste best om zichzelf weer onder controle te krijgen. Björk staarde hem indringend aan en legde haar handen op haar buik. Verder zei ze niets.
'Ik controleerde even of Björk haar werk goed heeft gedaan,' probeerde Wim zijn aanwezigheid in de kamer te verklaren.

'En, heeft ze dat?'
'Wat?'
'Haar werk goed gedaan.'
'Ja hoor, er zullen vannacht geen stofwolken om je oren vliegen.'
Sara tilde haar koffer op een van de bedden om maar iets te doen te hebben. Ze was bang dat Wim anders zou zien hoe nerveus ze was.
'Nou, ik ga Annelies helpen in de keuken. Zie je straks bij de barbecue.' Wim maakte aanstalten om de kamer te verlaten en Sara stak haar hand op als groet. Björk pakte haar emmertje met poetsgerei en vertrok ook. Sara volgde het tweetal naar beneden en naar buiten. Björk staarde met een dromerige blik naar Wim. Hij sloeg zijn autoportier met een ferme klap dicht en leek het niet in de gaten te hebben. Of toch wel? Hij keek net iets langer in zijn achteruitkijkspiegel dan nodig was. Of was dat verbeelding?
Sara sloeg het schouwspel gade en wist niet zo goed wat ze ervan moest denken. Ze knikte maar vriendelijk naar Björk en het meisje boog verlegen haar hoofd. Sara schatte haar amper achttien jaar oud. Haar schouders hingen wat af, alsof ze permanent gebukt ging onder een zware last waar ze niemand deelgenoot van kon maken. Haar huidskleur was bleek, op haar rode wangen na. Ze had haar lange, donkerblonde haar in een slordige knot gebonden en droeg geen make-up. Ondanks het gebrek aan franje en tierelantijntjes was het meisje prachtig om te zien. Een *natural beauty* die niet zou misstaan op de cover van een glossy tijdschrift. Sara richtte haar ogen nogmaals op het beginnende buikje van het meisje. Automatisch legde het kind haar gehandschoende hand erop, alsof ze het prille leven dat ze bij zich droeg, wilde beschermen tegen Sara's blik. Toen liep ze langs haar heen. De emmer met natte poetsdoeken in haar hand zwengelde op en neer bij elke stap. Ze mompelde iets onverstaanbaars in het voorbijgaan. Voordat ze in het bos verdween draaide ze zich nog een keer om. Twee felgroene ogen staarden Sara doordringend aan. Toen verdween ze tussen de bomen.
Sara begon het koud te krijgen en had behoefte aan huiselijke warmte. Ze voelde zich uiterst ongemakkelijk door het stukje conversatie

tussen Wim en Björk dat ze had opgevangen. Wat moest ze daarmee? Open kaart spelen tegen Wim en hem ermee confronteren? Annelies inlichten? Ze wist het even niet. Sara tuurde naar de lege plek waar Björk zojuist nog had gestaan, in de hoop daar antwoorden te vinden. Wat was wijsheid? In gedachten verzonken liep ze terug naar het chalet.

Eenmaal in de woonkamer aanbeland, zag ze dat René al druk bezig was de haard op te stoken. De geur van vers brandend hout kwam haar tegemoet, evenals een beginnende, comfortabele warmte. Sara keek tevreden om zich heen. In plaats van een kamer hadden ze nu ineens een heel huis tot hun beschikking. René kwam achter haar staan en sloeg zijn armen om haar heen terwijl hij zijn kin liet rusten op haar schouder. 'Elk nadeel heb zijn voordeel,' fluisterde hij in haar oor. 'En wat een privacy hier...' Hij beet zachtjes in haar nek. Ze kneep beamend in zijn handen die op haar buik lagen.

'Je zou die griet bijna nog bedanken,' mompelde ze.

'Wat let je?'

'Bijna zei ik, René van Wijk, en bijna is niet helemaal.'

'Zonde dat zo'n prachtig chalet hier ongebruikt staat.'

'Daarom is het ook aan ons om deze leegstand de komende weken met wortel en tak uit te roeien.'

René trok een plechtig gezicht. 'Eigenlijk zijn we te goed voor deze wereld. *It's a dirty job, but somebody's gotta do it.*'

Sara keek op haar horloge. 'Kom, we hebben nog precies genoeg tijd om een rondje door het huis te maken en ons op te frissen voor de barbecue van vanavond.'

Ze wurmde zich los uit Renés houdgreep en trok hem verder mee de kamer in. Ze besloot hem nog even niets te vertellen over haar vermoedens rond Wim en Björk. De gedachte dat Wim Björk zwanger had gemaakt was zo bizar dat ze het zelf amper kon geloven, laat staan het met anderen delen. Wat nou als ze verkeerde conclusies trok?

35

Hand in hand liepen Sara en René naar de Bed & Breakfast. Het was een kwartiertje flink doorwandelen. De sneeuw kraakte onder hun voeten. Verder was het stil. De weerkaatsing van het schemerlicht op de sneeuw legde het landschap in een vreemde gloed. De contouren van het achterliggende bos gaven het geheel iets dreigends. Sara was blij dat René haar vergezelde. In deze voor haar compleet vreemde omgeving zou ze niet graag alleen lopen. Ze keek voortdurend om zich heen en voelde zich niet echt prettig. Ze versnelde ongemerkt haar pas.

'Heb je zo'n honger, liefje?' vroeg René grinnikend.

Hoewel het niet volledig donker was, had René voor de zekerheid toch zijn zaklamp meegenomen. Misschien was hij ook wel niet zo stoer als hij deed voorkomen. Het licht zweefde voor hen uit en wees de weg. Ze hadden zich het afgelopen uur al volledig geïnstalleerd in het knusse chalet en voelden zich er helemaal thuis. Dat ze wat verder van Annelies en Wim af zaten, namen ze op de koop toe. De ruimte en privacy die het chalet bood, maakten veel goed. Daarbij waren Annelies en Wim toch druk met de andere gasten.

In de verte doemde het pensioen al op en Sara haalde opgelucht adem. Terug in de bewoonde wereld. Toen ze dichter naderden kwamen geroezemoes en geschaterlach hen tegemoet. Van terughoudendheid tussen de gasten onderling was geen sprake. De veranda rondom het pension was sfeervol verlicht en de terrasverwarmers gloeiden op volle toeren. Op een lange gedekte tafel stond een lopend buffet klaar van salades, fruit, en *laufabrauð*, koekjes van heel dun deeg die gebakken waren in een frituurpan. Alles opgediend op kleurige schalen. Sara herkende een paar flessen van het bittere drankje dat ze gisteravond hadden gedronken en ook aan wijn ontbrak het niet.

Iets verderop stond Wim een enorme barbecue op te poken, met naast zich schalen met vis en vlees. Brandende fakkels en wat vuurkorven voorzagen hem van voldoende licht en zetten het geheel in een oranje gloed. *Shut up or I'll kill you*, flitste er door haar hoofd. Ze had het hem echt horen zeggen. Hoe kon hij zo relaxed achter die barbecue staan alsof er niets was gebeurd? Zijn woorden hadden bepaald niet geklonken als een 1 aprilgrap. Moest ze Annelies toch inlichten? Maar wanneer dan? Nu de andere gasten waren gearriveerd was er nauwelijks mogelijkheid om haar even apart te nemen. En zou Annelies haar geloven? Ze zou het zelf ook niet gelijk voor waarheid aannemen als iemand een dergelijke beschuldiging aan het adres van René uitte.

'Ben je aan het solliciteren voor standbeeld?' haalde René haar uit haar gedachten. 'Ga lekker naar de veranda, daar is het een stuk warmer.' Hij gaf haar een kus en liep naar Wim om hem te helpen bij de barbecue.

Sara liep naar Annelies toe die net aan kwam lopen met een enorme schaal skyr en een groot bord met pannenkoeken. 'Kun jij de *waffle* even overnemen voordat ik het hele boeltje uit mijn handen laat kletteren? Hier, pak het bord met pannenkoeken vlug aan.' De schaal en het bord wiebelden vervaarlijk en Sara kon nog net voorkomen dat Annelies met spullen en al in de sneeuw terechtkwam. Annelies klemde beide armen om de schaal met skyr en keek Sara dankbaar aan. 'Wat zou ik toch zonder jou moeten?'

De opmerking raakte Sara op een andere manier dan Annelies bedoelde. *Als Annelies echt niet wist wat ze zonder haar moest dan was ze nooit naar IJsland vertrokken.* Hoewel ze dacht dat ze er inmiddels wel overheen was gegroeid, knaagde er blijkbaar toch nog steeds wat oud zeer. Het gevoel dat Annelies haar in de steek had gelaten, raakte ze misschien wel nooit helemaal kwijt. Het tempo waarmee Annelies en Wim destijds het roer om hadden gegooid begreep ze nog steeds niet. Alsof ze op de vlucht waren voor iets en niet wisten hoe snel ze

Nederland en hun oude leven achter zich moesten laten. Oké, Wim en Annelies hadden een zware tijd achter de rug, dat was een understatement, maar Sara was ervan overtuigd dat je met wegvluchten niets opschoot. Je nam jezelf en je problemen immers altijd met je mee, naar welke uithoek van de wereld je ook vertrok.

Met een grote plof zette Annelies de schaal op tafel. De skyr klotste bijna over de rand. 'Voorzichtig,' riep Sara die haar bord heel wat gecontroleerder deponeerde. Met een grote klap viel een deur dicht. Ze keken allebei op en ook de andere gasten die zich in de warmte van de terrasverwarmers hadden verschanst, keken verbaasd op waar dat geluid vandaan kwam. 'Ah, Mrs. Bouquet heeft ook besloten zich los te maken van haar schoonheidsslaapje,' was de reactie van Annelies. Ze keek venijnig naar Ymke die er de oorzaak van was dat René en Sara naar het chalet hadden moeten verhuizen. De vrouw had tegen de kou een doek om haar hoofd geslagen. Er lag een ontspannen glimlach rond haar lippen. Nog steeds droeg ze die schoenen met enorme hakken.

'Wat ruikt het hier lekker! Goedenavond trouwens allemaal.' Een aantal gasten wuifden haar vriendelijk toe. Wim draaide zich om en keek Ymke goedkeurend aan. Het was duidelijk dat dit stukje vlees hem meer interesseerde dan het spul dat op zijn barbecue lag. Ymke leek zich wel prettig te voelen bij zijn aandacht. Was Wim altijd zo'n flirt geweest? Het was haar nooit eerder opgevallen. Moest ze zijn starende blik in de badkamer gisteren toch anders interpreteren? Was die toch niet zo onschuldig geweest als ze dacht? Haar verwarring werd steeds groter. Haar ogen volgden Ymke die naar de barbecue toe liep. Uit haar handtas diepte ze een pakje sigaretten op.

'Er mag hier niet gerookt worden hoor,' reageerde Annelies meteen.

'Hij staat toch ook te roken?' grapte Ymke over Wim en zijn barbecue.

'Heb je een vuurtje voor me?' vroeg ze Wim zonder zijn antwoord af te wachten. Haar stem klonk zacht, maar de heesheid die erin lag maakte de klank enorm sexy. Ze boog voorover, met haar kont richting Wim en stak haar sigaret aan met het vuur uit de barbecue.

Ymke inhaleerde diep en liep heupwiegend terug naar de veranda en de warmte. Wim keek haar na en Annelies sloeg het geheel gade met een steeds roder wordend hoofd. 'Mevrouw, dit is een rookvrij pension.'
Annelies deed haar uiterste best om vriendelijk te blijven, maar haar stem haperde van de ingehouden ergernis. De spanning tussen beide vrouwen was om te snijden.
'Je man lijkt er geen bezwaar tegen te hebben.'
Annelies keek Wim venijnig aan, ervan uitgaande dat hij de vrouw zou corrigeren, maar het bleef stil.
'Iemand van jullie er bezwaar tegen dat ik een sigaretje doe?' Alle gasten knikten van nee. 'Iemand ook behoefte aan een rokertje?'
'Nou, ik zou er ook best een lusten,' reageerde een man uit het gezelschap. Ymke liep naar hem toe en overhandigde hem een sigaret. Met het geopende pakje ging ze ook de anderen langs. Sara was uiteindelijk de enige die bedankte.
'Nou, probleem opgelost hoor,' wreef Ymke het Annelies nog even in. Ze mengde zich tussen de andere gasten op de veranda en begon een geanimeerd gesprek.
'We hebben hier regels...' probeerde Annelies nog, maar niemand luisterde naar haar. Sterker nog, ze werd compleet genegeerd. Zij was de zeurende pensionhoudster en Ymke de gulle gast waar iedereen mee wegliep.
Sara keek Wim verwachtingsvol aan. Hij zou nu toch wel ingrijpen en het voor zijn vrouw opnemen? Even kruisten hun blikken elkaar en Sara trok haar wenkbrauwen op ter aansporing. Een reactie bleef wederom uit. Wim begon het vlees om te draaien alsof er niets was voorgevallen. Sara zocht oogcontact met René en die haalde vertwijfeld zijn schouders op. Annelies was inmiddels geruisloos naar binnen verdwenen. Sara liep haar achterna om haar de steun te geven die ze van haar man duidelijk niet kreeg. Wat dacht Wim wel niet? Dat hij haar vriendin zo te kakken kon zetten? Ze was vandaag op een heel andere manier naar Wim gaan kijken en wat ze zag beviel haar allerminst.

36

De barbecue had heerlijk gesmaakt. Hoewel de sfeer na het rookincident tussen Wim en Annelies in eerste instantie nogal beladen was, werd de stemming na wat alcoholische versnaperingen weer wat losser. Het was Sara gelukt om Annelies te kalmeren en te voorkomen dat ze Wim ten overstaan van de gasten de wind van voren gaf. Ze had er wel wat voor uit de kast moeten trekken, maar er was haar alles aan gelegen dat deze twee weken niet uitliepen op een debacle. Ymke voerde de hele avond al het hoogste woord en had de lachers op haar hand. Sara bekeek het allemaal met argusogen. Annelies liet de vrouw zo veel mogelijk links liggen.
Sara hielp Annelies met het opruimen van het vuile servies en het zetten van koffie, terwijl René en Wim verderop vast een groot kampvuur stookten. In een cirkel eromheen stonden houten afgezaagde stronken die dienden als zitplaatsen.
'Mag ik jullie uitnodigen bij het kampvuur? Dan drinken we daar koffie onder het genot van een IJslandse legende die ik graag met jullie wil delen.' De gasten togen op Wims verzoek naar het vuur en gingen eromheen zitten. Hoewel de temperatuur beneden het vriespunt lag, zorgde de warmte van de vlammen ervoor dat het goed te doen was. Sara en Annelies voorzagen iedereen van een dampende beker koffie en kropen ook rond het vuur. Wim keek de groep rond, stak zijn handen in de lucht en bewoog zijn vingers heen en weer.
'Voelen jullie dat?' Iedereen keek hem aan, maar niemand wist wat hij bedoelde.
'Voelen jullie dat?' zei hij nogmaals.
'Ik voel heel veel, maar ik weet niet of dat is wat jij bedoelt...' insi-

nueerde Ymke. Er klonk wat gegniffel. Het gezicht van Annelies stond weer op onweer.
'Wie weet voelen we wel hetzelfde, Ymke... Ik voel een aanwezigheid. Alsof er iets in de lucht hangt.' Wim richtte zijn blik op Ymke en gaf haar een knipoog. 'Wat ik voel kan goedaardig zijn, maar ook kwaadaardig...' Wims stem daalde een octaaf en zijn woorden vertraagden. Zijn ogen gingen de groep rond en hij keek alle gasten een voor een aan. Sara kreeg kippenvel. Ze voelde zich weer dat schoolmeisje dat op kamp een spookverhaal te horen kreeg.
'Dat onbeduidende gevoel is geen verbeelding. Er is hier echt een aanwezigheid. Sterker nog, niet één maar een heel volk. Als je ze met rust laat dan is er niets aan de hand, maar als je ze boos maakt dan is het leed niet te overzien...' Hij liet zijn blik weer over de groep gaan en een paar mensen schoven wat ongemakkelijk heen en weer op hun zitplaats. Wim liet een stilte vallen en ineens stond hij op en gilde: 'Daar! Zien jullie dat?'
Twee vrouwen sprongen als door een wesp gestoken op en keken verschrikt om zich heen. Wim begon te lachen. 'Even testen of jullie wel goed opletten.'
Sara's hart klopte in haar keel en ze liet haar adem, die ze ongemerkt had ingehouden, ontsnappen. Annelies kneep haar plagend in haar bovenbeen. Zij gaf als enige geen krimp, maar waarschijnlijk had ze dit verhaal al tig keer gehoord en was ze er niet meer van onder de indruk. Wim vertelde verder: 'Lang, lang geleden toen Adam en Eva nog in het paradijs woonden en de basis werd gelegd voor de mensheid, besloot God bij Eva op bezoek te gaan. Eva had inmiddels vele kinderen en ze wilden dat ze stuk voor stuk goed voor de dag zouden komen. Vol overgave poetste ze haar kinderen schoon, zodat ze fatsoenlijk voor God konden verschijnen. Ondanks haar harde werk lukte het Eva niet om alle kinderen op tijd toonbaar te krijgen. Ze besloot de ongewassen kinderen te verstoppen voor God.
Toen God alle kinderen die Eva hem liet zien had geïnspecteerd, vroeg hij haar of dat al haar kinderen waren of dat ze er nog meer

had. Eva loog tegen God en dat had ze beter niet kunnen doen. Doordat ze haar ongewassen kinderen verzweeg, werden de kinderen veroordeeld tot een verscholen leven. Zij werden de eerste wezens van het verborgen volk van IJsland, het zogenaamde *huldufólk*. Ze schijnen qua uiterlijk heel erg op de mens te lijken, maar ze zijn mooier, intelligenter, getalenteerder en charmanter dan wij.' Wim zweeg even om de groep de kans te geven de informatie te verwerken. 'Je ziet ze niet, maar ze zijn overal...'
Net als toen hij begon met het verhaal stak hij zijn handen weer in de lucht alsof hij contact probeerde te maken met de entiteiten. Weer schoven een paar mensen wat ongemakkelijk heen en weer en een aantal keek schichtig om zich heen. 'In principe is het huldufólk goedaardig. In principe... Maar jaag ze niet tegen je in het harnas, want dan loopt het slecht met je af.'
Een luid knappend geluid deed iedereen opschrikken. Iemand slaakte een paniekerige kreet. 'Niets aan de hand mensen, het is maar een tak die een robbertje vecht met het vuur,' zei Wim lachend. Een paar mensen grinnikten besmuikt mee, maar hun bleke gelaatskleur was een teken van het ongemakkelijke gevoel dat Wims spookverhaal bij hen had losgemaakt.
'Interessant verhaal, maar ik geloof dat ik hier toch een beetje te nuchter voor ben.' Ymke kreeg schoorvoetend bijval van een paar anderen.
'Jij kunt wel denken dat ik gewoon een ouderwets griezelverhaal bij een kampvuur zit te vertellen, maar er hebben in de loop der tijden voldoende vreemde ongelukken plaatsgevonden die het op zijn minst aannemelijk maken dat het huldufólk bestaat,' pareerde Wim.
'Ik heb weleens wat over die huldu-nog-wat gelezen,' reageerde een man die rechts van Wim zat.
'O ja? Waar dan?' vroeg de vrouw naast hem geïnteresseerd.
'Uhm, nou, in *Suske en Wiske De Edele Elfen* helpen Suske en Wiske het huldufólk in de strijd tegen de trollen.'
'Mensen, we hebben een literatuurkenner in ons midden!' grapte Ymke en ze begon onbedaarlijk te lachen.

'*Suske en Wiske*, dat is inderdaad een betrouwbare bron!' De *Suske en Wiske*-fan boog enigszins gegeneerd zijn hoofd. Wim probeerde de situatie voor de man niet nog erger te maken en trok de aandacht weer naar zich toe. 'Er zijn sterke aanwijzingen dat het huldufólk echt bestaat. Ik zal een voorbeeld geven.' De groep hing weer aan zijn lippen.

'Het huldufólk kan er niet tegen als je hun leefomgeving verstoort en op het moment dat dat gebeurt, verdedigen ze zich dan ook met hand en tand. Zo ook in het jaar 1999. Er werd toen in het zuidwesten een tunnel aangelegd onder de Hvalfjörður (walvisfjord) door naar Akranes. De aannemers geloofden niet in huldufólk en begonnen stug te bouwen. Dat hebben ze geweten. De ene na de andere tegenslag teisterde het bouwproject. Zo gingen bijvoorbeeld de constructiegereedschappen om de haverklap kapot en vielen hijskranen om. Toen uiteindelijk een van de bouwvakkers overleed na een onverklaarbaar ongeluk, begon men zich toch af te vragen of het huldufólk soms wél bestond. Een lokale inwoonster die beweerde dat ze met het huldufólk kon praten, werd erbij geroepen. Zij wist te vertellen dat het huldufólk op de route van de nieuwe weg woonde. Zij waren bereid om te verhuizen zodat het bouwproject doorgang kon vinden, maar ze hadden meer tijd nodig om een en ander te regelen.'

'*Yeah, right...* ik blijf toch wat moeite met deze zweverigheid houden.' Ymke inspecteerde haar felgelakte nagels.

Wim vervolgde zijn verhaal alsof er niets aan de hand was. 'De vrouw die met die wezens kan praten, heet Erla Stefánsdóttir. Het huldufólk sprak met Erla af dat ze het zouden aangeven als ze verhuisd waren zodat de bouw dan hervat kon worden. De aannemers die door al die rare ongelukken toch wat bijgelovig waren geworden, besloten gehoor te geven aan het verzoek en de bouw werd tijdelijk stilgelegd. Toen het huldufólk uiteindelijk groen licht gaf, werd de tunnel verder probleemloos afgebouwd.

Ook bij de bouw van IJslands eerste winkelcentrum, Smáralind, waren soortgelijke problemen. De ondergrondse elektriciteitskabels zijn uiteindelijk omgelegd om het huldufólk niet te storen.' Wim liet een korte stilte vallen. 'Als ik jullie één tip mag geven tijdens jullie verblijf op IJsland: kijk uit waar je je voeten neerzet, want misschien trap je wel op iemands tenen...' Een kunstje dat jij maar al te goed beheerst, dacht Sara cynisch.

37

Alle gasten waren naar hun kamer gegaan en het kampvuur smeulde nog wat na. 'Nog één borreltje?' vroeg Wim aan Sara en René. 'Misschien beter van niet,' reageerde Sara wat kribbig. Ze had er weinig behoefte aan om nog langer getuige te zijn van Wims onbehoorlijke gedrag richting Annelies. Er waren vandaag te veel dingen gebeurd waar ze een raar gevoel van kreeg. Ze moest er iets mee, maar was er nog niet uit of ze Annelies op de hoogte zou brengen of de confrontatie met Wim zelf aan zou gaan. Ze wilde er eerst een nachtje over slapen om een weloverwogen besluit te nemen. Misschien alles eerst aan René voorleggen.

Ze besloot het afslaan van het drankje te wijten aan vermoeidheid. 'Morgen is het weer vroeg dag en ik wil een beetje fit aan die Gouden Cirkeltour beginnen. Of heb jij nog ontzettende behoefte aan een drankje?' Ze keek René vragend aan en hoopte vurig dat hij ook niet op het aanbod inging.

'Nee, ik verlang eigenlijk ook wel naar mijn bedje. Als ik nog durf te slapen na dat enge spookverhaal.' Hij sloeg Wim kameraadschappelijk op zijn schouder, die jongensachtig terug grijnsde.

Annelies kwam met een verhit hoofd naar buiten. 'Zo, alles weer aan kant. Ik zal blij zijn als Björk morgen de honneurs weer waarneemt.' Met een zucht plofte ze neer op de eerste de beste stoel op de veranda. Wim reageerde niet op haar geklaag en keek wat in het luchtledige. Van de saamhorigheid die ze gisteravond uitstraalden was niets meer over. Sara werd er nerveus van. 'Wij gaan een tukkie doen, Lies. Bedankt voor de fijne, goedverzorgde avond. We hebben heerlijk gegeten.'

Ze gaf haar vriendin een zoen op haar wang en pakte Renés hand.

'Zullen we via het bos teruglopen?' stelde René voor. 'Ik heb wel behoefte aan een klein wandelingetje voor het slapengaan zodat het eten een beetje kan zakken.'
'Het bos?' aarzelde Sara.
'Of durf je niet na het spookverhaal van Wim?' zei René lachend.
'Natuurlijk wel, ik ben geen mietje.'
Ze deed zich stoerder voor dan ze zich voelde. Geesten en zweverige dingen waren niet echt haar ding en met dat huldufólkverhaal het bos ingestuurd worden, had niet haar voorkeur.
'Wees niet bevreesd mijn kind, deze stoere man zal over je waken,' grapte René.
'Pff, stoere man,' schamperde ze gekscherend. Hij sloeg zijn armen beschermend om haar heen en lachend liepen ze via het paadje achter het pension het bos in.
Sara deed een poging om haar ogen te laten wennen aan het duister, maar het pad bleef lastig zichtbaar. Hoewel Renés zaklamp op de heenweg eigenlijk overbodig was geweest, bewees het ding nu zijn waarde dubbel en dwars. René ademde eens diep in. 'Heerlijk die frisse lucht om je kop als je de hele avond boven zo'n rokerige barbecue hebt gehangen.' Hij zuchtte genoeglijk. 'Wat zal ik zo lekker slapen. Ik voel nu al dat ik rozig word.' Hij stond even stil en liet zijn zaklamp in de rondte schijnen. Sara volgde de lichtbundel met haar ogen. Achter haar klonk wat gekraak. Ze draaide zich verschrikt om. Een boomtak bezweek bijna onder de sneeuw die erop lag. Met een plof viel het witte poeder ervanaf voordat de tak in tweeën brak. René lachte om haar schrikkerige gedrag. Een beetje gegeneerd liep ze verder.
Dat spookverhaal was haar meer onder de huid gekropen dan ze wilde toegeven. Zag ze daar nou een gestalte staan bij die boom verderop? Ze kneep haar ogen tot spleetjes om meer te kunnen focussen. Ineens zag ze vanuit haar ooghoek iets voorbijflitsen.
'Daar. Een ding. Zag je dat?' Ze kreeg kippenvel en niet alleen van de kou.
'Waar dan?'
René had het blijkbaar niet opgemerkt.

Ze wees met haar vinger in de richting waar ze het 'ding' had gezien. René richtte zijn lamp op de bewuste plek. Er was niets te zien.
'Ik denk dat je net één borreltje te veel op hebt, schatje. Niets aan de hand.' Hij had zijn woorden amper uitgesproken of er kraakte een tak en er klonk geritsel. René had het nu ook gehoord en richtte zijn lamp bliksemsnel op de plek waar het geluid vandaan kwam. Wederom niets te zien.
'Het was echt een heel slecht idee om in het stikdonker het bos in te gaan. Ik had er nooit mee moeten instemmen.' Sara's stem trilde ongecontroleerd.
'Het is nu een beetje te laat om er nog iets aan te doen. We zijn al over de helft als ik het goed inschat dus teruggaan heeft geen zin. Kom, we maken gewoon een beetje tempo en voor je het weet zijn we weer uit deze duisternis en lachen we erom.'
Meteen zette hij de pas erin, Sara achter zich aan trekkend. Even bleef het op het geluid van hun voetstappen na stil. Toen weer geritsel. Het leek wel of iets of iemand met hen meeliep. Sara raakte in paniek. 'Ik wil dit niet, René! Haal het weg!' Haar stem klonk hoog en schril. Ook Renés houding werd steeds minder zeker. Hij liet de lichtbundel zenuwachtig heen en weer gaan in de hoop iets op te vangen. Plotseling begon hij keihard te lachen. Sara stond op het punt om hem te vertellen dat er niets grappigs was aan deze situatie, toen René zijn lachstuip verduidelijkte: 'Het is een vos, Sara, kijk!'
Twee geel fluorescerende ogen lichtten op onder invloed van de zaklamp. Sara zuchtte van opluchting en probeerde haar ademhaling weer onder controle te krijgen. René sloeg zijn armen om haar heen. Ze kroop weg in de veilige warmte van zijn dikke jas. 'Kom, anders word je te koud,' spoorde René haar aan om weer verder te lopen. Gehoorzaam deed ze een paar stappen. Hoorde ze daar nu weer wat? Het geluid van voetstappen in de sneeuw? Abrupt hield ze haar pas in en maande René om stil te zijn. Hij haalde zijn schouders op, maar maakte geen geluid. Nu wist ze het zeker. Ze hoorde echt het knisperende geluid van voetstappen in de sneeuw. Er kwam iemand achter hen aan.

'Daar is iemand, René, hoor je dat? En het is geen vos.'
Hij luisterde ingespannen en knikte vertwijfeld. Het was weer stil.
'Het zijn vast die wezens uit Wims verhaal die net als wij een avondwandeling maken.'
Sara kon er niet om lachen. 'Neem me niet in de maling, René, ik ben toch niet gek. Iemand achtervolgt ons.'
Ze had de zin amper uitgesproken toen ze de voetstappen weer hoorde. Sneller deze keer en het geluid kwam vlug dichterbij. Haar hart maakte overuren en de adrenaline schoot omhoog. Paniekerig begon ze te rennen. Struikelde bijna over haar eigen voeten.
'Saar, doe nou rustig, straks trap je op zo'n huldudinges.'
Sara negeerde zijn flauwe opmerking. Ze had op dit moment maar één doel voor ogen: zo snel mogelijk uit dat bos zien te komen. Met of zonder René.
Angstig keek ze achterom en verstijfde. Een gestalte kwam op hen af rennen. Ze kon geen stap meer verzetten. Ze gilde het uit van angst en zette zich schrap. Het wezen rende René voorbij en stopte voor haar. 'Ik ben de leider van het huldufólk. Wat doe je in mijn bos?'
Sara keek het wezen recht in de ogen en een nieuwe krijs bevroor in haar keel.
'Klootzak!'
Ze beukte ongecontroleerd op Wim in die haar klappen lachend afweerde. Ook René kwam niet meer bij en gaf Wim een high five toen Sara wat gekalmeerd was.
'Je was je das vergeten,' verklaarde Wim de achtervolging. Laaiend griste ze de das uit zijn handen en ze trakteerde René op een dodelijke blik. 'Dat was jullie bijna op dood door schuld komen te staan. Ik bleef er bijna in. Gadverdamme, wat een flauwheid.' Resoluut draaide ze zich om en vervolgde stampvoetend haar tocht naar het chalet. René moest maar zien hoe hij thuiskwam. Shit, hij had de sleutel. Gefrustreerd keek ze om of hij haar volgde. Dat deed hij, al was het op gepaste afstand.

38

'We moeten onze Gouden Cirkeltour nog even een dagje uitstellen, mensen. Door de sneeuw en mist zijn de vluchten naar Reykjavík helaas geannuleerd.'
'Hè, wat jammer,' klonk het door de ontbijtzaal.
'Kunnen we niet met de auto?' opperde iemand.
'Nee, helaas. Het is ruim 650 kilometer naar Reykjavík dus daar doe je met de auto onder deze weersomstandigheden wel een dagje over. Dat zou betekenen dat we evengoed pas morgen met de tocht kunnen aanvangen. Daarbij is het zonde om de tour met deze mist te doen, omdat je dan maar weinig ziet van al die mooie locaties die we gaan aandoen.'
'Moet ik je helpen om een alternatieve dagbesteding te verzinnen?' kirde Ymke.
'Heel lief van je, maar ik heb al iets bedacht. Ik wilde voorstellen om vandaag te gaan schaatsen op het meer dat bij het chalet ligt waar Sara en René verblijven. Annelies zorgt voor de koek en zopie en we hebben voldoende schaatsen in alle denkbare maten waar jullie gebruik van kunnen maken.'
'Leuk Wim, ouderwets schaatsen op natuurijs! Van de winters in Nederland moeten we het de laatste jaren op dat vlak niet echt meer hebben,' zei Sara.
De rest van de groep reageerde net als Sara enthousiast.
'Ik stel voor dat we rond elf uur verzamelen voor een kop koffie en daarna naar het meer gaan.'
Iedereen knikte instemmend.
'Ik wil met jou best een scheve schaats rijden...' Ymke draaide haar hoofd naar Wim toe. Haar blik priemde Wim bijna in tweeën. Er lag

een plagend lachje rond haar mond. Hoewel Ymke meestal de lachers op haar hand had, viel er nu een ongemakkelijke stilte in de zaal. Dat zij en Wim wat onschuldig met elkaar flirten vond niemand bezwaarlijk, maar deze opmerking was iets te direct. Annelies leek er compleet van uit haar doen.
Sara keek Wim vragend aan. Hij bloosde en wendde zijn blik van haar af. Een van de gasten stond op om de ongemakkelijke sfeer te doorbreken. Zijn vrouw volgde zijn voorbeeld. Ze kuchte wat en zei: 'Tot straks bij de koffie.' De rest kwam ook van zijn stoel en verliet de zaal. Sara en René bleven achter met een vertwijfelde Annelies en Wim.
'Dit kan echt niet.' Sara kon haar mond niet houden.
'Dit gaat ons niets aan,' reageerde René waarschuwend.
'Gaat ons niets aan? Annelies is wel mijn beste vriendin ja, dus als er dingen spelen die haar schade toebrengen, dan spring ik voor haar in de bres,' bitste ze.
Normaal gezien zou ze niks achter de opmerking van Ymke zoeken, maar sinds ze dat rare gesprekje tussen Wim en Björk had opgevangen werd het geheel in een heel ander daglicht geplaatst. Ze had het voorval gisteren niet meer met René besproken, omdat hij meteen in slaap viel toen zijn hoofd het kussen raakte. Ze besloot haar gevoel te volgen en de knuppel in het hoenderhok te gooien: 'Heb jij wat uit te leggen, Wim?' Ze zette demonstratief haar handen in haar zij.
'Ik heb jou helemaal niets uit te leggen, Sara. De enige aan wie ik verantwoording schuldig ben is Annelies. Het lijkt me beter als je je met je eigen zaken bemoeit.'
Zijn reactie maakte Sara alleen maar bozer. 'Zeg jij nou eens wat, Lies.'
Het bleef stil.
'Björk nog gezien, Wim?' Ze keek hem venijnig aan.
'Ja, waar is Björk eigenlijk? Ze had hier al lang moeten zijn.' Annelies leek opgelucht dat Sara haar de ruimte gaf om op een ander onderwerp over te schakelen. Ze pakte haar telefoon. 'Ik ga Björk even bellen waar ze blijft. Het is ook altijd wat met die griet.'

‘Lies! Klets er niet overheen.’
Annelies negeerde haar en trok zich terug voor het telefoongesprek.
‘Björk is ziek,’ deelde ze even later mee. ‘Ik weet dat je dol bent op schaatsen, Sara, maar zou je me alsjeblieft uit de brand willen helpen vandaag? Ik red het niet om in mijn eentje alle kamers gedaan te hebben voordat de gasten terugkomen van het schaatsen.’
‘Natuurlijk, geen probleem.’ Sara baalde wel dat het schaatsfestijn haar door de neus werd geboord, maar ze had het er graag voor over als ze hierdoor de kans kreeg eens echt met Annelies te praten.
‘Björk is zeker misselijk,’ liet ze erop volgen terwijl ze Wim uitdagend aankeek. Hij wendde zich ongemakkelijk af en staarde naar zijn schoenen.
‘Hoezo misselijk?’ reageerde Annelies verbaasd.
‘Kom op nou, Lies, een kind kan nog zien dat ze zwanger is.’
‘Zwanger? Nou, dat moet dan van een boswachter zijn, want verder komt hier niemand.’
Sara peilde Wims reactie, maar hij staarde nog steeds vol overgave naar zijn schoenen. Annelies had ineens een verbeten uitdrukking op haar gezicht die ook net zo snel weer verdween als hij was gekomen. Wat zou ze graag eens rondstruinen in haar gedachten. Dat er van alles broeide was duidelijk, maar haar vriendin weigerde tot nu toe om openheid van zaken te geven. Elke poging die Sara tot nu toe ondernam om echt met haar in gesprek te geraken, sloeg ze resoluut af. De vraag was: waarom? Vertrouwde Annelies haar niet meer? Wanneer was ze begonnen met het achterhouden van informatie? Al voordat ze naar IJsland was vertrokken? Sara had er nooit iets van gemerkt dat ze naast het kinderprobleem nog met andere dingen zat. Had ze gefaald ten opzichte van Annelies? Als je kon lezen en schrijven met elkaar dan moest je ook de onuitgesproken woorden kunnen verstaan. Als een goede verstaander maar een half woord nodig had, dan was zij blijkbaar zo doof als een kwartel geweest. Wat was ze dan eigenlijk voor een vriendin? Niet zo raar dat Annelies haar diepste geheimen niet meer met haar besprak.
Ze wilde er alles aan doen om het vertrouwen te herstellen. Meteen

doemde een volgend probleem op. Als Annelies haar niet meer vertrouwde, hoe zou ze dan reageren als ze haar vertelde over het gesprekje tussen Wim en Björk? Zou ze Sara geloven of zou het leiden tot een nog grotere verwijdering tussen haar en haar beste vriendin? Misschien was het toch beter om de confrontatie met Wim aan te gaan en Annelies er in eerste instantie buiten te laten. Ze wilde hun vriendschap niet op het spel zetten voor een vermoeden dat ze nog niet hard had gemaakt. Ze bleef een journalist en hoor en wederhoor was een van haar heilige huisjes.

39

'Sara, wil jij de post even halen dan begin ik vast met het verschonen van de bedden.'
'Ja, doe ik. De brievenbus staat aan het begin van de oprit, toch?'
'Klopt. Hier.' Annelies duwde Sara een klein sleuteltje in haar hand. 'Raak het niet kwijt hè, want dan gaat Wim flippen. De brievenbus is zijn afdeling en hij neemt zijn taak zeer serieus. Hij vindt dat hij de enige is die de post mag halen, maar vandaag gaan we maar eens met die gewoonte breken.'
Het cynisme in Annelies' stem ontging Sara niet.
Zwijgend stopte Sara het sleuteltje in haar broekzak en trok haar jas aan terwijl Annelies stapels schoon beddengoed verzamelde uit de bijkeuken. René en Wim waren een kwartier geleden met de gasten naar het meer vertrokken. Annelies had een ruime hoeveelheid thermoskannen met warme chocomel gevuld en die samen met gevulde koeken in de auto gelegd bij de schaatsen.
'Kun je hier ook chocomel en gevulde koeken krijgen?' vroeg Sara nieuwsgierig.
'Wims ouders zijn pas op bezoek geweest en die hebben een voorraadje meegenomen.'
'Ach, hoe is het met de ouders van Wim?' Sara had ze een paar keer ontmoet op een feestje en was erg van ze gecharmeerd.
'Ze worden ouder hè, net als wij allemaal, maar verder mankeert er niets aan ze. Ze genieten erg van hun pensioen en reizen veel.'
'Groot gelijk, zou ik ook doen in hun geval. Fijn dat het goed met ze gaat.' Sara trok haar muts diep over haar oren. 'Ik trippel even heen en weer naar de brievenbus. Tot zo.'
Op haar gemakje kuierde ze naar de brievenbus. Bij daglicht zag de

wereld er heel anders uit. Haar angst van gisteravond kwam haar nu wat belachelijk voor. Ze had zich een beetje te veel laten meeslepen door Wims spookverhaal en daardoor misschien enigszins overtrokken gereageerd. Maar om de dooie dood dat ze dat aan René toegaf. Ze liet zich niet kennen. Vanochtend bij het ontwaken had ze hem nog even genegeerd, maar lang hield ze dat niet vol. Uiteindelijk nam zij het initiatief voor een stevige vrijpartij.

'Misschien moet ik je toch wat vaker op stang jagen, want die goedmaakseks bevalt me wel,' had René na afloop gegniffeld.

'Als je het maar uit je hoofd laat, René van Wijk, de volgende keer laat ik je een week droogstaan.'

Hij trok een pruillip en zonder dat ze het wilde was ze in lachen uitgebarsten. Wie kon dat *droopy*-hoofd van hem ook weerstaan? Zij in elk geval niet.

Voor ze er erg in had was ze bij de brievenbus aanbeland. Ze deed haar handschoen uit en haalde het sleuteltje uit haar broekzak. Voorzichtig stak ze het in het slot en deed de klep open. Ze was er niet voor niets op uitgestuurd, want er bevonden zich een stuk of vijf poststukken in de brievenbus. Ze pakte het stapeltje eruit en sloot de klep weer zorgvuldig af. Haar oog viel op een ansichtkaart boven op de stapel in haar hand. De kaart lag omgekeerd, met de beschreven kant naar boven. Ze wilde niet kijken wat erop stond, maar haar ogen negeerden haar goede voornemen.

De tekst begon met: *Lieve Wim.* Ze wist dat ze haar boekje te buiten ging, maar ze kon het niet laten om verder te lezen. *Daar in dat ijskoude land stuur ik je wat Hollandse warmte in herinnering aan onze hete nacht. Zoals jij je pik achternaloopt, achtervolg ik jou. Van nu tot in de eeuwigheid, amen. XXX Tessa*

Pardon? Sara geloofde haar ogen niet. Ze kon het niet goed gelezen hebben. Nogmaals liet ze haar ogen over de zinnen gaan. Het stond er toch echt. Wat had dit te betekenen? Tessa. Waar had ze die naam eerder gehoord? Ze pijnigde haar hersenen en ineens wist ze het weer. Was dat niet die vage collega van Wim die tijdens hun afscheidsfeestje hardhandig door Wim de deur was gewezen? Maar dat zou betekenen dat Wim voor hun vertrek naar IJsland buiten de pot had gepiest. Annelies had daar in die tijd nooit met een woord over gerept. Ineens kon ze de ongemakkelijke reactie van Wim en Annelies op de scheveschaatsopmerking een stuk beter plaatsen. Ymke had zonder dat ze het wist een heel gevoelig punt geraakt. Als Wim destijds in Nederland vreemd was gegaan dan werd het een stuk aannemelijker dat hij ook met Björk had lopen rommelen. Ze zou Annelies eerst eens confronteren met deze kaart en daarna zag ze wel weer verder.

40

Sara slofte terug richting het pension. De kaart brandde in haar hand. Hoe dichter ze bij de voordeur kwam, hoe meer ze haar pas vertraagde. Ze wilde haar vriendin zo graag behoeden voor de pijnlijke confrontatie met het poststuk. Elke seconde uitstel was welkom. Annelies stond met een verhit hoofd in de keuken een emmer sop te vullen toen Sara uiteindelijk binnenkwam.

'Tukkie gedaan onderweg? Het duurde zo lang.' Annelies draaide zich lachend naar haar om. Haar lach bevroor toen ze het serieuze gezicht van Sara zag. 'Wat is er, je kijkt zo ernstig.'

Voorzichtig legde Sara de post op de tafel en overhandigde de ansichtkaart aan Annelies. 'Dit is er.'

Haar gezichtsuitdrukking liet niets te raden over.

Annelies keek Sara bevreemd aan. 'Sinds wanneer lees jij onze post?'

'Het is niet mijn gewoonte om andermans post te lezen, maar dit viel onmogelijk te negeren.'

Annelies draaide de kaart met een tuttig bloemenlandschap om en begon te lezen. Haar gezicht werd lijkbleek en ze begon te kokhalzen. Haar heftige reactie maakte Sara meer dan duidelijk dat dit niet om een grap ging, maar een heel serieuze zaak was.

'Hij heeft weer tegen me gelogen,' siste Annelies. Ze sloeg haar hand voor haar mond en begon ongecontroleerd te snikken. Sara sloeg troostend een arm om haar heen en begeleidde haar naar de keukentafel.

'Kom, ga even zitten, dan pak ik een glas water voor je,' zei ze zachtjes. 'Wordt het niet eens tijd dat je me gaat vertellen wat er aan de hand is? Alleen al om je eigen hart te luchten?'

Met een glas water en een keukenrol nam ze plaats naast Annelies.

Sara kreeg op slag medelijden met het zielige hoopje mens dat ineengedoken naast haar op een stoel zat. Haar vriendin scheurde een stuk papier af en snoot luidruchtig haar neus. 'O, Saar, ik kan er niet meer tegen.'

'Waar kun je niet meer tegen?'

'Alles. Mijn miserabele leventje, mijn man die zijn lul buitenshuis uit zijn broek hangt en tegen me liegt. Elke dag maar weer de schone schijn ophouden. Ik ben zó moe.'

'Misschien moet je eens bij het begin beginnen. Ik ben er voor je.' Ze kneep Annelies bemoedigend in haar schouder. Annelies kreeg een afwezige blik en leek weer in zichzelf te keren.

'Die Tessa, is dat die oud-collega van Wim?'

Een traan biggelde over Annelies' wang en ze knikte. 'Ja, Tessa is een oud-collega van Wim waar hij in het jaar voordat we naar IJsland vertrokken in een dronken bui mee heeft liggen honkebonken.'

'Waarom heb je me dat nooit verteld? We deelden toch altijd alles met elkaar, ook de minder leuke dingen. Vertrouwde je me niet meer?'

'Het heeft niets met mijn vertrouwen in jou te maken, Sara, sommige dingen zijn zo privé en gênant dat je ze achter je eigen voordeur wilt houden. Ik schaamde me kapot en wilde Wim ondanks alles niet kwijt. De enige manier voor mij om ermee om te gaan, was het negeren. Doen alsof het niet gebeurd was. Als ik er met jou over zou praten dan kon ik het niet langer ontkennen. Jij had het er niet bij laten zitten richting Wim, ik ken je langer dan vandaag. De jaren daarvoor waren al meer dan pittig en ik kon er niet nog meer ellende bij hebben.' Annelies nam een flinke slok water en snoot nogmaals haar neus. Sara pakte haar hand en liet haar verder vertellen. 'Wim verzweeg zijn misstap in eerste instantie. Hij had wel het lef om me te bedriegen, maar niet de moed om het aan me op te biechten. Op een gegeven moment viel er een envelop, gericht aan mij, door de brievenbus. Ik maakte hem nietsvermoedend open en werd geconfronteerd met een nogal compromitterende foto van Wims geslacht en een nietsverhullende tekst van die Tessa. Toen ik Wim ermee confronteerde kon hij niet anders dan open kaart spelen en toegeven dat hij de fout in was gegaan. Wat hem betreft was het een eenmalige, oerstomme actie waar hij veel spijt van had, althans dat beweerde hij en ik moest hem wel proberen te geloven. Voor Tessa lag het anders. Ze was geobsedeerd door Wim en begon hem te stalken. Wims positie op het werk werd onhoudbaar. Of hij moest vertrekken, of zij. Rond die tijd werden we door een oude kennis uit de reisbranche gewezen op deze Bed & Breakfast op IJsland die voor een goede prijs te koop stond. De Nederlandse eigenaar was terminaal en wilde samen met zijn vrouw terug naar Nederland. De kennis van Wim was hun zaakwaarnemer en heeft de verkoop geregeld. We hebben de vorige eigenaars nooit ontmoet. Dat was geen probleem, want alles was uitstekend onderhouden en die kennis kon al onze vragen beantwoorden. We werden verliefd op het huis en de omgeving en besloten het roer om te gooien. Een nieuwe start te maken in een ultieme poging ons huwelijk te redden. Daarmee leek de zaak-Tessa gesloten, maar deze kaart bewijst dat ze hem nog steeds niet met rust laat en erger nog, dat Wim wéér tegen me heeft gelogen.' Verbitterd keek ze Sara aan. 'Daarom was hij zo geobsedeerd door die brievenbus. Ze heeft hem al die tijd kaarten gestuurd en hij heeft dat voor mij verborgen gehouden.'

Tranen welden weer op in haar ogen. Sara was met stomheid geslagen. Gevoelens van medelijden met Annelies en woede voor Wim wisselden elkaar in snel tempo af. Wat moest ze nu? Er nog een schepje bovenop gooien door over Wim en Björk te beginnen, of het voor nu hierbij laten? Het belang van haar vriendin stond voorop. Hielp ze Annelies juist door te zwijgen of moest ze volledig open kaart spelen met het risico dat ze haar vriendin over het randje duwde? Peinzend keek ze naar haar vriendin die er duidelijk volledig doorheen zat. Ze besloot te zwijgen, maar met Wim was ze nog niet klaar.

41

Lief dagboek,
Ik heb hem weer een kaart gestuurd. Net als al die andere keren zal hij wel niet reageren, maar dat geeft niet. Dat zijn aandacht door die kaart weer op mij is gevestigd, is voor nu voldoende. Ik tintel bij de wetenschap dat ik de komende dagen weer in zijn kop zit. Die heerlijke kop. Hij dacht weg te kunnen vluchten. Dat ik het wel op zou geven als er vele duizenden kilometers tussen ons in zouden zijn. Ha ha, wat denkt hij wel. Tijd bestaat niet en afstand is overbrugbaar. Wat moet hij daar toch in die kilte? Samen met dat ijskonijn in dat ijspaleis. Ik heb hem zoveel meer te bieden. Hij zal dat uiteindelijk ook inzien. Ik moet toegeven dat hij er langer over doet dan ik had verwacht. Hij blijft maar ontkennen wat niet te ontkennen valt. Hoe koppig kun je zijn? Ik observeer, houd in de gaten en ik denk dat de ommekeer nabij is. Ik voel het aan alles. Er hangt iets in de lucht. Een explosieve climax die op scherp staat. Ik hoef alleen de lont maar een extra vlammetje te geven en BOEM. *Alles in gruzelementen zodat er aan de wederopbouw gewerkt kan worden.*
Maar wat duurt wachten toch lang. Ik ben niet echt een geduldig type. Ik moet de tijd soms doden om het vol te houden. De pijn van hem missen vervangen door de schrijnende pijn van mijn huid. Achteraf lik ik mijn wonden en beeld me in dat het zijn tong is die me streelt. Dat hij de zoetheid van mijn bloed proeft en er net zo verslaafd aan raakt als ik. Dan laat ik me opslokken door de serene rust van de slaap. Het niets en toch alles. Want hij is daar en hij is alles.

42

'Kom, genoeg gejankt.' Annelies stond resoluut op. 'We moeten echt aan de slag nu, anders zijn we niet klaar als de gasten terugkomen.' Ze liep naar de kraan, plensde wat water in haar gezicht en greep de emmer met sop die al klaarstond. Sara volgde haar met een setje schoon beddengoed. Het was al snel duidelijk dat Annelies haar hulp heel hard kon gebruiken. Het was flink aanpoten om alle kamers weer gebruiksklaar te maken. Zwijgend werkten ze de vertrekken in hoog tempo een voor een af. Het enige wat de stilte af en toe onderbrak was het binnensmondse gesnuf van Annelies. O, wat had ze met haar vriendin te doen en wat voelde ze zich machteloos.
Ze had nooit gedacht dat Wim zo'n klootzak zou zijn. Wat kon je je soms toch vergissen in mensen. Met weemoed dacht ze terug aan de eerste kennismaking tussen Wim en Annelies. Ze waren zo verliefd! Ze leken het ideale stel dat voor eeuwig bij elkaar zou blijven. Maar hoe zeker was de liefde, en bestond eeuwige liefde wel? Hoe zou het leven er voor haar en René uitzien over tien jaar? Zouden ze dan ook nog amper met elkaar praten, slechts nog af en toe vrijen omdat het er nou eenmaal bij hoorde? Haar hart kromp ineen bij de gedachte. Ze wilde oud worden met René, maar niet op de manier zoals het bij Wim en Annelies ging. Ze beloofde zichzelf plechtig dat ze haar hart en zichzelf geen rad voor de ogen zou draaien. Mocht de koek tussen haar en René ooit op zijn, dan zou ze de resterende kruimels niet blijven herkauwen tot er geen smaak meer aan zat.
Er klonk geroezemoes op de veranda en een autodeur sloeg dicht. De groep was terug van het schaatsen. Sara zag Annelies verstrakken terwijl ze net de deur van de laatste kamer dichttrok. Die bereidde zich natuurlijk voor op de confrontatie met Wim. Sara hoopte dat

Annelies het kon opbrengen om Wim vanavond pas zijn vet te geven. Het leek haar niet handig als de gasten er iets van mee zouden krijgen. Maar haar vriendin kennende stond ze op ontploffen en was de kans dat ze haar woede zou opsparen uiterst gering.
Ze volgde Annelies naar de eetzaal waar iedereen zich inmiddels had verzameld voor koffie en thee. Sara liep naar René toe en kuste hem hartstochtelijk. 'Wow, waar heb ik dat aan te danken?'
'Dat heb je te danken aan het feit dat jij jij bent,' antwoordde Sara. René leek haar niet helemaal te volgen. 'Ik leg het je later wel uit,' fluisterde ze in zijn oor.
De stem van Annelies klonk door de zaal. 'Wim en ik gaan even koffie en thee zetten.'
Voordat Wim kon reageren, sleurde ze hem achter zich aan. De gasten waren gelukkig zo geanimeerd met elkaar in gesprek over hun schaatsavontuur dat ze de agressieve houding van Annelies niet opmerkten. Aan Wims gezicht te zien had hij echter meer dan door dat er stront aan de knikker was. Net goed. Annelies was niet misselijk als ze boos was en nu was ze niet boos, maar woedend. En terecht.
René merkte Sara's zorgelijke gezicht op. 'Wat is er? Je kijkt zo moeilijk.' Hij kroelde door haar haren.
'Het is helemaal mis tussen Annelies en Wim,' fluisterde ze in zijn oor. 'Ik kan nu niet in detail treden, maar ik praat je straks helemaal bij.'
René knikte haar toe. 'Aan Wim heb ik niets bijzonders gemerkt tijdens het schaatsen. Hij was vrolijk en grappig en ik kreeg niet de indruk dat hij gebukt ging onder spanningen.'
'Wim is in zijn element als hij aan het werk is. Bovendien is hij een echte professional en zal hij nooit aan zijn gasten laten merken dat er privédingen spelen. Daarbij was hij niet op de hoogte van de gebeurtenis waar Annelies hem waarschijnlijk op dit moment zijn hersenen voor inslaat.'
René keek haar niet-begrijpend aan. 'Je begint nu wel heel erg in raadselen te spreken, ik geloof niet dat ik het nog kan volgen.'
Sara keek om zich heen of er niemand binnen gehoorsafstand zat.

'Oké, in steno: Annelies vertelde me dat Wim voor ze naar IJsland vertrokken vreemd is gegaan en die griet heeft hem daarna gestalkt. Vanochtend kwam er met de post een kaart van haar binnen. Het blijkt dat ze Wim al die tijd al kaarten stuurt en dat hij dat voor Annelies heeft verzwegen.'

'Oeps.'

'Uhm, ja. Ik vrees dat Annelies hem nu de wind van voren geeft.'

'En niet geheel onterecht,' reageerde René.

'Zeker niet. Ik zou je fileren als jij me zoiets zou flikken.'

René stak zijn armen in de lucht. 'Wees niet bang liefje, jij bent voor mij de enige en op het moment dat ik daar anders over ga denken zou ik eerst de relatie beëindigen voordat ik op zoek zou gaan naar wat anders.'

'*You'd better...*' liet Sara hem weten.

De gasten werden wat onrustig. 'Moeten die koffiebonen nog geplukt worden?' mompelde iemand. Annelies en Wim waren inderdaad al een tijdje weg. Er volgde wat instemmend gebrom van de andere gasten. Als door een wesp gestoken stond Sara op. 'Ik ga wel even kijken hoe het ervoor staat in de keuken.'

'Wil je dat ik met je meega?' vroeg René.

'Nee, doe maar niet. Ben zo terug. Hopelijk met koffie...'

'Ik probeer de boel hier wel onder controle te houden.'

Sara blies René een kushandje toe en vertrok richting keuken.

Hoe dichter ze bij het vertrek kwam, hoe duidelijker ze de venijnige discussie tussen Wim en Annelies hoorde. De woede in hun gesmoorde stemmen deed Sara rillen.

'Ik héb niks met die griet en ik wíl niks met die griet, hoe vaak moet ik je dat nou nog zeggen? Ik ben één keer in de fout gegaan, fors in de fout, maar dat was het dan ook. Blijf je me dat nou de rest van mijn leven nadragen? Ik weet niet meer wat ik moet doen om weer bij jou in de gratie te komen. Wat is je probleem?' De wanhoop klonk door in Wims stem. Verslagenheid ook.

'Dít is mijn probleem!' tetterde Annelies. Sara hoorde een scheurend geluid. Vast de kaart die ze vanochtend uit de brievenbus had geplukt. 'Je hebt wéér tegen me gelogen. Je kunt wel zeggen dat je maar één keer buiten je boekje bent gegaan, maar hoe weet ik of dat echt zo is? Je op je woord geloven kan blijkbaar niet, dat bewijst deze kaart wel weer. Hoeveel van dit soort kaarten heb je de afgelopen jaren voor me verzwegen?'

Sara hield haar adem in. Ze voelde zich ongemakkelijk in haar rol van luistervink, maar om nu de keuken binnen te vallen leek haar een nog slechter plan. Ze kon ook niet ontkennen dat ze wel nieuwsgierig was naar Wims verweer.

'Ik heb ze niet geteld, sterker nog, ik heb ze niet eens gelezen. Zodra ik zag dat het een kaart van haar was, gooide ik het ding linea recta in de papierversnipperaar. Het leek me beter om die kaarten volledig te negeren en jou er niet mee te belasten. Dat was een weloverwogen keuze waar jij je blijkbaar niet in kunt vinden.'

'Ammehoela dat ik me daar niet in kan vinden. We hadden afgesproken dat je eerlijk tegen me zou zijn zodat ik kon proberen om weer vertrouwen in jou, in óns te krijgen. Dat beetje vertrouwen dat ik weer in je had, heb je hiermee in een klap weer de bodem ingeslagen.'

Het was even stil. Stilte voor de storm.

'Hoe zit dat eigenlijk met jou en Björk?'

Sara's adem stokte in haar keel. Annelies vermoedde dus ook dat er iets speelde tussen haar man en het dienstmeisje.

'Met mij en Björk? Waar heb je het over?'

'Denk je dat ik niet doorheb hoe jullie naar elkaar kijken? En ik vraag me af of het alleen bij kijken is gebleven. Heb jij niet toevallig je zwabber in haar emmertje gehangen?'

'Waar gáát dit over, Annelies? Je ziet spoken.'

'Ze is zwanger, Wim.'

Een korte stilte.

'Zwanger?'

'O, hou op met te doen of je poep in je ogen hebt. Hou op met die spelletjes. Word ik stiefmoeder of niet?'

De dreiging die van de woorden van Annelies uitging, maakte Sara bang. Misschien was dit het moment om quasinietsvermoedend de

keuken binnen te gaan. Dat gaf Wim de tijd om een antwoord te formuleren en haalde even de spanning van de explosieve situatie af. Als Annelies nu in een hysterische woede ontstak, was het leed niet te overzien.
Sara klopte luid op de keukendeur en stapte naar binnen zonder op toestemming te wachten. Beiden keken verstoord op.
'Dit is niet het moment, Sara,' siste Annelies haar toe. Haar gezicht was vuurrood en de stoom kwam uit haar oren.
'Sorry, ik wil jullie niet storen, maar de gasten worden ongeduldig. Ik kwam even kijken hoe het staat met de koffie en de thee.'
Wim keek haar verschrikt aan. 'Shit, helemaal vergeten. Ik ga er meteen mee aan de slag.'
Hij liet zijn gespannen houding wat varen en stortte zich op het maken van de dranken. Annelies keek haar vernietigend aan en verliet ziedend de keuken. Sara twijfelde aan zichzelf. Had ze er goed aan gedaan om de keuken binnen te vallen, of had ze zich er toch niet mee moeten bemoeien en de boel moeten laten escaleren? Ze moest met René overleggen en hem op de hoogte stellen van Wims dreigende taal tegen Björk. Hij zou vast weten hoe ze met de situatie om moest gaan en op wat voor manier ze Wim het beste kon confronteren. Er viel een last van haar schouders bij de gedachte dat ze er zo meteen niet meer alleen voor stond.

43

'Saar, kom eens kijken!' René schudde ongeduldig aan haar schouder. Ze kreunde en kroop nog verder weg onder het warme dekbed. René trok het bruut van haar af. 'Sara, kijk nou, er staat een poolvos op het bevroren meer. Wanneer zie je nou een vos van zo dichtbij?'
'Als je in een donker bos loopt,' herinnerde ze hem fijntjes aan de nachtelijke wandeltocht van eergisteren die haar bijna een rolberoerte had bezorgd.
'Hè, doe niet zo flauw. Ach, je moet het zelf ook maar weten, ik ga genieten van dit unieke stukje natuur voor de deur.' Hij verliet de kamer.
'Padvinder,' mompelde ze hem na.
Sara rekte zich eens flink uit. Ondanks de grote zorgen die ze zich maakte over Annelies en Wim had ze uitstekend geslapen. Haar hart luchten bij René had daar zeker aan bijgedragen. Samen met René had ze uiteindelijk besloten om Wim goed in de gaten te houden, maar nog geen confrontatie met hem aan te gaan. Annelies was te zeer overstuur om er nog een portie ellende bij te kunnen hebben. Ze hoopte dat het haar lukte om zo normaal mogelijk tegen Wim te doen. René had in eerste instantie wel moeite gehad haar te geloven. Zijn sympathie voor Wim was enorm en hij kon zich eigenlijk niet voorstellen dat zijn nieuw verworven vriend tot zulke uitspraken in staat was, laat staan ze in daden om te zetten.
Ze schoot snel wat kleren aan. Misschien toch wel leuk om even met René de vos te bewonderen. Hij had wel gelijk. Wanneer kreeg je daar de kans nou voor? Ze trok haar bruine Ugg-snowboots aan die ze vlak voor vertrek voor een heel schappelijk prijsje op de kop had weten te tikken. Ze was er nog steeds trots op. De veters stopte ze weg in de

schacht zodat ze er niet over struikelde. Strikken deed ze later wel. Op haar tenen liep ze de trap af, ze wilde de vos niet wegjagen.
René stond voor het grote raam dat uitkeek op het meer. Ze ging naast hem staan en bewoog zo min mogelijk. Ze scande het bevroren meer en daar was hij. Of zij. Het beestje stond met zijn rug naar het chalet toegekeerd en leek hen niet in de gaten te hebben. En zo wel, dan trok hij zich niets van hen aan.
'Ah gossie, wat een schatje hè?' Sara's hart smolt bij de aanblik van het snoezige witte bolletje wol op die grote, witte vlakte.
'Ze zien er inderdaad schattig uit, maar vergis je niet. Het zijn rovers eerste klas.'
'Dat kun je je toch bijna niet voorstellen? Ik zou hem het liefst in mijn armen nemen en knuffelen.'
'Zou ik je niet aanraden,' was de droge reactie van René. 'Daarbij krijg je hem van zijn lang zal ze leven niet te pakken.'
'Hé, onderschat mijn snelheid niet. Ik was in de brugklas wel kampioen op de 100 meter bij atletiek.' Ze porde hem zachtjes in zijn zij.
Ineens draaide de vos zich om en keek hen recht aan. Blijkbaar was hij toch alerter dan hij had doen voorkomen.
'Zie je dat?' Er klonk opwinding door in Renés stem. 'Hij heeft iets in zijn bek.'
René draaide zich om naar Sara.
'Je hebt gelijk, hij heeft inderdaad iets in zijn bek. Kun jij zien wat het is?'
Sara boog voorover en kneep haar ogen tot spleetjes in een poging de vos beter in beeld te krijgen. Het beestje schrok zo van haar beweging dat het zijn buit uit zijn bek liet vallen en er als een haas vandoor ging.
'Kom, ik wil weten wat het is.'
René liep naar buiten en Sara volgde. In hoog tempo renden ze naar het meer en stapten er zonder aarzeling op. De schaatstocht van gisteren had uitgewezen dat het ijs dik genoeg was om hun gewicht probleemloos te dragen. Het dunne laagje sneeuw op het meer zorgde voor enige grip onder hun voeten. René was het eerste bij het 'ding' en boog zich over het voorwerp heen.

‘Het is een handschoen,’ riep hij verbaasd uit. ‘Met bruinige smurrie erop.’
‘Krijg nou wat,’ mompelde Sara. ‘Niet aanraken, René, je weet nooit of dat ding met iets besmet is.’ Ze liet in het midden of ze de vos of de handschoen bedoelde. Aarzelend liep ze er ook naartoe. ‘Het is een vrouwenhandschoen aan het model en de maat te zien,’ concludeerde ze. ‘Zou die vos iemand hebben aangevallen?’
‘Lijkt me haast onmogelijk,’ reageerde René. ‘Zoals ik al zei, een vos is banger voor mensen dan andersom.’
Sara bestudeerde de handschoen nog eens zorgvuldig. ‘René, zie je dat? Volgens mij zit er bloed aan dat ding.’
‘Bloed? Volgens mij is het gewoon opgedroogde modder en slaat je fantasie een beetje op hol.’
Ineens kwam het beeld van Björk die het bos in liep weer op Sara’s netvlies. Wat voor handschoenen had ze aangehad? Leken ze op de morsige handschoen die voor hen in de sneeuw lag? Ze wist het niet meer.
‘Ik heb er een vreemd gevoel bij, René. Wat jij?’
‘Waarschijnlijk heeft iemand die handschoen gewoon verloren en die vos heeft hem meegenomen. Hij wilde vast zijn holletje stofferen.’
Sara kon niet om de grap lachen. ‘Er zit bloed aan, René, ik weet het zeker. Hoe verklaar je dat dan?’
‘Stel dat je gelijk hebt, wie zegt er dan dat het mensenbloed is? Het kan toch ook van een prooi zijn die die vos heeft gevangen? Jij denkt altijd meteen overal het ergste van. Misschien moet je eens wat minder thrillers lezen.’
‘Ik vind dat je hier veel te lichtzinnig over doet. Zeker na de dreigementen die Wim tegen Björk heeft geuit. Misschien is die handschoen wel van haar.’
‘Weet je zeker dat je dat goed verstaan hebt? Wim is echt een toffe vent en ik kan dat soort uitspraken toch echt niet met hem rijmen.’
‘Je gelooft me dus niet? Die “toffe vent” heeft wel zijn vrouw besodemieterd hoor.’
‘Weet ik, en dat praat ik ook niet goed, maar dat wil niet zeggen dat

hij daarom meteen een notoire vreemdganger is die andere vrouwen bezwangert of iets aandoet.'
Sara besloot dat het geen zin had om de discussie met René verder aan te gaan. Gisteravond leek hij nog ontvankelijk voor haar verhaal, maar blijkbaar had een nacht slaap hem op andere gedachten gebracht en de boel in een ander perspectief geplaatst. Ze baalde dat hij aan haar twijfelde en loyaal leek aan Wim, terwijl hij die pas een paar dagen kende. Het was haar al vaker opgevallen dat René soms wat naïef was en altijd het goede zag in mensen totdat het tegendeel echt bewezen was. Dat maakte hem heel ontwapenend en puur en het was destijds een van de redenen waarom ze op hem was gevallen. Voor het eerst ergerde ze zich er nu aan. 'We moeten dit melden bij Annelies zodat ze de politie op de hoogte kan stellen.' Sara keek René verbeten aan.
'Annelies heeft wel even wat anders aan haar hoofd dan een verloren handschoen, dacht ik zo. En ik denk niet dat de politie met groot materieel uitrukt voor een dergelijke vondst.'
'Maar wat nou als ik gelijk heb en het wel mensenbloed is? Misschien loopt er wel een moordenaar rond in dat bos.'
'Tuurlijk, Sara, een seriemoordenaar waarschijnlijk, die het heeft voorzien op Nederlandse toeristen... met een lekker kontje.'
Hij gaf haar een plagerige klap op haar achterste. René bukte en wilde de handschoen oppakken.
'Niet doen, zo vervuil je het bewijsmateriaal!'
'En ook geen *CSI* meer voor jou, Miss Marple,' concludeerde hij, maar hij liet de handschoen toch liggen. 'Kom, we moeten opschieten, anders is er zo geen broodje meer te krijgen bij het ontbijt.'
Sara wierp een vluchtige blik op haar horloge en zag dat hij gelijk had. Ze baalde dat René zo de draak met haar stak. Dit was verdorie een serieuze zaak. Haar intuïtie zette alle seinen op rood en vertelde haar dat er wel degelijk iets niet in de haak was met die handschoen. René kon er wel zo lullig over doen, maar met vrouwelijke intuïtie viel niet te spotten. Er was meer aan de hand en ze zou erachter komen wat het was, met of zonder Renés hulp.

44

De sfeer in de ontbijtzaal was gezellig. Er klonk zacht geroezemoes en wat gelach. Wim was naast Ymke aangeschoven bij de achterste tafel en Annelies rommelde luidruchtig met servies en bestek. Ze zag eruit alsof ze de hele nacht geen oog dicht had gedaan en waarschijnlijk was dat ook zo. Met een dikke laag make-up had ze geprobeerd haar bleke gelaatskleur te verdoezelen, maar een goede observator prikte daar doorheen. Haar ogen waren net als gisteren nog steeds wat gezwollen. Hoeveel tranen had Annelies nog vergoten sinds ze gisteren de keuken verliet?
Wim leek een stuk minder aangedaan. Lid van het Simplisties Verbond waarschijnlijk. Wat was dat toch altijd met die mannen? Hoe ernstig een ruzie ook was, ze keerden je de rug toe in bed en vielen in slaap. Terwijl vrouwen nog dagen konden piekeren over een bepaalde zin, haalden mannen een keer hun schouders op en gingen verder met hun leven. Irritante gewoonte, maar ook wel een beetje jaloersmakend.
Ze liep met lood in haar schoenen naar Annelies toe. Ze wilde haar vriendin niet met nog meer kopzorgen opzadelen, maar ze moest haar vertellen over de handschoen. Annelies zou vast ook inzien dat er iets niet klopte. René leek het voorval alweer vergeten te zijn, want hij laadde zijn bord vol met broodjes en mengde zich in de groep. Voorzichtig legde ze haar arm op Annelies' schouder. Ze sprong van schrik op en liet met een hoop kabaal het bestek vallen dat ze in haar hand had. 'Ik krijg een hartverzakking!'
'Sorry!' Sara deinsde achteruit en hielp toen om alles weer op te rapen. 'Hoe gaat het met je, Lies?' vroeg ze haar vriendin.
'Uitstekend, *never been better*,' klonk het cynisch. 'Wat denk je zelf?

Mijn huwelijk is zo goed als voorbij en ik zit hier *in the middle of fucking* IJsland een beetje mijn tijd te verdoen met een groep toeristen. Nee, ik ben dolgelukkig.'

De verdrietige Annelies was omgeslagen in een bozige. Sara keek er niet van op. Als je in zo'n achtbaan zat dan vlogen je emoties alle kanten op. Ze zou zelf niet anders gereageerd hebben.

'Sorry, stomme vraag, maar ik wist even niet wat ik anders moest zeggen. Ik wil er voor je zijn, maar ik weet niet precies hoe.'

'Kun je de tijd voor me terugdraaien, Saartje? Dan zou ik die eikel mijden als de pest en eeuwig vrijgezel blijven.' Ze wierp een venijnige blik richting Wim die nietsvermoedend op een broodje zat te knagen en geanimeerd in gesprek was met Ymke.

'Snap ik,' knikte Sara, 'maar helaas moeten we het doen met de huidige situatie. Was het leven maar zo simpel dat je alle nare dingen ten goede kon keren. Over nare dingen gesproken...' De blik in Annelies' ogen werd nog donkerder, maar Sara zette door. 'René en ik hebben vanochtend een handschoen met bloed op het meer gevonden. Een poolvos liep ermee rond tot hij ons zag en het ding van schrik liet vallen voordat hij wegvluchtte.'

Zo dat was eruit.

'Een handschoen met bloed?' Annelies trok even wit weg onder de laag make-up, maar had zichzelf weer snel onder controle. Annelies was nooit goed geweest met bloed. Ook niet met naalden trouwens. Die hormoonspuiten waren destijds een crime voor haar geweest. Zichzelf injecteren was dan ook geen optie. Niet zelden viel ze flauw voordat Wim de naald door haar huid had geduwd.

Sara vervolgde: 'Ik heb het gevoel dat er meer achter die handschoen zit, dat er iets helemaal niet klopt. Ik vind dat we de politie moeten bellen om het ding te laten onderzoeken.'

'Maar hoe weet je zo zeker dat er bloed op zit?'

'Er zaten bruinige vlekken op...'

Annelies pareerde meteen: 'Modder heeft net als opgedroogd bloed een bruine kleur. Als die vos met dat ding aan de sleep is gegaan zal ie er niet robijntjesfris uitzien.'

'Zoiets zei René ook al.'
'Ik zou er niet te veel achter zoeken, Saar, we hebben hier om de haverklap een groep toeristen en die verliezen weleens wat. De ene keer is het een handschoen, dan weer een das. Ik kan inmiddels een tweedehandswinkel beginnen met alle gevonden voorwerpen. Ik kan me niet voorstellen dat er echt bloed op dat ding zit. Als zoiets een tijdje in het bos blijft liggen dan wordt het vies. Dat verklaart vast die bruine vlekken.'
Sara was zeker niet overtuigd, maar deed de verklaring van Annelies ook niet af als complete onzin.
'Wat heb je eigenlijk met die handschoen gedaan? Heb je hem meegenomen zodat ik ernaar kan kijken?'
'Nee, ik heb hem laten liggen natuurlijk, om het bewijsmateriaal niet te besmetten.' Annelies onderdrukte een glimlach. 'En waag het niet om me net als René Miss Marple te noemen,' waarschuwde Sara.
'Ik zou niet durven, Mrs. Fletcher.' Er verscheen een grijns op het gezicht van Annelies. Sara had gehoopt dat Annelies haar serieuzer zou nemen, maar de lach om de mond van haar vriendin was ook wat waard. Annelies legde haar hand op Sara's arm. 'Lieve Sara, er loopt hier geen seriemoordenaar rond. Op onze toeristen en een enkele jager na, komt hier geen hond, geloof me. En die bruine smurrie is gewoon vuiligheid.'
Wim had zich geruisloos bij hen gevoegd. 'Seriemoordenaar?' vroeg hij verbaasd.
'Sara heeft een handschoen gevonden bij het meer en denkt dat er bloed aan zit. René denkt dat het modder is en dat lijkt mij ook de meest logische verklaring aangezien een vos ermee liep te slepen.'
'Hoe zit het eigenlijk met Björk?' Sara keek Wim met samengeknepen ogen aan.
'Nog steeds ziek,' reageerde hij met onvaste stem. Geïrriteerd schraapte hij zijn keel.
'Nog contact met haar gehad?' vroeg ze venijnig.
Wim werd steeds nerveuzer. Hij negeerde haar vraag en pakte een thermoskan van de buffettafel. 'Ik ga nog even wat koffie zetten.'

45

'Oké mensen, ik wil jullie verzoeken om allemaal je spullen te pakken voor de grote trip.' Wim stond weer als een vis in het water voor zijn gastengroep. De koffie was op en het was tijd om te gaan. Terwijl iedereen zijn bagage voor de tweedaagse reis ging halen, dook Sara nog even het woonhuis in op zoek naar Annelies. Sara gokte dat ze in de keuken was. Met een zachte klop op de deur kondigde ze haar komst aan. Een 'ja' van Annelies bevestigde dat ze inderdaad op de goede plek was. Ze stak haar hoofd om de deur.

'O, Saartje, ben jij het. Kom binnen.'

Ze stapte de keuken in en gaf haar vriendin een zoen op haar wang. 'Alles een beetje oké hier? Ik wilde even checken of je het twee dagen redt in je eentje. Zo niet, dan blijf ik hier bij jou.'

'Da's lief van je, maar ik vind het juist heel prettig om even alleen te zijn. Ongestoord nadenken en rust om me heen is waar ik nu het meeste behoefte aan heb. Heb je zin in de trip? Het is echt prachtig.'

'Ja, ik verheug me er erg op. Ik wil graag meer zien van dit mooie land.'

'Nou, hup dan,' spoorde Annelies haar aan.

'Doe je niet open voor enge mannen? Dat gedoe met die handschoen zit me nog steeds niet lekker.'

'O, ben je daar nou nog steeds mee bezig? Laat het rusten.'

'Dat kan ik niet Annelies, ik vind dat we serieus moeten onderzoeken van wie die handschoen is en hoe die daar terecht is gekomen. Misschien kun je toch de politie bellen?'

'Ik ga straks wel even kijken bij het meer of ik dat ding kan vinden en als ik het niet vertrouw dan bel ik de politie. *Promise.* Ga jij nou maar flink genieten de komende dagen en zet het uit je hoofd.'

‘Oké, ik zal mijn best doen, maar alleen als je serieus naar die handschoen gaat kijken.’
‘Dat heb ik net toch al gezegd. Hup, wegwezen jij.’ Annelies duwde haar de keuken uit. Sara gehoorzaamde schoorvoetend en voegde zich buiten bij de groep. René stond met hun rugzak aan zijn voeten al op haar te wachten. ‘Nog even een snelle check bij Annelies gedaan,’ verduidelijkte ze haar afwezigheid. Het geluid van een rolkoffer deed iedereen opkijken. Ymke maakte met een hoop kabaal haar entree. Ze had eindelijk fatsoenlijke wandelschoenen aangetrokken. Een strakke skinny spijkerbroek accentueerde haar slanke, gespierde benen. Wim keek vragend naar haar op. ‘Heb je geen rugzak bij je? Zo’n koffer is vreselijk onhandig.’
‘Dit is het enige wat ik bij me heb,’ reageerde Ymke.
‘Je kunt wel een rugzak van mij lenen.’ Wim liep weer naar binnen en kwam terug met een zwarte trackingtas. Ymke laadde op haar gemak haar spullen over in de rugzak.
‘Misschien kun je iets meer tempo maken, we moeten echt gaan anders missen we onze vlucht.’ Wim tikte ongeduldig met zijn voet op de grond en keek om de paar seconden op zijn horloge.
Na wat een eeuwigheid leek te duren zat het hele gezelschap in de grote bus met vierwielaandrijving en kroop Wim achter het stuur. Met een ambivalent gevoel zag Sara het pension steeds kleiner worden in de achteruitkijkspiegel. Deed ze er goed aan om Annelies alleen te laten? Hoewel Annelies had aangegeven juist alleen te willen zijn, had Sara toch het gevoel dat ze haar vriendin in de steek liet. Ze kon niet zo goed inschatten hoe sterk haar vriendin nog in haar schoenen stond. Als ze zichzelf maar niets aandeed. Een gevoel van paniek nam bezit van haar. Sara zou het zichzelf nooit vergeven als Annelies iets overkwam omdat zij zo nodig de toerist moest uithangen. Hoewel ze niet echt in God geloofde, deed ze toch maar een schietgebedje. Wie weet hielp het. Ze hoopte dat er de komende dagen een gelegenheid zou zijn om Wim even apart te nemen. Ze had nog wel wat vragen voor hem die ze graag beantwoord wilde zien voordat ze weer terug bij de Bed & Breakfast zouden zijn.

46

Lief dagboek,
Eens zal hij terugkomen uit dat ijzige land en dan zal ik er voor hem zijn. Als ik me goed concentreer ruik ik hem nog steeds. Zijn heerlijke mannelijke geur zit diep in mijn neus. Hij plakt aan de wanden van mijn slijmvliezen. Ik snuif als een hond, met korte snufjes om nog beter te kunnen ruiken. Een lik over mijn neus om te neutraliseren. En nog eens die intense geur. Ik wil geen vleugje missen van dit heerlijke parfum. Herinneringen doemen op. Dat is wat geur met me doet. Het houdt me gevangen in het verleden. Even geen ruimte voor de toekomst, geen hier en nu, geen realiteit. Eigenlijk wel lekker. Geen onverwachte verrassingen of invloeden van buitenaf. Slechts 'toen' en 'is geweest' vergezellen mij. De eenzaamheid verdwijnt, weggeduwd door 'er was eens'. Mijn eigen sprookje. Een mooie prinses en een prachtige prins. Eens komen ze samen op het kruispunt van het onvermijdelijke. Beiden met littekens van hun ongelijke strijd tegen de kwade feeks, maar niet dodelijk gewond. Opluchting als ze elkaar in de armen vallen. Vanaf dan wordt alles anders en beter. Ik ben de prinses, hij is de prins. De kwade feeks moet weg.

47

De rit en de daaropvolgende binnenlandse vlucht naar Reykjavík waren goed verlopen. Er heerste een schoolreisachtige stemming. Wim loodste hen naar de speciale bus die al klaarstond om hen de komende twee dagen rond te rijden langs alle trekpleisters. Hij was een jaar geleden een samenwerking aangegaan met de maatschappij en dat beviel prima. Hierdoor hoefde hij niet zelf te rijden en kon hij zich volledig concentreren op het geven van toeristische informatie aan zijn gasten tijdens de reis.

Ze reden inmiddels veertig minuten over de ringweg en waren bijna aanbeland bij de eerste bezienswaardigheid, een vulkanisch kratermeer met de naam Kerið. Er klonk wat gekraak door de bus en Wim nam het woord via de microfoon voorin. 'We komen zo aan in Grímsnes waar zo'n 6.500 jaar geleden een diepe, ovaalvormige krater ontstond. Het bijzondere is dat in de krater een meer ligt. Het meer is grotendeels bevroren en op de plekken waar geen ijs ligt, zullen jullie zien dat het water een heel blauwe kleur heeft. Het is mogelijk om te voet langs de rand van het meer te lopen en dat gaan we natuurlijk ook doen.'

'Is dat niet gevaarlijk?' Ymke trok een moeilijk gezicht. 'Straks vallen we erin.'

'Ik kom je wel redden hoor.' Wim gaf haar een vette knipoog.

Sara begon zich steeds meer te ergeren aan het openlijke geflirt tussen die twee en wierp Wim een venijnige blik toe. Hij leek het niet in de gaten te hebben en vervolgde zijn verhaal: 'Misschien wel leuk om te vertellen, de IJslandse zangeres Björk heeft ooit een concert gegeven in de krater. Haar podium dobberde in het midden van het meer en de toeschouwers zaten op de randen van de krater.

Het moet een heel bijzondere gebeurtenis zijn geweest.'
'Daar had ik wel bij willen zijn,' riep René enthousiast door de bus. 'Wat jij?'
Hij stootte Sara aan die diep in gedachten was verzonken. De naam Björk riep bij haar heel andere associaties op. In haar hoofd sprongen weer de dreigende woorden van Wim op, op haar netvlies weer het meisje dat verdween in het bos. Hoe zou het met haar zijn? Was ze echt ziek of was er iets anders aan de hand? En zwanger. Zwanger van Wim? Peinzend richtte ze haar blik op de man van haar vriendin. Was ze paranoïde of had Wim wel degelijk iets te maken met het groeiende leven in Björks buik? Waarom zou hij anders zo tekeer zijn gegaan tegen het meisje? En kon het zo zijn dat de gevonden handschoen van haar was? Verdorie, waarom kon ze zich de handschoenen die Björk aanhad voor ze in het bos verdween niet herinneren? Het zou in één keer zoveel duidelijk kunnen maken. En mocht die handschoen van haar zijn, hoe kwam er dan bloed aan? Had het meisje zich verwond op weg naar huis of was er iets anders gebeurd? Ze moest Wim er zo snel mogelijk naar vragen, eerder zou ze geen rust hebben.
'Hé, dagdromer, wel bij de les blijven hè!' Geërgerd keek ze René aan. Ze voelde zich betrapt. 'Je zat toch wel aan mij te denken, hoop ik?'
Ze aaide hem door zijn haar. 'Natuurlijk dacht ik aan jou, schatje, waar anders aan?'

48

Sara was altijd al dol geweest op watervallen, maar zoiets had ze nog nooit gezien. Het water kletterde met een hoop geweld van grote hoogte naar beneden in een diepe kloof en spatte vervolgens via de wanden weer meters terug de lucht in. De randen van de tweetrapswaterval waren bevroren. De mist die de wereld een paar uur geleden nog in nevelen hulde, was opgetrokken en de zon deed zijn uiterste best om door te breken. Met prachtig resultaat. Door het brekende zonlicht in de waterdamp ontstond ineens een regenboog in de waterval.

'O, wow, René, zie je dat?' Dit was het mooiste natuurverschijnsel dat ze ooit had gezien. Ze begreep wel waar deze waterval de naam Gullfoss (gouden waterval) aan te danken had. René stond als een idioot foto's te maken van het bijzondere fenomeen.

'Die komt uitvergroot in de slaapkamer te hangen,' verzekerde hij Sara terwijl hij haar het resultaat even later liet zien. 'Ik wil de rest van mijn leven wakker worden met dit plaatje.'

Hand in hand genoten ze in stilte verder van het natuurschoon.

'Wat is dat eigenlijk?' Sara wees naar de beeltenis van een vrouw voor de waterval.

'Geen flauw idee, maar misschien weet Wim het?' René riep hem erbij en herhaalde Sara's vraag.

'Het is een eerbetoon aan de IJslandse boerin Sigríður Tómasdóttir. Zij heeft de waterval als het ware gered en ervoor gezorgd dat het nu tot beschermd natuurgebied is uitgeroepen. In het begin van de vorige eeuw had een Engelse projectontwikkelaar het idee om een waterkrachtcentrale te bouwen bij de waterval. Sigríður probeerde daar een stokje voor te steken door te dreigen dat ze zich in de kloof zou laten vallen als de regering de grond zou verkopen waar de waterval en ook haar huis op stond. Haar opzet slaagde en de koop ging niet door. Sindsdien is ze een heldin.'

'Mooi vind ik dat, als mensen ergens met hart en ziel voor strijden, zelfs als het ten koste dreigt te gaan van henzelf,' verzuchtte Sara. 'Ik weet niet of ik dat zou kunnen.'

'Jij bent mijn heldin, en daar hoef je helemaal niks voor te doen.' René kuste haar vol op de mond en trok plagend aan haar staart. Wim leek niet zo goed tegen het liefdevolle tafereeltje te kunnen en brulde met onvaste stem: 'Ik weet niet hoe het met jullie zit mensen, maar ik begin inmiddels wel een beetje trek te krijgen. Ik stel voor dat we naar het restaurantje gaan bij de parkeerplaats en daar een lekker bord lamssoep gaan eten. En voor de liefhebbers, naast het restaurant ligt een souvenirshop, mocht iemand nog een aandenken willen kopen.' Er klonk instemmend gemompel vanuit de groep. 'Goed, volgen jullie mij dan maar.'

Het kostte Sara moeite om zich los te maken van de waterval. Ze zou het liefste voor altijd in dit moment blijven. Het contrast tussen het ongelukkige leven dat Annelies leidde en haar eigen geluk kwam even keihard binnen. Ze gunde haar vriendin het aller-, allerbeste, maar het zag er niet naar uit dat er achter die regenboog in de waterval een pot met goud op Annelies wachtte.

49

De lamssoep was heerlijk en met volle buiken togen ze weer naar de bus. Toen iedereen weer geïnstalleerd was, reed de chauffeur op zijn gemakje weg. Wim nam het woord. 'We gaan nu op weg naar de laatste bezienswaardigheid van vandaag, de geisers Geysir en Strokkur. Ik zal vast wat informatie met jullie delen zodat jullie straks ongestoord kunnen genieten.'

Wim schraapte zijn keel. 'Laat ik beginnen met de grootste die Geysir heet. Dat betekent letterlijk spuiten of opborrelen. Geysir wás de grootste geiser ter wereld. Was, want momenteel kunnen we hem als op sterven na dood beschouwen. Hij is vermoord door zeepwater.'

'Door zeepwater?' vroeg Ymke verbaasd.

'Het bleek dat men de geiser op commando kon laten spuiten door waspoeder in het water te gooien. Dit verstoorde de waterhuishouding echter zo ernstig dat de geiser er als het ware in bleef. Zonde, want vroeger spoot ie elk halfuur wel zo'n 80 meter de lucht in en zo'n eruptie kon wel twintig minuten aanhouden. Aangezien het toerisme steeds meer toenam en Geysir een van de grootste trekpleisters was van IJsland, heeft men in de jaren tachtig een gat geboord in de zijkant van de geiser in de hoop hem door het gezakte waterniveau weer tot leven te wekken. Pas sinds een aardbeving die in 2002 heeft plaatsgevonden, zijn er weer kleine erupties waargenomen. Er zit echter geen vast patroon in, dus grote kans dat er helemaal niets gebeurt als we er zo met onze neus bovenop staan.'

'Hè, wat jammer,' reageerde de vrouw achter Sara.

'Maar niet getreurd,' vervolgde Wim. 'Op 100 meter afstand van Geysir ligt een heetwaterbron met de naam Strokkur die elke vijf tot tien minuten een waterstraal van maximaal 30 meter de lucht in spuugt. We gaan dus sowieso zo'n eruptie live meemaken. Na een paar keer ga je zelfs herkennen wanneer ie gaat spuiten. Vlak voor een uitbarsting ontstaat namelijk een blauwige bel op het water. Camera's in de aanslag, zou ik zeggen.'

50

Sara genoot van het weldadig warme water dat zich helemaal om haar lichaam sloot. Ze lag al een halfuurtje in de lagune van de zogenaamde Blue Lagoon, het beroemdste IJslandse meer dat boordevol zouten en mineralen zat. Het water scheen heel goed te zijn voor je huid, dus ze liet het goed op zich inwerken. Alleen haar hoofd stak nog een stukje boven het water uit, verder had ze zich helemaal ondergedompeld. Even waande ze zich in de gelijknamige speelfilm die ze al ontelbare keren had gezien. Wat zou het romantisch zijn als ze met René op een onbewoond eiland aanspoelde. Ze voelde de moeheid uit haar lijf trekken bij de gedachte en ze gaf zich volledig over aan het ontspannen gevoel dat bezit van haar nam. Een beetje leven van de liefde en kokosnoten, dat zag ze wel zitten. Geen gedoe, geen gezeur, niets om je druk over te maken.

Het was haar nog steeds niet gelukt om Wim apart te spreken. De begeleiding van de groep slokte al zijn aandacht op.

Het had wel iets om midden in de winter in een door sneeuw omgeven meer te liggen zonder het koud te hebben. Ze schatte de temperatuur van het water zeker op 35 graden. Over een uurtje zouden ze weer vertrekken naar het vliegveld van Reykjavík en zat hun tweedaagse trip er alweer op. René bevond zich naast haar in het meer en ook hij genoot zichtbaar. Hij had zijn ogen dicht en liet zijn armen zweven op het water. Er hingen druppels aan zijn neus en wimpers en zijn haren krulden licht onder invloed van het vocht. Hij zag er heerlijk uit. Trots was ze, dat deze geweldige man haar vent was.

Na een overnachting in het plaatsje Laugarvatn hadden ze vanochtend vroeg hun route weer vervolgd. Sara was erg onder de indruk van het nationale park Þingvellir met zijn vulkanen, houten huisjes, kerken en de daartussen opdoemende zwarte rotsen. Sara's fantasie sloeg op hol toen Wim de historie van het park uit de doeken deed. Þingvellir betekende letterlijk: de vlakte van het parlement. In een van de kloven die het park rijk was, kwam in 930 het eerste parlement van IJsland samen. Door de goede akoestiek in de kloof was het een ideale plek voor vergaderingen. Twee weken per jaar was de kloof van het gewone volk en werd er gefeest, getrouwd, gesport, handel gedreven en recht gesproken. Vooral dat laatste sprak tot haar verbeelding. Ze stelde zich voor hoe dieven en moordenaars hun straf aanhoorden die rond galmde door de akoestiek van de kloof. Overweldigend moest dat zijn geweest.

Wim vertelde ook dat er geen instantie was die ervoor zorgde dat de straffen ook daadwerkelijk werden uitgevoerd. Nabestaanden of het slachtoffer van de misdaad zelf moesten hiervoor zorgen. Nabestaanden die ongestraft een moordenaar om zeep mochten helpen... Dat moest wel tot uit de hand gelopen wildwesttaferelen hebben geleid. Ze was blij dat ze nu in een tijd leefden waarin dergelijke dingen beter geregeld waren. Hoewel op het rechtssysteem van de huidige tijd ook genoeg viel af te dingen. Ook nu leidden uitspraken van de rechterlijke macht nog weleens tot het in eigen hand nemen van het recht. Ze kon er sowieso niet bij dat mensen in staat waren elkaar te doden. Stel dat iemand René iets aan zou doen, zou ze dan zo verteerd zijn door wraak dat ze met gelijke munt kon terugbetalen? Ze dacht niet dat ze het in zich had, zelfs dan niet. Ze probeerde zich voor te stellen dat ze een pistool vasthad en de trekker moest overhalen. Ondanks het warme water ging er een rilling door haar heen. Ze hoopte nooit met zo'n duivels dilemma geconfronteerd te worden.

Het bezoek aan het in het park gelegen meer was een gebeurtenis om nooit te vergeten. Alleen al omdat het een hoop hilariteit had veroorzaakt. Langs het meer liepen veel kloven en scheuren en Wim had hen via de scheuren langs het meer geleid. De wandelpaden waren echter spekglad door het ijs, dus hij adviseerde de groep op bepaalde stukken zittend op hun kont naar beneden te glijden. Vooral het ge-

zicht van Ymke was onbetaalbaar geweest. Ze bleek wat angstig uitgevallen en had meerdere aansporingen van Wim nodig gehad voordat ze naar beneden durfde te roetsjen. Toch vroeg ze zich af of de angst van Ymke niet gedeeltelijk gespeeld was in een poging meer aandacht van Wim te krijgen. De vrouw hing nog steeds veel te veel om de man van haar vriendin heen en liet geen mogelijkheid onbenut om zichzelf in de kijker te spelen.
'Wat kijk je ernstig.' René was naar haar toe gezwommen en ging voor haar staan. Ze sloeg haar armen om zijn nek en haar benen om zijn middel. Als een aapje hing ze aan hem. Ze had geen zin om haar gedachten met hem te delen.
'Ik ben een beetje moe, dat is alles.'
Hij gaf een kus op haar neus en waadde met haar in zijn armen een stukje dieper het troebele water in. 'Raar gevoel, dat zout tussen je tenen,' grinnikte hij. René begon haar te kietelen en ze moest hem loslaten om hem af te weren. Samen plonsden ze in het water. Sara ging kopje-onder en kwam proestend weer boven. Ze trok een vies gezicht van de zwavelgeur die haar neus binnendrong.
'Het stinkt wel ontzettend naar rotte eieren, hè.' Ze plonsde door het water dat een melkachtige kleur had door zouten en mineralen.
'Die zwaveldampen zijn inderdaad niet mis. Ik zwem even een rondje, ben zo terug.'
Met een hoop kabaal ging René ervandoor. Ze liet haar blik over het meer gaan. De rest van de groep spatterde verderop rond. Wim zwom bij Ymke en leek zijn ogen niet van haar af te kunnen houden, hij sloofde zich zichtbaar voor haar uit. Ze wendde haar blik af, werd er boos van. Met samengeknepen ogen speurde ze het water af naar René. Verderop zag ze hem met een stevige crawl voorbijgaan. Ze verlekkerde zich aan zijn gespierde armen die om en om boven water kwamen. Hijgend stond hij even later weer voor haar.
'Goh, het water is niet overal zo lekker warm als in dit stukje. Daar verderop zitten ook heel wat koudere plekjes.'
'Je moet ook niet zo ver uit mijn buurt gaan, René van Wijk,' grapte Sara.

'Klopt,' beaamde hij, 'dit was weer een wijze les. Jij bent mijn bron van allesomvattende warmte.'
Ze porde hem in zijn buik en dook boven op hem. Ze gingen allebei kopje-onder tijdens hun speelse gevecht.
'Dat zal je leren om de spot met me te drijven,' proestte Sara toen ze weer bovenkwam. René dook meteen weer onder en trok haar aan haar enkels onderuit. Gillend liet ze zich onder water trekken. In het ondoorzichtige water vond ze op de tast zijn gezicht. Ze kuste hem en samen stegen ze weer omhoog naar de oppervlakte. Als ze ooit al had getwijfeld, dan wist ze het nu zeker: dit was de man van haar leven.

51

Tegelijk met Wim verliet ze de kleedhokjes. De rest van de groep en ook René was nog nergens te bekennen. Dit was haar kans. 'Wim, kan ik je even spreken?'
'Ja natuurlijk, wat is er?'
'Er zit me al een paar dagen iets dwars.'
'Nou, gooi het eruit zou ik zeggen.'
'Ik heb een gesprek opgevangen tussen jou en Björk en het ging er niet al te vriendelijk aan toe.'
De ontspannen uitdrukking verdween onmiddellijk van Wims gezicht. 'Een gesprek tussen mij en Björk?' hakkelde hij. 'Ik kan me niet herinneren dat ik haar gesproken heb.'
'Lul niet zo stom, Wim, jullie stonden in de slaapkamer in het chalet en jij dreigde haar te vermoorden als ze haar mond niet hield over iets. Ik stond op de gang en kon jullie zien door de kier van de deur.'
Alle kleur was uit Wims gezicht weggetrokken, ontkennen had geen zin meer.
Sara besloot er geen doekjes om te winden. 'Heb jij Björk zwanger gemaakt?'
'Nee!' riep hij vol afschuw uit.
'Je bent anders niet vies van de vrouwtjes. Dat gesjans met Ymke is echt walgelijk en laat ik het maar helemaal niet hebben over dat slippertje met die oud-collega van je. Hoe haal je het in je hoofd om dat Annelies aan te doen na alles wat ze heeft moeten doorstaan?' Sara begon steeds harder te praten en Wim pakte haar ruw bij haar arm.
'Hou je een beetje in wil je.'
'Bang dat iemand hoort wat voor klootzak je bent? Nou, van mij mag de hele wereld dat weten.'

Wim hief dreigend zijn hand. 'Je weet niet waar je het over hebt, Sara,' siste hij.
'Ik weet heel goed waar ik het over heb. Het stinkt hier en niet alleen naar zwavel. Is Björk wel echt ziek?'
Uitdagend keek ze hem aan.
'Hoezo, is ze wel echt ziek?'
'Weet je zeker dat je je dreigement niet hebt uitgevoerd? Ik noem een bebloede handschoen...'
'Als ik jou was zou ik die insinuaties maar voor me houden, Sara, want...'
Ze liet hem niet uitpraten. 'Want wat? Anders help je me om zeep? Eén ding, als je mij of Annelies ook maar een haar krenkt...'
'Wat is hier aan de hand?' René was aan komen lopen en ze hadden het allebei niet in de gaten gehad.
'Sara en ik hadden het erover hoe mooi het hier is. Toch, Sara?' Wim had haar arm nog steeds vast en kneep er dreigend in.
'Het is hier prachtig. Geen vuiltje aan de lucht.'
Ze schudde zich los en pakte Renés hand. Ze hoopte dat hij het lichte trillen van haar lijf niet opmerkte. Ze was opgelucht dat ze Wim eindelijk had kunnen confronteren, maar niet gerust op de consequenties ervan. Een kat in het nauw maakte rare sprongen en het was duidelijk dat Wim zich in de hoek gedreven voelde door haar aantijgingen.

52

Met een opgelucht gevoel sloot Sara Annelies weer in haar armen. Ze was blij haar vriendin heelhuids en op het eerste gezicht in goede gezondheid aan te treffen. Hoewel ze ontzettend had genoten van de tweedaagse trip, op het akkefietje met Wim na, had haar geweten haar steeds de vraag gesteld of het wel zo verstandig was geweest om Annelies in overspannen toestand alleen achter te laten.
'Fijn je weer te zien lieverd,' fluisterde ze in haar vriendins oor. 'Niet opengedaan voor enge mannen?'
Ze voelde haar vriendin verstijven in haar armen. Annelies maakte zich los uit Sara's omhelzing en keek haar boos aan.
'Ik denk dat je daar zelf het antwoord wel op weet. Dankzij jou moest ik wel opendoen voor vreemde mannen. Waarom heb je de politie gebeld?'
'De politie gebeld? Waar heb je het over?' Sara wist niet wat ze hoorde.
'Stop met de onnozele Harry uit te hangen.'
'Maar ik weet echt niet waar je het over hebt!' Verbazing en verontwaardiging klonken door in haar stem.
'Iemand heeft de politie getipt dat er een gewond meisje in het bos zou liggen. Vrijwel meteen nadat jullie waren vertrokken, stonden er ineens een paar agenten voor de deur. Ze beweerden dat een buitenlandse vrouw de melding had gedaan.'
'En waarom concludeer je dan meteen dat ik dat ben geweest?'
'Wie anders? Jij bleef steeds maar doorzeuren over die handschoen met bloed en dat we de politie moesten bellen. Nou, je wordt bedankt. Maar je had je de moeite kunnen besparen. Ik kan je mededelen dat ze met een paar man het bos hebben doorzocht zonder resul-

taat. Ze hebben niks gevonden, geen gewond meisje en geen handschoen.'
'Ten eerste heb ik het nog nooit over een gewond meisje gehad en ten tweede lag die handschoen niet in het bos, maar bij het meer. Ik neem aan dat je de politie bij het meer hebt laten kijken?'
'Nee, ik wilde ze zo snel mogelijk van mijn terrein af hebben. Wat denk je dat het met de goede naam van de Bed & Breakfast doet als dit bekend wordt?'
'Je goede naam, is dat het enige waar je je druk over kunt maken?'
'Mijn goede naam is zo'n beetje de enige zekerheid die ik nog heb in mijn leven.'
Er ging een steek door Sara's hart door de ongelofelijke triestheid die uit die woorden sprak. Ze begreep dat Annelies alle houvast nodig had om haar hoofd boven water te houden, maar desondanks vond ze het onverantwoord dat haar vriendin de politie niets over de handschoen had verteld.
'Maar je had me beloofd dat je de handschoen zou zoeken en zo nodig de politie zou inlichten.'
'Ik had bij nader inzien even wat anders aan mijn hoofd. Nadenken over het leven en de liefde en zo. Dat ding heeft geen pootjes dus als we er straks naar kijken is het vroeg genoeg.'
'Ik begrijp je lakse houding niet. Wat kan het nou voor kwaad om het serieus te onderzoeken?'
'Dat heb ik je net uitgelegd, het brengt de goede naam van de Bed & Breakfast in diskrediet. Kun je het nu laten rusten, *please*? Ik houd er niet van om op die manier verrast te worden en ben er zeker niet van gecharmeerd als mijn vriendin het achter mijn rug om op een akkoordje gooit met de politie.'
Voordat Sara kon reageren, ging de deurbel. Annelies fronste en deed open. Ze deinsde geschrokken achteruit, maar herstelde zich vrijwel meteen weer. Voor haar stond een grote man met een verweerd gezicht. Een dubbelloopsjachtgeweer hing losjes over zijn rechterschouder. De man begon in het IJslands tegen Annelies te praten. Eerst rustig, maar al snel gehaast en met verheven stem. Hij

maakte steeds meer wilde armgebaren tijdens het praten. Het jachtgeweer bewoog vervaarlijk heen en weer. Sara kreeg er de kriebels van. Straks ging dat ding per ongeluk af door dat geschud. De jager leek zich niet te storen aan het heen en weer slingerende wapen.
Ze kon geen touw aan het gesprek vastknopen, maar ze zag dat Annelies steeds nerveuzer werd. Wie was deze man en wat moest hij van haar vriendin? Ze ging naast haar vriendin in de deuropening staan en bestudeerde de man van top tot teen. Zowel Annelies als de jager negeerden haar, zozeer gingen ze op in de levendige conversatie. Toen ze in de groene ogen van de man keek, ging er een schok van herkenning door haar heen. Die ogen had ze eerder gezien. Björk. Zij had net zulke aparte en opvallende ogen als deze man. Het kon niet anders dan dat hij familie van haar was, tenzij half IJsland met dat soort ogen rondliep.
Ze bestudeerde zijn gezicht nog wat beter. Hoewel de man veel grover was dan het meisje, zag ze nu ze goed keek toch duidelijke overeenkomsten. Ogen, jukbeenderen en lippen. Het kon niet anders dan dat deze man genetisch gerelateerd was aan Björk. Haar vader? Annelies gooide in een wanhopig gebaar haar armen in de lucht en Sara kon nog net voorkomen dat ze een klap kreeg. Geschrokken keek Annelies opzij en de man zweeg. 'Ik had helemaal niet door dat je hier stond,' verontschuldigde ze zich. Sara was blij dat haar stem al wat minder getergd klonk dan net.
'Wat is er aan de hand? Wie is die man en wat moet hij van je?' fluisterde Sara. Ze wist dat de man haar niet kon verstaan, maar ze voelde zich toch niet vrij om hardop te spreken. Angstvallig keek ze weer naar het geweer.
'Het is niks, ik handel dit wel af.'
'Niks? Noem jij dat niks als er een verhitte vent met een geweer op je stoep staat? Dat zou ik toch wel degelijk "iets" willen noemen. Kom op zeg!'
'Sst, rustig,' beet Annelies haar toe met een schuin oog op de man voor hen. Voordat Sara kon reageren trok de man de aandacht weer naar zich toe met een IJslandse spraakwaterval. Sara probeerde iets

op te maken uit de intonatie van zijn woorden. Echt vriendelijk klonk het niet, maar had dat te maken met de IJslandse tongval of de inhoud van zijn woorden? Ze wist het niet. Annelies stak de man haar hand toe en hij pakte hem aan. Even was ze bang dat zijn grote hand die van Annelies zou vermorzelen. Met afhangende schouders droop de man af terwijl Annelies zachtjes de deur sloot.

'Waar ging dat nou over?' dramde Sara door.

'Pff, jij bent ook net een terriër, hè? Als je je ergens in vastbijt dan laat je niet meer los.'

'Waarom doe je nou zo moeilijk, ik wil je alleen maar helpen.'

'Omdat jouw fantasie weer op hol slaat als ik je vertel wat hij te melden had. Voor ik het weet stuur je de politie weer op mijn dak.'

'Ik héb de politie niet gebeld en hoezo slaat mijn fantasie op hol?'

'Die man was de vader van Björk. Hij vroeg of we haar nog gezien hadden de afgelopen dagen. Ze schijnt niet thuisgekomen te zijn.'

Sara voelde het bloed uit haar gezicht wegtrekken. Dus toch!

'Ik heb hem verteld dat Björk zich ziek heeft gemeld en dat ik na dat telefoongesprekje niets meer van haar heb gehoord.'

'Waarom komt hij nu pas hier om te vragen of iemand haar gezien heeft? Dat doe je toch dezelfde dag nog als je kind is verdwenen?'

'Hij was een paar dagen uit jagen geweest en kwam vanochtend in een leeg huis. Vandaar dat hij niet eerder aan de bel heeft getrokken. Ik heb hem gezegd dat het allemaal wel los zou lopen. Dat Björk waarschijnlijk al die tijd in bed heeft gelegen en even naar buiten is gelopen voor een frisse neus. Dat ze vast over een uurtje weer voor zijn neus staat.'

'Heb je hem verteld van de handschoen die René en ik gevonden hebben?' Ze pakte Annelies bij haar schouder.

'Zie, dat bedoel ik nou,' reageerde haar vriendin. 'Je fantasie slaat weer op hol. Natuurlijk heb ik hem niet verteld van de handschoen. Dat zou die arme man alleen maar onnodig ongerust maken.'

'Misschien heeft die "arme man" wel reden om ongerust te zijn. Misschien is die handschoen wel echt van Björk en is er iets heel ergs met haar gebeurd. Ik heb het je nog niet verteld, maar ik heb de eerste avond dat we in het chalet waren een gesprek opgevangen tussen Wim en Björk. Het was geen fijn gesprek. Ik kreeg het idee dat zij hem ergens mee chanteerde en hij dreigde dat hij haar iets aan zou doen als ze haar mond niet hield. Björks verdwijning en een bebloede handschoen. Jij kunt één en één toch ook bij elkaar optellen?'

Annelies keek haar met open mond aan. 'Wat zeg je nou? Waarom heb je me dat niet eerder verteld?'

'Ik wilde je beschermen tegen nog meer pijn en Wim er eerst zelf mee confronteren. Ik heb hem gevraagd of hij de vader is van Björks ongeboren kind en hij reageerde niet bepaald onschuldig.'

Het beetje strijdlust dat Annelies nog in zich had verdween. Ze kreeg een lege blik in haar ogen en leek zich niet meer bewust te zijn van haar omgeving. Sara sloeg voorzichtig een arm om haar heen en trok haar tegen zich aan. 'Ik had je dit zo graag willen besparen.' Annelies schokte in haar armen en een traan drupte op de grond. Sara pakte haar gezicht tussen haar handen toen ze weer wat gekalmeerd was.

'Ik ga die handschoen nu ophalen en dan wil ik dat je de politie belt met het verzoek nogmaals langs te komen. Er moet serieus naar gekeken worden nu blijkt dat Björk wordt vermist.'

Voorzichtig liet ze Annelies los en rende naar buiten.

Buiten adem kwam ze even later bij het meer aan. Ze speurde de met ijs bedekte vlakte af en zocht de plek waar de handschoen zou moeten liggen. Leeg. Het meer was leeg. Ze liep het ijs op. Scande de omgeving van links naar rechts en weer terug. De handschoen was weg. Wanhopig draaide ze zich om. Annelies kwam met zware pas aanhollen. Haar gezicht was paars van de inspanning. 'Hij is weg. De handschoen is weg!' riep Sara paniekerig. Annelies kreeg langzaam haar ademhaling weer onder controle en was bijna weer in staat om te praten. Ze speurde net als Sara de omgeving af.

'Zie je wel, niks aan de hand,' pufte ze opgelucht. 'Misschien heb je het allemaal wel gedroomd.'

'Gedroomd? Dan hebben René en ik zeker dezelfde droom gehad?' Sara raakte geïrriteerd. 'Ik snap dat het moeilijk voor je is dat de rol van Wim in het geheel dubieus is, maar je mag het niet negeren.'

'Van wie mag dat niet? Ik bepaal zelf wel wat ik doe, daar heb ik niemand voor nodig.'
'Probeer redelijk te blijven en de feiten onder ogen te zien.'
'Ik kan het niet meer aan, Sara, niet nog meer ellende. Geef me de kans om dit eerst zelf met Wim te bespreken, voordat we er verder mee aan de slag gaan. Wim heeft moeite zijn gulp dicht te houden, maar tot geweld is hij niet in staat, dat weet ik zeker.'
'Maar dat is onverantwoord! Bij vermissing telt elk uur! Wie weet leeft Björk nog en heeft ze hulp nodig.'
'Sara de moraalridder. Als je me echt wilt helpen, als je echt een goede vriendin bent, dan geef je me wat tijd.'
'Dat is emotionele chantage. Alsof ik een slechte vriendin zou zijn als ik het juiste doe.'
'Als je me geen tijd gunt om het zelf eerst met Wim te bespreken, dan pak je je biezen maar.' Resoluut draaide Annelies zich om en begon aan de terugtocht richting het pension.
'Dat neem je terug!' schreeuwde Sara haar na. 'Hoe durf je! Dit heb ik niet verdiend.' Vlug beet ze op haar tong om te voorkomen dat ze dingen ging zeggen waar ze echt spijt van kreeg en de vriendschap tussen haar en Annelies onherstelbaar zou beschadigen.
Wat een puinhoop! Het was duidelijk dat Annelies niet meer helder na kon denken en de realiteit een beetje uit het oog begon te verliezen. Maar aan de andere kant, wat zou zij doen als het om René ging? Zou ze dan ook niet uit alle macht proberen om hem te beschermen? Zou zij in eerste instantie ook niet in de ontkenning schieten? Je realiseren dat de man met wie je al zo lang samen bent misschien wel tot gruwelijke dingen in staat is, was te erg om onder ogen te zien. Die wetenschap maakte haar houding ten aanzien van Annelies meteen weer wat milder. Wat moest ze doen? Loyaal zijn aan haar vriendin en haar wens inwilligen of op eigen houtje contact zoeken met de politie? René had vast een goed advies voor haar.

53

‘Weet je zeker dat je niet meegaat?’ De teleurstelling in Renés stem was duidelijk hoorbaar.

‘Ik weet dat we ons wat anders hadden voorgesteld bij deze vakantie, maar het is even niet anders. Als ik van tevoren had geweten dat we in zo’n wespennest terecht zouden komen, dan had ik me wel twee keer bedacht.’

Ze liet haar hand over zijn eendagsbaardje gaan. Ze had René gisteravond nog bijgepraat over haar ruzie met Annelies, haar verdenkingen tegen Wim en het bezoekje van de vader van Björk. Hij had haar relaas peinzend aangehoord. Hij snapte haar dilemma, maar adviseerde haar toch om te doen wat Annelies had gevraagd: haar wat tijd geven om eerst zelf met Wim te praten. Ook René kon zich niet voorstellen dat Wims dreigement tegen Björk echt serieus was. ‘In het vuur van de strijd zeg je weleens dingen die je niet meent.’ Dat er iets aan de hand was, kon ook hij niet ontkennen, maar hij zag het allemaal een stuk minder zwaar dan Sara. Bovendien, hoeveel bewijs was er nou feitelijk?

Het praten met René had haar twijfel niet weggenomen, maar eerder vergroot. Ze vond nog steeds dat er contact gezocht moest worden met de politie, maar ze wilde het Annelies ook niet onnodig moeilijk maken. Stel dat Wim toch niets te maken had met de verdwijning van Björk, dan zou ze Wim, Annelies en hun Bed & Breakfast onnodige schade toebrengen. Ze zou vandaag eerst eens gaan kijken hoe Annelies erover dacht na een nachtje slaap en dan zou ze wel verder zien.

‘Het lijkt me beter als ik Annelies vandaag wat ondersteun met schoonmaken en zo.’ René slaakte een diepe zucht. ‘Ga jij maar lek-

ker met een jeep over de gletsjers scheuren en zorg dat je voor twee geniet.'
Sara deed haar best om blij te kijken en René niet te laten merken dat ze net zo teleurgesteld was als hij. Wat zou ze graag meegaan. Het leek haar een ultieme ervaring om met een jeep over de ijsvlaktes te rijden. Wanneer kreeg je daar nou de kans voor?
Hoewel ze van mening was dat je kansen moest pakken als ze voor het grijpen lagen, ging ze vol overtuiging tegen haar gevoel in. Ze had andere dingen te doen. Annelies helpen was er een van, maar ze wilde ook nog eens wat rondlopen in de omgeving om te kijken of ze de verdwenen handschoen terug kon vinden of misschien wel aanwijzingen voor een misdaad. De politie in het ongewisse laten was één ding, maar niemand kon van haar verlangen dat ze de verdwijning van Björk negeerde. Annelies kon nog wel veertig keer zeggen dat ze het moest laten rusten en dat de politie niets had gevonden, maar geen haar op haar hoofd die daaraan dacht. Ze kon het niet, maar dat hield ze maar even voor zichzelf. Wie weet vond ze wel de andere handschoen van het paar.
René keek haar fronsend aan. 'Soms zou ik willen dat ik in dat koppie van je kon kijken. Volgens mij vertel je me maar de helft van wat erin omgaat.'
Ze glimlachte. 'Een meisje heeft recht op een paar geheimpjes, Renétje.' Ze keek er ondeugend bij in de hoop dat hij het verder zou laten rusten. 'Kom, wegwezen jij,' spoorde ze hem aan. Hij kuste haar en vertrok. Ze keek hem na vanuit de deuropening van het chalet tot hij volledig uit het zicht was verdwenen. Zachtjes sloot ze de deur en draaide hem voor de zekerheid van binnen met de sleutel op slot. Ze vond het een prettig idee dat niemand het chalet in kon komen als ze aan het douchen was. René zou waarschijnlijk weer de spot drijven met haar paranoïde gedrag als ze hem dat later vertelde, maar dat kon haar niet schelen. Het afgelegen chalet aan de rand van een bos, de verdwijning van Björk en die stomme handschoen waren voor haar redenen genoeg om het zekere voor het onzekere te nemen.
Snel liep ze naar boven, ze had het koud in haar badjas. Omdat René

vandaag op pad was en zij voornamelijk in het pension zou zijn bij Annelies, had ze René de open haard niet aan laten maken. Ze hadden hem helemaal nog niet gebruikt sinds hun tweedaagse tripje. Het grootste gedeelte van de tijd brachten ze door in het pension en het was zonde om voor een halfuurtje de haard aan te steken als ze 's avonds thuiskwamen. Ze gingen liever meteen door naar bed en hielden elkaar warm. Bij de gedachte aan Renés warme lijf kreeg Sara het nog kouder. Een snelle warme douche moest de ergste bibbers wegnemen en daarna zou ze in looppas naar Annelies gaan.

In de badkamer zette ze de douche aan zodat het water vast warm kon worden. Ze dook de slaapkamer in om haar kleding voor vandaag te pakken. Terug in de badkamer hing er al een aangename warme stoom. Vlug glipte ze uit haar badjas en stapte de douche in. Een paar minuten bleef ze met haar ogen dicht staan genieten. Haar huid tintelde aangenaam. Ze kon dit best een halfuurtje volhouden.

Ze had het nog niet gedacht of haar maag knorde luidruchtig. Ze had eerder die ochtend besloten het gezamenlijke ontbijt aan zich voorbij te laten gaan en even rustig op te starten aangezien ze toch niet meeging op de excursie. Annelies had vast nog wel iets eetbaars liggen. Haar maag knorde weer, dwingender. Ze gaf er een paar zachte klopjes op. 'Nog heel even geduld en dan ben jij aan de beurt. Eerst de uiterlijke en dan de innerlijke mens.' Haar maag zweeg alsof hij instemde.

Ze waste haar haren uitgebreid met shampoo en conditioner en kamde het met haar vingers uit. Tot slot nog een snelle algehele poetsbeurt. Met enige spijt zette ze de kraan uit. Ze wikkelde zich in de grote handdoek die naast de douchecabine op haar lag te wachten. Hoewel de badkamer nog nadampte van haar warme douche, koelde het vrij snel af. Ze huiverde. Haar oog viel op het straalkacheltje aan de wand tegenover de douche. Misschien wel een goed idee om die even aan te zetten zodat ze het niet te koud kreeg. Annelies had in haar oude studentenhuis precies zo'n straalkacheltje gehad. Ze strekte zich uit en trok drie keer aan het koordje zodat het ding meteen op de hoogste stand stond. '*Burn, motherfucker, burn*,' zong ze zacht-

jes. Het verwarmingselement gehoorzaamde en kleurde roodgloeiend. De warmte brandde op haar wangen. Ze deed haar ogen dicht en stelde zich voor dat ze op een tropisch strand lag te bakken in de zon.
Een klap deed haar opspringen. De lichten vielen uit en de warme gloed van het straalkacheltje verdween. Verschrikt keek ze om zich heen. Wat was er aan de hand? Naakt rende ze naar de slaapkamer. Ook daar was het licht uit. Kortsluiting? Waar zat de meterkast in dit kot? Ze trok een broek en een trui aan en ging op zoek. Op de bovenverdieping kon ze niets vinden wat op een meterkast leek. Ze liep de trap af naar beneden. Haar hand omklemde de trapleuning stevig. Stap voor stap liep ze verder richting de benedenverdieping.
Toen ze de trap af stapte en richting woonkamer draaide leek het of ze iets voorbij zag flitsen door het glazen paneel in de voordeur. Haar voetstappen stokten, evenals haar adem. Wat was dat? Ze keek nog eens goed. Niets te zien. Ze durfde niet naar buiten te lopen, bang om geconfronteerd te worden met... Met wat eigenlijk? Nog steeds niks te zien. Misschien had Annelies toch gelijk en had ze een te rijk verbeeldingsvermogen. Ze ademde een keer diep door, vermande zich en liep verder.
De deur naar de woonkamer stond open. Ze zag de grote ramen met uitzicht op het meer. Alles was compleet verlaten. Ze opende een deur in de gang. Geen meterkast, maar een opslag voor stofzuiger, strijkplank en andere huishoudelijke dingen. Ernaast zat nog een deur. Bingo! Inderdaad, kortsluiting. De aardlekschakelaar was naar beneden gesprongen. Ze was absoluut geen techneut, maar een schuif omzetten dat kon ze nog wel. Ze duwde de schakelaar omhoog en de lichten in het huis sprongen weer aan. Triomfantelijk klapte ze in haar handen. Dat klusje had ze toch maar mooi zelf geklaard. Vrouwen konden zich ook prima redden zonder mannen.
Met een grijns op haar gezicht liep ze de woonkamer in. Er schoot iets langs het raam. De lach bevroor op haar lippen. Schichtig keek ze om zich heen. Ze kwam ogen tekort. Een schim langs het andere raam. Het geluid van snelle voetstappen. Nu wist ze het zeker. Haar

ogen bedrogen haar niet en haar fantasie was niet op hol geslagen. Er liep duidelijk iets rond het huis te spoken. Wat moest ze nu? Enerzijds had ze de neiging om naar buiten te gaan en de confrontatie te zoeken, maar anderzijds zou ze het liefste wegkruipen in een hoekje en blijven zitten tot de kust weer veilig was. Midden in het zicht voor de ramen blijven staan, was in elk geval geen goede optie.
Wat was ze blij dat ze de deur op slot had gedaan! Misschien moest ze terug naar boven lopen en vanuit het slaapkamerraam kijken of ze iets zag. Het op gepaste afstand op onderzoek uitgaan leek haar een goed compromis. Had ze net nog gedacht zich zonder René ook wel te redden, nu zou ze er heel wat voor over hebben om hem hier bij haar te hebben.
Aarzelend liep ze terug naar de gang, richting de trap. Ze slaakte een ijselijke kreet. Er stond een gestalte voor de voordeur. Aan de andere kant van de deur klonk minstens zo'n schelle kreet. Ze keek recht in het verschrikte gezicht van Ymke die met haar neus tegen de voordeur aan naar binnen stond te gluren. 'Stomme trut, ik schrik me helemaal rot,' brulde Sara door de voordeur heen. Ymke sprong verschrikt naar achteren. Met een wild gebaar draaide Sara de sleutel om, die nog steeds in het slot zat, en zwaaide de deur open. 'Wat ben jij aan het doen?' Briesend van woede liep ze op Ymke af.
'Gewoon, een beetje rondkijken.' Ze keek Sara uitdagend aan.
'Gewoon een beetje rondkijken? Mens, je jaagt me de stuipen op het lijf. Je hebt hier helemaal niets te zoeken.'
'Wat doe jij hier eigenlijk nog?' vroeg Ymke. 'De groep is zojuist vertrokken voor een rondje schaatsen op wielen. Lijkt me echt iets voor jou.'
'Ik ga Annelies vandaag helpen. Waarom zit ik me trouwens tegenover jou te verantwoorden?' Sara's stem klonk geïrriteerd. 'En waarom ben jijzelf niet meegegaan?' pareerde ze.
'Die waaghalzerij is niets voor mij.' Ze draaide zich om en liep naar de steiger bij het meer, klom erop en liep verder. Al snel hoorde Sara een hoop kabaal en een uitroep van pijn. De plank waar Ymke zojuist op stond, was gebroken en ze was met haar onderlichaam door de

steiger gezakt. Hulpeloos hing ze daar. Het was duidelijk dat ze zonder Sara's hulp niet overeind kon komen. 'Sta daar niet zo stom en help me dan,' jammerde Ymke, 'ik heb me echt pijn gedaan.'
Sara trok snel haar laarzen aan en liep naar buiten. Voorzichtig zette ze haar voet op de eerste steigerplank. Twee dagen geleden had ze nog op de steiger gestaan en toen was er niets aan de hand geweest, geen enkele aanwijzing voor een zwakke plank. Voetje voor voetje schuifelde ze naar Ymke toe. Nog twee stappen en dan was ze bij de gebroken planken. Voorzichtig duwde ze met haar voeten op de planken rond de onheilsplek om zich ervan te verzekeren dat ze er veilig op kon staan zonder dat haar hetzelfde lot wachtte als Ymke. De vrouw klampte zich wanhopig vast aan haar linkerbeen. 'Laat me los,' siste Sara, 'straks ga ik ook onderuit en dan moeten we maar zien of we hier wegkomen voordat we bevroren zijn.' De vrouw gehoorzaamde.
Sara ging op haar knieën naast haar zitten. 'Pak mijn handen vast, dan ga ik proberen om je uit dat gat te trekken. Handschoenen uit, anders heb ik geen grip.' Ymke legde haar blote handen in die van Sara. Ze zette zich schrap en begon te trekken. Het lichaam van de vrouw kwam een paar centimeter omhoog, maar niet voldoende om haar te bevrijden uit het gat. Ze zakte weer terug. Ymkes gezicht was verwrongen van de pijn en haar huid was net zo wit als de sneeuw om hen heen.
'Ik denk dat ik mijn enkel heb gebroken, of minstens verzwikt,' kreunde ze. Sara nam het ter kennisgeving aan en reageerde er verder niet op. Eerst zien dat ze de vrouw uit haar benarde positie kon bevrijden en daarna zouden ze de exacte schade wel opnemen.
'Oké, ik tel tot drie en dan duw jij jezelf omhoog terwijl ik je meetrek.' Ymke knikte. Sara zette zich schrap en begon te tellen. 'Drie, twee, één, *go*!' Ymke duwde zich uit alle macht omhoog en Sara trok zo hard ze kon, daarbij een kreet slakend van de krachtsinspanning. Centimeter voor centimeter kwam de vrouw omhoog... en zakte weer een stukje terug.
'Kom op,' brulde Sara, 'ik kan het niet in mijn eentje.'

De vrouw spande zich tot het uiterste in. Haar gezicht liep donkerrood aan. Sara gaf een ferme ruk en Ymke gilde van de pijn. 'Even doorbijten, we zijn er bijna. Blijf zo hangen, dan pak ik je onder je oksels en trek je eruit.' Met alle kracht die ze in zich had sleepte Sara haar de steiger op en bij het gat vandaan.

Ymke probeerde steunend te gaan zitten. Sara bood haar een helpende hand. Met een van pijn vertrokken gezicht trok de vrouw haar linker Ugg en sok uit. Haar enkel begon al aardig dik te worden.

'Alleen gekneusd denk ik, er steekt geen bot uit je been of zo.'

Ymke werd nog bleker dan ze al was. Voorzichtig betastte ze haar enkel. 'Auwauwauw.'

Sara liet haar even jammeren en toen vond ze het tijd voor actie. 'Zeg, ik begin het nogal koud te krijgen, dus het lijkt me verstandig als we de warmte gaan opzoeken. Ik ga proberen je overeind te helpen en in mijn auto te zetten zodat ik je naar Annelies kan brengen. Die moet maar bepalen of er een dokter gebeld moet worden.' Ymke knikte en kroop van de steiger af naar de rand van het meer. Sara liep achter haar aan en was blij dat ze weer vaste grond onder haar voeten voelde. 'Ik denk dat je het beste op je knieën kunt gaan zitten en dan trek ik je omhoog. Op die manier kun je je enkel zo veel mogelijk ontlasten en omhoogkomen via je rechterbeen.'

Ymke legde gehoorzaam haar handen in die van Sara en kwam wankelend overeind. Sara sloeg haar ene arm om haar middel en legde haar andere arm over haar schouder. Hinkelend strompelde de vrouw met haar mee naar de auto die voor het chalet stond. 'Steun maar even op de motorkap terwijl ik binnen de sleutel pak.' Ze rende snel het huisje binnen, griste de sleutel uit het sleutelkastje en sloot af. Twee ongelukjes en de dag was nog maar net begonnen. Eerst kortsluiting en daarna de doorgezakte steiger. Ze hoopte dat dit gedoe geen voorbode was voor de rest van de dag.

54

‘Zo, hier moet het wel mee lukken.’ Annelies keek goedkeurend naar de door haar ingetapete enkel van Ymke.
‘Ik wist niet dat jij EHBO kon,’ sprak Sara haar bewondering uit.
‘Wim en ik hebben allebei ons diploma gehaald voordat we de Bed & Breakfast begonnen.’
Weer iets waar ik niks van af wist, schoot het even door Sara’s hoofd.
‘Denk je echt niet dat ik naar een dokter moet?’ klonk het zielige stemmetje van Ymke.
‘Welnee, een paar dagen met het pootje omhoog en dan kun je die onmogelijke schoenen van je weer aan,’ concludeerde Annelies. ‘Als je hier even blijft zitten, dan maken we jouw kamer eerst in orde. Kun je daarna op bed gaan liggen.’
Ymke trok een pruillip. ‘Ik wil een gedeelte van mijn reissom terug. Ik ben hier niet gekomen om op bed te liggen. Dat is thuis goedkoper.’
‘Misschien dat je verzekering je tegemoet wil komen, maar van mij krijg je geen cent, mop.’ Annelies schonk een mok koffie in en zette hem neer op tafel. ‘Koffie kun je krijgen en misschien nog een koekje, maar daar blijft het bij.’
‘Ik heb een ongeluk op jouw steiger gehad hoor, dus ik zou maar even dimmen. Jij hebt ondeugdelijk materiaal op je terrein staan. Daar valt wellicht best een claimpje uit te slepen.’
‘Gaan we dreigen?’ Annelies zette verontwaardigd haar handen in haar zij. ‘Jij had überhaupt niks te zoeken op die steiger.’
‘Ik ben een vrij mens en als ik op die steiger wil staan, dan doe ik dat.’
‘Kom, Sara, we gaan aan de slag. Ik ben dit geneuzel meer dan beu.’
Sara volgde Annelies de keuken uit. ‘In de weg lopen kan ze in elk geval niet,’ grapte ze. Annelies glimlachte instemmend. ‘Vind je het

niet vervelend om haar in je eigen keuken achter te laten? Ze is zo nieuwsgierig als de pest.'
'Ach, die kan geen kant op met dat zielige voetje. En mocht ze gaan rondneuzen dan vindt ze alleen vuile vaat. Belangrijke papieren en zo bewaar ik achter slot en grendel.'
'Ik had vanochtend trouwens kortsluiting in het chalet.'
'O?'
'Het straalkacheltje in de douche klapte eruit. Ik heb de aardlekschakelaar weer omgezet en toen deed alles het weer, maar het is wel iets om in de gaten te houden.'
'Ik vraag Wim wel of hij ernaar kijkt. Tot die tijd kun je het beter niet gebruiken.' Annelies haalde ondertussen het beddengoed af en gooide de was in de mand die aan haar voeten stond.
'Weet je wat ik niet snap?' ging Sara verder.
'Nou?'
'Die steiger hè, daar heb ik de eerste dag dat we hier waren nog probleemloos op gestaan. Er was geen enkel teken dat er zwakke planken tussen zaten. Raar dat dat ding dan toch ineens doorzakt.'
'Hm,' reageerde Annelies zonder op of om te kijken. Stoïcijns verschoonde ze het bed verder. 'Kom, geef eens een zwieper aan die poetsdoek,' spoorde ze Sara aan haar voorbeeld te volgen. 'Zou dat huldufólk het soms niet prettig vinden dat René en ik het chalet in gebruik hebben? In die voorbeelden van Wim gebeurden er toch ook onverklaarbare ongelukjes?'
Annelies begon keihard te lachen. 'Sara, je doet het weer...'
'Wat doe ik weer?'
'Je fantasie. Die neemt weer een loopje met je.'
'Ik meen het serieus.'
'Kom op, je wilt toch niet beweren dat je in die onzin gelooft? Er zijn vandaag toevallig twee dingen gebeurd, met de nadruk op toevallig. Het lijkt me wat overdreven om daar meteen grootse conclusies aan op te hangen.'
'Ik zoek naar een verklaring voor dingen die ik niet begrijp, is dat zo gek?'

'Wel als je het in zweverige dingen gaat zoeken. Daar zijn we toch te nuchter voor?'
'Spreek voor jezelf,' lispelde ze binnensmonds. Was jij niet degene die altijd maar over het lot liep te orakelen? dacht ze er kribbig achteraan. Hoe zweverig is dat? Ze besloot haar mond te houden om de lieve vrede te bewaren. 'Laat maar, Annelies, ik zal het er niet meer over hebben. Het zou fijn zijn als Wim naar die straalkachel kijkt en misschien moet er een waarschuwingsbord bij de steiger gezet worden totdat de kapotte planken vervangen zijn. Lijkt me niet handig als er nog een gast gewond raakt.'
'Daar heb je gelijk in. Ik zal Wim vragen het te regelen.'
'Over Wim gesproken, heb je al met hem gepraat?'
Door het gedoe met Ymke was het nog niet gelukt om met Annelies te praten over het onderwerp dat haar echt bezighield.
'Nee, ik kon het nog niet opbrengen.'
'Ben je bang voor de antwoorden?'
'Ik vrees in elk geval voor de extra ruzies en spanningen die het weer gaat opleveren. Maar ik ben er nog steeds van overtuigd dat Wim een goede verklaring heeft en niets met de verdwijning van Björk te maken heeft.'
Ergens had Sara wel bewondering voor de loyaliteit die Annelies nog steeds voor Wim aan de dag legde, ondanks alles wat hij haar had geflikt. Liefde moest wel blind maken.
'Je kunt het niet langer uitstellen. Ik heb je de tijd gegeven om eerst zelf met Wim te praten, maar daar zit wel een limiet aan. Je moet er vandaag echt mee aan de slag.'
Het gezicht van haar vriendin betrok.
'Ik wil je zo graag helpen, Lies, maar ik weet niet hoe.'
'Je helpt me het beste door me met rust te laten. Ik moet dingen in mijn eigen tempo onder ogen zien en er niet steeds geforceerd mee geconfronteerd worden. Gun me die tijd, Sara. En als je dat niet kunt is het misschien beter dat jij en René teruggaan naar Nederland. Misschien was het beter geweest als ik je niet had uitgenodigd.'
Sara kromp in elkaar bij het horen van de kwetsende woorden. De

starende, lege blik in Annelies' ogen maakte haar bang en verdrietig tegelijk. De gezichtsuitdrukking van Annelies verzachtte bij de geschokte reactie van Sara.

'Meen je dat echt, dat je me liever niet had uitgenodigd? Want als dat zo is dan pak ik nu mijn spullen en vliegen René en ik vanavond nog terug. Ik wil niet op een plek zijn waar ik niet welkom ben.'

'Sorry, ik wilde je niet kwetsen en zo bedoel ik het ook niet. Het heeft niets met jou te maken, maar met de situatie. Ik wilde je zo graag laten zien dat het goed ging met me, maar in plaats daarvan ligt mijn hele leven in puin.'

'Echte vrienden steunen elkaar door dik en dun. We zijn toch echte vrienden?'

'Dik en dun zijn we in elk geval,' grinnikte Annelies, doelend op hun tegengestelde posturen. 'Weet je wat het is, je bent zo verdomde vasthoudend en dat is het laatste waar ik nu behoefte aan heb. Ik wil niet eindeloos worden doorgezaagd over hoe klote mijn leven is. Ik wil niet dat je denkt dat mijn man een misdadiger is en mijn hulp iets heeft aangedaan. Ik wil gewoon doorgaan met ademhalen met mijn verstand op nul. Dat is voor mij op dit moment de enige manier om te overleven. Ik heb tijd nodig, Sara, om te bepalen wat ik wil en met wie ik dat wil.'

Een traan rolde over haar wang. Sara veegde hem liefdevol weg.

'Een confrontatie met Wim over Björk kan de genadeklap voor mijn huwelijk zijn. Het klinkt misschien raar na alles wat er gebeurd is, maar ik geloof dat ik daar nog niet aan toe ben.'

55

Sara liep op haar gemakje terug naar het chalet. Zoals ze zich eerder op de dag al had voorgenomen besloot ze via het bos te gaan. Wim was op pad met de groep dus ze voelde zich veilig genoeg om op eigen houtje wat rond te neuzen. De auto liet ze bij de Bed & Breakfast staan, die zou René vanavond wel mee terug nemen. Annelies had opgelucht gekeken toen ze haar vertrek naar het chalet aankondigde. Met de woorden 'misschien pak ik wel even een saunaatje,' was ze vertrokken.

En nu liep ze hier, in het besneeuwde bos dat er overdag een stuk vriendelijker uitzag dan 's nachts. Een verschil van dag en nacht was letterlijk van toepassing. Ze genoot van de witte boomtoppen, het zachte knerpen van haar laarzen in de sneeuw en de stilte. Wat een heerlijke stilte. Langzaam voelde ze haar hoofd lichter worden en de koppijn die in de loop van de ochtend was komen opzetten, trok weg. Opgelucht haalde ze adem. De koude lucht prikkelde haar neusvleugels. Ze liet de omgeving op zich inwerken en kon haar ogen niet afhouden van het landschap dat bestrooid leek met poedersuiker. De spieren in haar nek en schouders ontspanden. Ze had helemaal niet doorgehad hoe strak ze stonden en hoezeer ze op eieren had gelopen om Annelies niet nog meer overstuur te maken.

Misschien was het helemaal niet zo'n gek idee om de boel de boel te laten en lekker met René terug te vliegen naar Nederland. Dan konden ze die laatste vakantieweek gewoon aan het werk gaan en de dagen op een ander moment opnemen. Waarom maakte ze zich eigenlijk zo druk om een meisje dat ze één keer had gezien en verder helemaal niet kende? *Medemenselijkheid en een rechtvaardigheidsgevoel.*

Mijmerend over vakantiebestemmingen slenterde ze door terwijl ze

tegelijkertijd haar ogen niet in haar zak hield. Tot nu toe geen spoor van een misdrijf of een mogelijke andere handschoen.
Er klonk een schot. Direct daarop volgde een inslag in een boom die slechts een meter of twee van haar verwijderd was. In een reflex liet ze zich plat op de grond vallen. In paniek sloeg ze haar armen over haar hoofd in een poging eventuele kogels af te weren. Belachelijk natuurlijk, want ze was niet *bulletproof.* Even was het stil, toen weer een knal. Snel daarna zoefde er iets voorbij wat insloeg in een boom voor haar. Had iemand het op haar gemunt? Twee keer een 'verdwaalde' kogel was wel een beetje erg toevallig. Op handen en knieën kroop ze van het pad af, het dichtere struikgewas in. Haar hart ging als een idioot tekeer en haar ademhaling was gejaagd en raspend. Het lieflijke sprookjesbos was veranderd in een nachtmerrie waar ze zo snel mogelijk aan wilde ontsnappen.
Ze kon niet goed bepalen waar de schutter zich bevond. Voor, achter, links of rechts van haar? Vluchten via de kortste route om het bos uit te komen leek haar het beste. Teruglopen naar de Bed & Breakfast was sneller dan doorlopen tot het chalet. Ze had ooit in een film gezien dat je het beste zigzaggend kon rennen als je werd beschoten. Op die manier maakte je het de vijand moeilijk om nauwkeurig te richten. Films liepen meestal goed af, maar gold dat ook voor de werkelijkheid? Wat was wijsheid? Nog even wachten of er meer schoten volgden of het meteen op een lopen zetten? Haar denkvermogen was verlamd door de angst. Het zou haar toch niet gebeuren dat ze hier het leven liet, in een kil IJslands bos terwijl René nietsvermoedend met een jeep over een gletsjer scheurde? Ze was nog veel te jong.
Het geluid van schoten bleef nu uit, maar de stilte om haar heen was onheilspellend. Was het schieten gestopt omdat ze zich verscholen had? Zat er verderop iemand geduldig te wachten met zijn geweer in de aanslag tot ze uit haar schuilplaats kwam? Haar benen begonnen te verkrampen door de geforceerde, gehurkte houding waarin ze zat. Ze moest wel voldoende gevoel in haar benen houden om goed te kunnen rennen. De dood of de gladiolen dan maar. Voorzichtig

kwam ze een stukje overeind en speurde de omgeving af. Er was niets of niemand te zien. Gebogen kroop ze achter de struiken vandaan en richtte zich nog wat verder op. Ze voelde zich net een levende schietschijf.
Haar lijf was tot in elke vezel gespannen, klaar om te reageren op elke mogelijke beweging en elk geluid. Dat ze niets zag, wilde niet zeggen dat er ook niets was. Zo snel als ze kon, zigzagde ze in gebogen houding de weg terug die ze zojuist had afgelegd. Ze was te zeer in paniek om de sneeuw te checken op voetstappen. Nog steeds werd ze omringd door stilte en leek de kust veilig. In de verte doemde de achterkant van de Bed & Breakfast op. Ze liet haar gebogen houding varen en rende of haar leven ervan afhing om het gebouw heen naar de ingang. Ze duwde de klink naar beneden en wilde doorstuiven naar binnen. Ze knalde tegen de deur op die geen millimeter meegaf. Hysterisch bonkte ze op de voordeur van de Bed & Breakfast. 'Annelies! Annelies, doe open!' Het duurde tergend lang voordat ze het slot hoorde omdraaien en de deur opengíng.
'Jeetje, Sara, is er brand of zo?' Zonder antwoord te geven rende Sara naar binnen. 'Doe de deur dicht!' Toen Annelies niet meteen haar commando opvolgde, hielp ze haar een handje. Ze gooide haar volle gewicht tegen de deur en het ding sloot met een klap. Vliegensvlug draaide ze de sleutel om. 'Er is op me geschoten, Lies, er loopt echt een moordenaar rond in het bos! Die handschoen die staat niet op zichzelf. We moeten nu echt de politie bellen!' Annelies troonde haar zwijgend mee naar de keuken. Ymke was verdwenen. Annelies zou haar wel naar haar kamer hebben gebracht. Ze zette Sara op een stoel en schonk een glas water in. 'Opdrinken,' zei ze streng.
Sara maaide het glas van tafel. Water en scherven spatten in het rond. 'Hoor je wel wat ik zeg? Er is op me geschoten. Iemand probeerde me iets aan te doen.'
Annelies keek haar moederlijk aan. 'Lieve Sara, je trekt wederom voorbarige conclusies. Eerst is Wim je hoofdverdachte, nu loopt er weer een moordenaar rond in het bos. Er is een heel plausibele verklaring voor die schoten en geloof me, ze waren niet op jou gericht.'

‘Hoe kun je daar zo zeker van zijn?’

‘Vandaag zijn de jagers op pad in het bos. Had ik je dat niet verteld?’

‘De jagers? Nee, dat had je me niet verteld.’

‘Waarom liep je trouwens via het bos terug terwijl je de auto hier voor had staan?’

‘Omdat ik behoefte had aan wat frisse lucht.’

‘Er zullen wel wat verdwaalde hagelsporen jouw richting op gekomen zijn,’ concludeerde Annelies terwijl ze stoffer en blik pakte en de glasscherven opruimde. Met een hoop kabaal donderde ze de scherven in de prullenbak en veegde vervolgens het gemorste water op met een dweil. Daarna nam ze Sara’s gezicht in haar handen, keek haar diep in de ogen en zei: ‘Wie zou jou nou iets aan willen doen, Saartje?’

56

Met een flesje water en een grote handdoek liep ze gehuld in haar badjas richting het saunahokje dat vlak naast het chalet stond. Ze was weer wat van de schrik bekomen en wilde de laatste restjes spanning er in de sauna uitzweten. Hoewel de schoten in het bos verklaard konden worden door de aanwezigheid van jagers, bleef het toch apart dat de afwijkende schoten haar tot twee keer toe bijna geraakt hadden. Voor Annelies was de zaak afgedaan, maar bij haar was nog een onderbuikgevoel blijven hangen waar ze nog niet mee in het reine was. Hopelijk zou dat lukken in de sauna. Even totale ontspanning. Tegen de tijd dat ze was uitgedampt, zou René wel weer terug zijn van zijn excursie.

Ze verheugde zich al op zijn ongetwijfeld enthousiaste verhalen. Ze luisterde graag naar hem. Hij had een beeldende vertelstijl waarmee hij haar altijd wist te raken. Waarschijnlijk zou ze na zijn verslag nog meer balen dat ze niet was meegegaan. Achteraf gezien had ze dat toch liever gedaan. Ze had Annelies wel wat kunnen ondersteunen met schoonmaken, maar het goede gevoel dat ze daarvan dacht te krijgen had het niet opgeleverd. Het goede gesprek dat ze met Annelies hoopte te voeren, was ook een grote deceptie. Eigenlijk was deze hele vakantie tot nu toe een deceptie. Waarom kon ze niet als een kip zonder kop rondlopen zoals zoveel mensen deden? Waarom moest ze altijd het naadje van de kous weten? Er stroomde waarschijnlijk toch te veel journalistiek bloed door haar aderen, ondanks het feit dat ze bij een roddelblad in dienst was waar hoogstaande research niet de boventoon voerde.

Ze schudde haar schouders los en ging de sauna binnen. Ze sloot de deur en legde haar handdoek op de houten bank aan de wand. De

sauna rook heerlijk. Ze was dol op de houtgeur die van de wanden afkwam. Het was lang geleden dat ze in een traditionele Finse sauna met houtkachel had gezeten. Thuis in Nederland pakte ze eigenlijk altijd de infraroodvariant.
Haar opa en oma hadden vroeger een Finse sauna in de tuin staan waar ze als kind veelvuldig gebruik van had gemaakt als ze op bezoek was. Met weemoed dacht ze terug aan haar opa. Hoe lang was hij nu al dood? Toch zeker al zo'n twaalf jaar. In de laatste jaren van zijn leven had hij altijd een druppel aan zijn neus hangen die hij met een verfrommelde zakdoek wegveegde. Zo aandoenlijk vond ze dat. Het gaf hem iets kwetsbaars en maakte bij haar de behoefte los om extra lief voor hem te zijn. Ze wilde hem beschermen en bij de hand nemen, zoals hij bij haar had gedaan toen ze haar eerste stapjes zette. Een hartaanval maakte een abrupt einde aan zijn leven terwijl zij op zomerkamp was. Ze had geen afscheid kunnen nemen en dat knaagde nog steeds. Haar oma was twee jaar later gestorven. Op een ochtend werd ze gewoon niet meer wakker. Ze zou er heel wat voor overhebben om die oude besjes nog eens te zien.
Oma is doodgegaan van verdriet, zei haar moeder altijd. Als kind snapte ze niet hoe je dood kon gaan van verdriet. Was het een ziekte die je vanbinnen opvrat zoals kanker? Nu, al die jaren later begreep ze het beter. Ze had de uitwerking van intens verdriet op Annelies van dichtbij meegemaakt. Het had haar vriendin veranderd en al haar vrolijkheid vervangen door iets zwarts en donkers. De oude Annelies was bijna compleet weggevaagd. Dus ja, inmiddels was ze ervan overtuigd dat je inderdaad dood kon gaan van verdriet.
Met haar blik op de kachel gericht, dacht ze weer terug aan haar opa. Ademloos had ze naar hem geluisterd en gekeken toen hij haar leerde hoe je een saunakachel aanmaakte. Je begon met de saunastenen plaatsen. De grote onderop en de kleine boven. 'Goed opletten Sara dat de stenen schoon zijn en dat er geen stof op zit.' Daarna vulde opa de kachel tot twee derde met hout. 'Het hout nooit tot bovenaan opstapelen. Er moet genoeg loze ruimte zijn om het vuur goed te laten branden.' Voordat hij de kachel aanmaakte zorgde hij dat de as-

lade een stukje openstond. 'Dan komt er wat meer zuurstof bij het hout en dan brandt het beter.' Pas als het vuur goed brandde schoof hij de aslade dicht. Ze vond het een mooi moment als opa met een lucifer het kurkdroge hout in brand stak. De dansende vlammen die steeds groter werden. Ze kon er uren naar kijken. Toch was ze ook een beetje bang voor vuur. Als kind had ze op tv per ongeluk een stukje gezien van een reportage over het brandwondencentrum. De verwoestende invloed die vuur op huid had, maakte diepe indruk en de schokkende beelden stonden nog steeds helder op haar netvlies.
Water op de saunastenen gooien mocht ze nooit van opa. 'Veel te gevaarlijk, Sara. Het water kan spetteren omdat de stenen zo heet zijn en als je dat op je huid krijgt dan heb je heel veel pijn.' Ze moest ook altijd in de hoek van de sauna op veilige afstand gaan staan als opa met een grote berkenhouten opgietlepel water op de stenen gooide. Ze hoorde nog het sissende geluid als het water de stenen raakte en voelde nog de warme stoom waarmee de ruimte zich snel daarna vulde. Daarna kwam het branderige gevoel in haar longen als ze de hete stoom diep inademde.
Met opa's stem die haar zachtjes begeleidde in haar hoofd begon ze met het aanmaakritueel. Ze was het nog niet verleerd. De handelingen gingen weer als vanzelf. Het was net als fietsen, eenmaal geleerd was een diploma voor het leven. Toen de kachel goed brandde en de omgevingstemperatuur snel opliep, draaide ze de zandloper om voor de eerste sessie van een kwartier. Haar badjas hing ze snel aan een haakje buiten de sauna. Ze huiverde toen de koude vrieslucht haar huid raakte. Snel weer naar binnen en de deur dicht. Ze ging liggen op de houten bank en zorgde ervoor dat ze goed op de handdoek lag zodat er geen zweet zou achterblijven. Haar fles water stond voor het grijpen. Ze kreeg altijd ontzettende dorst in de sauna. Haar ogen vielen als vanzelf dicht en haar lichaam ontspande door de snel toenemende warmte. Dit was genieten!
Al snel parelde het zweet in dikke druppels op haar lichaam. Alsof elke porie maximaal openstond om het vocht door te laten. Bizar idee dat het buiten zo koud was terwijl zij hier lag te stomen van de

hitte. Slechts een houten wand als scheidslijn tussen twee compleet verschillende werelden. Haar bekken leunde stevig op de harde, houten bank. Ze besloot te gaan zitten. Ze kwam rustig overeind, maar werd toch licht in haar hoofd. Het was niet de eerste keer dat ze een bloeddrukdaling kreeg in een sauna. Ze wachtte tot de wereld stopte met draaien en stond toen op om wat water op de stenen te gooien. Er waren zeven minuten verstreken, gaf de zandloper aan. De hitte nam nog verder toe en de duizeling begon weer. Ze had behoefte aan frisse lucht, maar de hete stoom voorzag daar niet in.
Ze bukte om haar waterfles te pakken. Bij het omhoogkomen ging ze bijna onderuit. Haar hart ging als een razende tekeer en stuurde haar systeem in de war. Het snelle gebonk in haar oren maakte haar onrustig. Ze wankelde, ze moest echt frisse lucht hebben. Ze strompelde naar de deur en wilde hem openduwen om een teug buitenlucht te nemen. Twaalf minuten waren verstreken. De deur ging niet open. Ze voelde weerstand, alsof hij klemde. Nogmaals duwde ze ertegenaan, harder deze keer. De deur bleef hermetisch gesloten. Ze raakte in paniek. Benauwd, ze had het benauwd. Alsof haar strot werd dichtgeknepen. Ze moest naar buiten, weg uit deze gevangenis van hitte. En ze was misselijk, ontzettend misselijk. Haar hart leek uit haar borstkas te springen.
Ze riep om hulp en bonkte met twee vuisten op de deur, ook al wist ze dat niemand haar hoorde op deze verlaten plek. Haar stem was niet krachtig genoeg om tot de Bed & Breakfast te reiken. Hoe kon het nou dat die deur niet openging? Toen ze de sauna inging was er niets aan de hand en toen ze een minuut of twaalf geleden haar badjas buiten had gehangen ook niet.
Zwarte vlekken dansten voor haar ogen. Ze deed haar uiterste best om niet onderuit te gaan.
'Help!' schreeuwde ze met schrille stem. 'Laat me eruit!' Ze klauwde met haar handen aan de deur. Haar nagels schraapten over het hout. Een paar bogen zich pijnlijk om en scheurden. Haar benen voelden aan als pap en lieten haar in de steek. Ze zakte erdoorheen en greep in het luchtledige naar steun die er niet was. Ze viel tegen de deur

aan, haar hoofd bonkte pijnlijk tegen het hout. Haar oor lag tegen de deur. Een geluid drong tot haar door. Ze probeerde het te plaatsen, maar haar reactie- en denkvermogen functioneerden nog maar op halve kracht. Weer dat geluid, vlakbij. Snelle voetstappen in de krakende sneeuw. Ze luisterde ingespannen.
Ja, ze wist het zeker, er was daarbuiten iemand. Iemand die haar kon redden. De angst om te stikken was groter dan de angst voor de onbekende die rond de sauna doolde. 'Help!' schreeuwde ze weer. Haar stem klonk zwak, niet meer dan een rauw gefluister. Uit alle macht bonkte ze weer op de deur. De voetstappen kwamen haar richting op, leken te stoppen vlak voor de deur. 'Wie is daar? Haal me hieruit!' De voetstappen stierven weg, net zo snel als ze gekomen waren. Ze was weer alleen. De zwarte vlekken voor haar ogen werden groter en een allesomvattende duisternis slokte haar op.

57

René stapte fluitend uit de auto. Het was een geweldige dag geweest. Wat een sensatie om met een jeep over ijs te rijden! Het was zo jammer dat hij deze ervaring niet met Sara kon delen. Hij ging het huis binnen en slaakte een oerwoudkreet om zijn thuiskomst aan te kondigen. Geen reactie. Hij liep naar de woonkamer. Misschien had Sara haar iPod aanstaan en hoorde ze hem niet. Nergens waren lichten aan, het huis was in duisternis gehuld. Hij fronste zijn wenkbrauwen. Met twee treden tegelijk nam hij de trap naar boven en checkte elke kamer. Ook daar geen spoor van Sara. Misschien was ze buiten om een frisse neus te halen. Hij liep naar buiten en brulde haar naam. Ook daarop kwam geen reactie. Zijn bezorgdheid nam toe. Waar was ze? Toch niet in haar eentje in het bos? Hij draaide een rondje om zijn as, aarzelend of hij het bos in moest lopen.

Uit zijn ooghoek zag hij een houten hutje. Er kwam stoom uit een afvoerpijp. De buitensauna! Had Sara vanochtend niet iets gemompeld over de sauna? Hij rende ernaartoe, rukte de deur open en kreeg de schrik van zijn leven. Hij struikelde bijna over Sara's lichaam dat in de deuropening lag. Een moorddadige hitte sloeg hem in het gezicht. Sara lag in een onnatuurlijke houding op haar buik.

'Mijn god, Sara!' Hij knielde bij haar neer, draaide haar op haar rug en controleerde haar pols en ademhaling. Gelukkig, ze leefde nog. 'Sara!' Hij gaf zachte tikjes op haar wang. Bang om haar pijn te doen. Ze reageerde niet. Hij sloeg wat harder. 'Sara, kun je me horen?' Hij kneep hard in de spier in haar nek. Hij had ooit ergens gelezen dat de pijnprikkel die dat gaf, bewusteloze mensen weer tot bewustzijn bracht. Sara kreunde en haar oogleden bewogen lichtjes.

'Sara, wat is er gebeurd?' Haar ogen sperden zich in één keer wagen-

wijd open. Ze hoestte en haalde paniekerig adem. 'Rustig maar, ik ben bij je.' Hij nam haar in zijn armen in de hoop dat ze kalmeerde. Ze trok een pijnlijk gezicht en greep naar haar hoofd. Toen ze haar hand weer weghaalde zat er bloed aan.
'Je bloedt, laat eens kijken!' Voorzichtig draaide hij haar hoofd. Er zat een behoorlijke hoofdwond en haar haar was kleverig. Voor zover hij kon zien kwam er geen vers bloed meer uit en was de wond oppervlakkig.
'Water,' fluisterde ze. Op de saunavloer lag een omgevallen fles. Hij legde Sara voorzichtig neer en pakte hem. Hielp haar weer overeind en zette de fles aan haar mond. Ze greep hem met beide handen vast en dronk gulzig van het water dat wel warm moest zijn.
'Rustig, zorg dat je je niet verslikt want dan zijn we nog verder van huis.' Met tegenzin pauzeerde ze even voordat ze de fles weer aan haar lippen zette. Deze keer dronk ze hem tot de laatste druppel leeg, buiten adem van haar gulzigheid.
De blik in haar ogen werd helderder.
'Iemand heeft me hier opgesloten, René. Het is een wonder dat ik dit nog na kan vertellen.'
'Iemand heeft je opgesloten?'
Ze knikte bevestigend en had daar meteen spijt van. Haar hoofd voelde aan alsof er met een moker op geslagen was en bij elke beweging ging er een ferme pijnsteek doorheen. 'Ik lag lekker in de sauna, maar toen ik overeind kwam werd ik heel duizelig. Het trok vrij snel weg, dus ik gooide wat water op de stenen om nog wat stoom te creëren. Toen ik bukte om mijn fles water te pakken en weer overeind kwam, ging ik weer bijna tegen de vlakte. Te lage bloeddruk vermoed ik. Ik had frisse lucht nodig en wilde de deur van de sauna even een stukje openzetten om wat af te koelen. Maar de deur ging niet open! Wat ik ook probeerde. Ik kon niet meer goed ademen van de paniek en de duizelingen werden steeds erger. Ik viel met mijn kop tegen de deur en toen hoorde ik het. Voetstappen. Er liep iemand bij de sauna. Ik riep om hulp en de voetstappen kwamen dichterbij, stopten voor de deur en verdwenen weer. Daar-

na weet ik niks meer. Ik ben waarschijnlijk flauwgevallen.'
'Er was niks aan de hand met de deur toen ik hem net opende,' reageerde René verbaasd, 'en ik heb ook geen voetstappen in de sneeuw gezien.'
'Die deur zat echt dicht, René, er was geen beweging in te krijgen. Je moet me geloven. Ik lig hier toch niet voor mijn lol op apegapen!'
'Rustig liefje, natuurlijk geloof ik je,' probeerde hij haar te sussen.
'Heeft het het afgelopen uur gesneeuwd?' vroeg ze.
'Ja.'
'Dan zijn die voetstappen ondergesneeuwd!' Sara klonk opgelucht dat ze een plausibele verklaring had gevonden voor het ontbreken van sporen.
René knikte aarzelend. 'Zou kunnen...'
'En er is nog meer gebeurd vandaag.' In sneltreinvaart deed ze het schietincident, de gebroken steigerplank en de kortsluiting met de straalkachel uit de doeken. René hoorde alles zwijgend aan met een frons op zijn gezicht. Het was duidelijk dat hij niet goed wist wat hij er allemaal van moest denken.
Sara begon te klappertanden. Ze was nog steeds naakt. René pakte vlug de badjas en hielp haar er bezorgd in. 'Kom, ik breng je naar het chalet en steek de haard voor je aan.' Voorzichtig hielp hij haar overeind. Ze leunde zwaar op hem tijdens het lopen. Haar hoofd bonkte bij elke stap en ze was nog steeds draaierig. Ze hijgde van de inspanning en haar maag tolde net zo hard als haar hoofd. Ze hoopte niet dat ze een hersenschudding had opgelopen. 'Ik wil naar huis, René. Ik ben het hier zat.'
'Dat snap ik, Saartje,' stemde hij in. 'Laten we er nog een nachtje over slapen en als je er morgen nog zo over denkt, dan regel ik een vlucht.'
'*Love you*,' mompelde ze en ging vlak voor het chalet over haar nek.
'Déjà vu,' reageerde René droog, refererend aan hun allereerste ontmoeting in de kroeg. Ondanks de misselijkheid glimlachte ze.
'Dat waren nog eens tijden,' bracht ze moeizaam uit.
'Dat is ook een manier om ernaar te kijken.'
René trok een quasizuur gezicht en voorkwam nog net dat ze zijn

schoenen volspuugde toen een nieuwe misselijkheidsgolf zich aandiende. 'Déjà vu in het kwadraat.' Hij hield haar haren in haar nek om ze schoon te houden.

58

Sara lag languit op de bank terwijl René de open haard aanmaakte. Samen hadden ze een warme douche genomen en langzaam begon ze zich weer een beetje mens te voelen. Liefdevol had hij het bloed uit haar haren gewassen en de wond uitgespoeld. Het was inderdaad een oppervlakkige hoofdwond. Met pleisters uit het EHBO-pakket dat Sara in haar koffer had, plakte hij het zo goed en zo kwaad als het ging af om de wond te beschermen tegen vuiligheid en te voorkomen dat hij steeds weer openging. Charmant was anders, maar vooruit.
Haar hoofdpijn begon eindelijk wat af te zakken en de misselijkheid was ze kwijt. Haar maag voelde nog wel wat strak aan van de rondedansjes die hij had gemaakt. Aan eten moest ze nog even niet denken. Aan drinken wel. Ze bleef maar dorst houden. Ze had in korte tijd al een liter water achterovergeslagen en nog plakte haar tong tegen haar gehemelte. Ze leek onverzadigbaar.
Wat was ze blij dat René weer in haar buurt was. Ze had zich onveilig gevoeld. Er gebeurden vandaag iets te veel 'ongelukjes'. Ze moest er niet aan denken wat er was gebeurd als René een paar uur later thuis was gekomen. De hitte waar ze in eerste instantie door bevangen was, zou zijn omgeslagen in kou als de kachel zijn laatste hout had opgebrand. Ze zou onderkoeld zijn geraakt en...
'Wat kijk je ernstig, schat.' René streelde zachtjes over haar wang. Ze legde haar hand op de zijne.
'Ik ben zo blij met je,' fluisterde ze met tranen in haar ogen. 'Dankjewel dat je me hebt gered.'
'Ik schrok me kapot toen ik je daar zo bewegingsloos zag liggen. Gelukkig lijkt het allemaal mee te vallen. Hoe is het met de hoofdpijn?'

'Wel wat beter. Die paracetamol heeft goed geholpen.'
'Misselijkheid?'
'Helemaal over. Ik denk niet dat ik een hersenschudding heb.' Ineens keek René zorgelijk. Hij snufte wat. 'Ruik jij ook een brandlucht?'
'Ja, nu je het zegt.'
René draaide zich om en keek naar de open haard. 'Shit, daar gaat iets helemaal niet goed!' Hij sprong van de bank en snelde ernaartoe. Sara kwam steunend overeind om te zien wat er aan de hand was. Rookwolken die steeds dikker werden, drongen de woonkamer binnen. Het sloeg op haar longen en een enorme hoestprikkel overviel haar. René probeerde uit alle macht de open haard uit te krijgen, maar slaagde daar niet in.
'Brandblusser. In de gang.' Sara deed een poging om zich tussen het hoesten door verstaanbaar te maken. Haar ogen traanden van de rookontwikkeling die haar de adem benam. Zo snel als ze kon strompelde ze naar de hal en trok de deur naast de meterkast open. Tussen alle poetsspullen had ze daar vanochtend ook een brandblusser zien staan. Ze griste hem uit de kast en bracht hem naar René. Hij ontgrendelde het ding en ging het vuur in de haard te lijf.
De vlammen bleven maar uitslaan en door de rookontwikkeling konden ze geen hand meer voor ogen zien.
'We moeten naar buiten, René.' Sara trok uit alle macht aan zijn schouder.
'Je hebt gelijk. Kom.'
Hij greep haar hand, maar vertrok niet voor hij op goed geluk de brandblusser leegspoot in de haard. Op de tast vonden ze de deur die de hal van de woonkamer scheidde. Ze volgden met hun hand de wand tot aan de voordeur. Ademhalen werd steeds moeilijker. Beelden van haar benauwde momenten in de sauna flitsten door Sara's hoofd. Het maakte haar paniek alleen maar groter. Niet alleen de haard, maar ook haar keel stond in brand. René trok de deur open en duwde Sara als eerste naar buiten. Struikelend tuimelde ze over de drempel.
Dankbaar verwelkomde ze de frisse buitenlucht en zoog hem diep

haar longen in. Ze was nog niet bekomen van het sauna-incident of het volgende diende zich alweer aan. De kou op haar toch al geïrriteerde longen veroorzaakte een nieuwe hoestprikkel. Ook René was inmiddels buiten en inhaleerde als een junk de frisse lucht. Ook hij kuchte en pufte en zijn ogen waren rood. Hij wreef erin. Langzaam kwamen ze allebei weer op adem.

'Hoe kan dat nou weer? We hebben die haard al een paar keer probleemloos gebruikt.'

René haalde zijn schouders op. 'Ik begrijp het ook niet. Je zou bijna denken dat de schoorsteen verstopt zit, maar dan hadden we dat al eerder moeten merken.'

'Het spookt hier, René. Dit is al het zoveelste akkefietje vandaag. Ik voel me hier niet meer veilig.'

René draaide zich om naar het huis. De rookwolken die door de openstaande deur naar buiten kwamen, werden niet erger en er waren geen vlammen zichtbaar.

'Ik denk dat ik de haard toch heb uitgekregen met die laatste bluspoging, maar als je het niet erg vindt, voel ik me niet geroepen om het te checken.'

'Al zou je willen, je mág van mij niet eens naar binnen. Kom, we moeten Wim en Annelies op de hoogte stellen.' René knikte instemmend.

'Heb jij toevallig de autosleutel in je broekzak?' vroeg ze hoopvol aan René. Een wandeling naar de Bed & Breakfast was het laatste waar ze nu behoefte aan had. Haar kop deed pijn, haar lijf voelde beurs en stijf. Ze wilde in bed liggen, slapen. Maar ze besefte dat ze daarvoor ook naar de Bed & Breakfast zou moeten, aangezien het chalet niet meer begaanbaar was tot de rook was opgetrokken en de brandlucht zo goed als verdwenen was. Ze glimlachte opgelucht toen René met een triomfantelijk gezicht de autosleutel uit zijn broekzak opdiepte met de woorden: 'Toch nog een klein beetje mazzel vandaag.' Hij opende de deur aan de passagierskant voor haar en met een diepe zucht liet ze zich op de stoel zakken. Ze deed de kachel op vol vermogen aan. Het was koud zo zonder jas.

59

'De schoorsteen verstopt? Dat kan niet. Ik heb het ding pas nog laten vegen.' Zowel verbazing als verontwaardiging klonk door in Wims stem. 'Ik heb mijn zaakjes prima voor elkaar,' voegde hij er nog aan toe.
'Op je huwelijk na,' pareerde Annelies.
Wim schonk haar een vernietigende blik en richtte zich weer tot René en Sara.
'Als ik het goed begrijp, staat de hele dag al in het teken van rare ongelukjes. Zou het huldufólk er iets mee te maken hebben?' Peinzend streek hij over zijn kin.
'Misschien heb je wel gelijk, Wim. Misschien staat het chalet wel in een woongebied van het huldufólk en zijn ze er niet van gediend dat Sara en René er ook vertoeven,' beaamde Annelies. 'Het is eigenlijk de eerste keer dat het chalet dag en nacht gebruikt wordt. Het huldufólk heeft het misschien een paar dagen aangekeken, maar wil nu hun leefgebied weer terug en probeert dat op een "subtiele" manier duidelijk te maken.'
Sara begreep er helemaal niets meer van. Toen ze vanmiddag een toespeling had gemaakt op het huldufólk verklaarde Annelies haar nog voor gek en nu vond ze het ineens niet onwaarschijnlijk dat het mythische volk achter de ongelukken zat? Sara had haar twijfels, en ook René keek alsof hij het in Keulen hoorde donderen. 'Zeg mensen, jullie menen dit toch niet echt hè? Er is vast een logische verklaring voor alle gebeurtenissen te vinden zonder dat we die hocus pocus erbij hoeven te halen. Als de rook is opgetrokken dan ga ik dat chalet weer in en dan zal ik die schoorsteen eens checken. Er moet iets mis zijn met de afvoer, dat kan niet anders.'
Sara zag inmiddels weer scheel van de hoofdpijn en liet zich op een stoel zakken.

'Gaat het, lieverd?' vroeg René bezorgd. Ze knikte moeizaam en zonder overtuiging. René dacht er duidelijk het zijne van. 'Wim, zullen wij een kijkje gaan nemen bij het chalet om de schade op te nemen?'
'Dat lijkt me een goed plan.'
'Zorg jij voor Sara terwijl ik er niet ben?' René keek Annelies doordringend aan.
'Ik zorg dat ze niks tekort komt,' reageerde ze zoetjes.
'O ja, kunnen we hier vannacht op de bank crashen? Slapen in die rooklucht is niet te doen. Morgen proberen we een vlucht naar Nederland te regelen. Sara en ik hebben besloten om kerst thuis te gaan vieren.'
René keek haar aan en ze knikte instemmend. Liever een zeurende schoonmoeder dan dit gedoe in the middle of nowhere. In plaats van een teleurgestelde verscheen er een opgeluchte blik in de ogen van Annelies. Als Sara al iets van schuldgevoel had gehad over hun voornemen voortijdig te vertrekken, dan was ze dat nu in elk geval kwijt. René gaf haar een voorzichtige kus op haar achterhoofd en vertrok met Wim naar het chalet. Sara en Annelies bleven samen zwijgend achter in de keuken. Het duurde een paar minuten voordat Annelies de stilte verbrak.
'Het spijt me, Sara.'
De ogen van haar vriendin leken vochtig.
'Wat spijt je, precies?'
'Dat dit weerzien voor ons beiden niet is geworden wat we ervan verwachtten. We zijn te ver uit elkaar gegroeid. Het ligt denk ik meer aan mij dan aan jou. Er is te veel gebeurd en dat heeft me veranderd.'
'Ik mis de oude Annelies,' reageerde Sara zachtjes.
'Geloof me, ik mis de oude Annelies minstens zo erg en misschien nog wel erger dan jij.'
De ogen van Annelies kregen weer die lege blik, alsof ze zich compleet terugtrok in haar eigen wereldje. Ze staarde in het niets terwijl ze met lusteloze stem het woord weer nam. 'Als ik mijn leven kon overdoen, dan zou ik het heel anders aanpakken. Andere keuzes maken. Me niet meer laten leiden door het lot, maar door mijn verstand.'

'Dat zou je nooit kunnen, Annelies. Jij bent geen rationeel type, je hebt te veel gevoel in je donder. Ergens diep in jou verscholen zit nog steeds die dromerige, gepassioneerde vrouw met wie ik altijd zoveel lol heb gehad totdat een kinderwens je leven ging beheersen.'
Annelies verstrakte onmiddellijk en Sara had meteen spijt dat ze dit heikele onderwerp aanroerde.
'Je snapt niet hoe het is, je snapt er helemaal niets van. Het enige wat ik ooit gewild heb, was moeder worden. Een miniversie van mezelf op de wereld zetten. Als klein meisje droomde ik daar al van en deed ik of mijn poppen mijn kindjes waren. Van mij, Sara, helemaal van mij. Wist ik veel dat het lot mij niet goed genoeg zou bevinden. Bij die mogelijkheid heb ik nooit stilgestaan.'
'Je zou een heel goede moeder zijn geweest, Annelies, dat weet ik zeker.' Sara hoopte dat haar oprechte woorden wat troost boden. 'Soms lopen dingen in het leven nou eenmaal niet zoals je denkt of hoopt. Waarom dat zo is weet ik ook niet, maar dát het zo is weet ik wel.'
'Wil jij moeder worden?' Annelies keek haar met samengeknepen ogen aan.
'René heeft al een paar keer aangegeven dat hij droomt van een gezin. Ik ben er nog niet uit of ik dat wil, maar áls ik kinderen zou willen, dan is het met René. Hij is de man met wie ik oud wil worden.'
'Jullie hebben elkaar echt gevonden, hè?'
Sara knikte. 'Puur toeval, of misschien wel het lot waar jij zo heilig in gelooft.'
'Ik ben blij voor je, dat het lot jou wel gunstig gezind is. Ergens snap ik het ook wel dat ik geen kinderen mag krijgen.'
Sara fronste haar wenkbrauwen. 'Hoezo?'
'Het is beter voor de wereld als mijn DNA niet verder wordt verspreid.'
'Waar slaat dat nou weer op?'
'Ik ben erachter gekomen dat ik een minder goed mens ben dan ik altijd heb gedacht.'
'Jij bent een goed mens, Annelies, je bent alleen wat verbitterd en getekend door alles wat je hebt meegemaakt.'

'Was het maar zo simpel.' Ze draaide zich om en liep naar het aanrecht. 'Ik ga thee zetten, wil jij ook?'
Het leek erop dat het gesprek weer ten einde was.
'Kom nog even zitten, Lies, we zijn nog niet uitgepraat.'
'O ja, dat zijn we wel.'
Van de kleine opening die Annelies Sara had gegund was op slag niets meer over. Ze was deze keer niet van plan dat over haar kant te laten gaan.
'Heb je Wim al gesproken over Björk?'
Annelies liet de ouderwetse fluitketel die ze net met water vulde prompt uit haar handen vallen. Het ding kletterde met een hoop kabaal in de spoelbak. Sara greep kreunend naar haar pijnlijke hoofd. Annelies draaide zich trillend om. Ze keek Sara dreigend aan en haar stem klonk ijzig.
'Niet doen, Sara. Niet weer daarover beginnen. Als ik meer weet, hoor je het vanzelf en tot die tijd wil ik het er niet meer over hebben.'
Er was iets veranderd in de houding van Annelies wat haar de stuipen op het lijf jaagde. Zo had ze haar vriendin nog nooit gezien.
'Maar...'
'Hou je mond, Sara. Laatste waarschuwing.'
'Waarschuwing voor wat?' vroeg ze, uitdagend nu.
Het gezicht van Annelies werd steeds roder. Toen begon ze ongecontroleerd te schreeuwen. 'Waarom blijf je toch altijd maar doordrammen? Waarom wil je altijd het naadje van de kous weten over dingen die je geen flikker aangaan?'
Sara schrok zich kapot. Annelies ging ineens helemaal uit haar plaat. Het leek alsof er iets in haar geknapt was. Alsof Sara's woorden een kettingreactie in gang hadden gezet die niet meer was te stoppen. Van enige zelfbeheersing was geen sprake meer. Ze smeet een bord richting Sara, die nog net op tijd bukte om het te ontwijken. Meteen vloog er een tweede bord achteraan.
'Lies, doe even normaal! Wat bezielt je?'
Annelies stond inmiddels met haar handen voor haar oren als een idioot te krijsen. Sara liep naar haar toe en trok een hand weg van

haar oor. 'Denk aan je gasten! Je wilt toch niet dat ze je horen?'
Met een grote brul stortte Annelies zich op Sara. Ze vielen op de grond. Sara's hoofd klapte tegen de vloertegels. Sterretjes dansten voor haar ogen. Versuft bleef ze liggen, nauwelijks in staat om zich te verdedigen. Annelies kroop boven op haar en ze voelde twee handen die haar keel omsloten. De druk op haar strottenhoofd nam toe. Ze probeerde zich uit alle macht los te wurmen, maar Annelies was te sterk. Steeds verder werd haar keel dichtgeknepen. Ademhalen was nauwelijks meer mogelijk. Ze spande al haar spieren in haar nek en borstkas aan in de hoop dat ze nog een beetje zuurstof naar binnen kreeg. De druk in haar longen en hoofd nam toe. Ze spartelde met haar benen en probeerde Annelies een oplawaai te verkopen. Meer dan een krachteloos getrappel was het niet.
'Ik krijg geen lucht,' kraste ze, maar Annelies leek haar niet te horen. Het leek alsof de duivel in haar was gevaren.
'Je moet weg, Sara, je moet weg,' bleef ze maar herhalen. Het kostte Sara steeds meer moeite om bij kennis te blijven.
'Oké, einde catfight.'
De lijzige stem van Ymke klonk door de keuken, gevolgd door een klikgeluid dat verdacht veel leek op het spannen van de haan van een pistool. Wat deed Ymke hier? Annelies keek verstoord op en haar greep op Sara's keel verslapte een moment. Het gaf Sara de gelegenheid een paar flinke ademteugen te nemen. De zwarte vlekken voor haar ogen werden kleiner. Ymke kwam op hen af hinken. Ze liep ineens een stuk beter dan ze vanmiddag had doen voorkomen. In haar handen had ze een klein zwart pistool. Handtasmodelletje, ging het door Sara heen. Hoe was ze in godsnaam met dat ding door de beveiliging van de luchthavens gekomen?
'Wat doe jij hier en waarom richt je een pistool op me? Ben je helemaal belazerd? Waar bemoei jij je mee?' In plaats van bang, reageerde Annelies verontwaardigd.
Ymke begon te spreken, maar negeerde de vragen.
'Jouw vragenuurtje komt straks, maar eerst ga je zelf wat antwoorden geven. Het uur van de waarheid is aangebroken, vette zeug.

Kom van haar af en ga daar in de hoek staan.' Ymke zwaaide met het pistool in de richting waar ze Annelies wilde hebben.
'Denk je dat ik onder de indruk ben van dat klappertjespistool?' schamperde Annelies.
'Wil je de gok wagen? Ik wil de trekker best even overhalen hoor, om te bewijzen dat dit geen speelgoedwapen is. Het is klein, maar schiet o zo fijn. Dat zou jij moeten weten, want het komt uit jouw ondergoedla, waar ik overigens naast dit leuke dingetje nog meer speeltjes vond.'
'Wát! Heb je in mijn slaapkamer lopen rondsnuffelen? Hoe haal je het in je hoofd! Wat denk jij wel niet?'
Annelies maakte aanstalten om een paar woedende stappen in Ymkes richting te zetten, maar de vrouw was haar voor en zette vol zelfvertrouwen de loop tegen haar hoofd.
'Bek houden, bitch.'
Een druppel zweet liep over de slaap van Annelies en ineens leek ze minder praatjes te hebben door de confrontatie met het koude staal.
'Doe wat ze zegt,' siste Sara.
Annelies stond op en ging in de hoek staan waar Ymke haar wilde hebben. Sara probeerde overeind te komen, maar staakte haar poging toen Ymke het pistool kortstondig op haar richtte.
'Ach, ik ben in een milde bui. Kom ook maar van die koude vloer af en ga aan de keukentafel zitten.'
Sara hees zichzelf overeind en wreef over haar pijnlijke hals. Ze treuzelde zo veel mogelijk in de hoop wat tijd te winnen. Wim en René zouden geen uren wegblijven. Koortsachtig dacht ze na hoe ze zichzelf en Annelies uit deze benarde positie kon redden. Hoewel Annelies haar net had proberen te wurgen, waren ze bondgenoten in deze situatie.
'Schiet eens op, want we hebben nog een hoop te bespreken,' spoorde Ymke haar aan. Sara gehoorzaamde. Een hoop te bespreken hadden ze zeker, want Sara snapte er helemaal niets meer van. Ymke focuste zich weer op Annelies. 'Zo *killer queen*, hoe voelt dat nou om zelf in een levensbedreigende situatie te verkeren?'

Annelies reageerde niet, maar haar gezicht stond bezorgd.
'Ga je het zelf aan Sara vertellen of moet ik je een handje helpen?'
'Wat moet ik zelf aan Sara vertellen? Ik weet niet waar je het over hebt.'
'Doe maar niet zo onnozel. Maar goed, ik zal je een hint geven. Jij gaat vertellen wat je met dat arme meisje hebt gedaan.'
Annelies werd bleek.
'Ik heb alles gezien die middag in dat bos.'
'Waar heeft ze het over, Lies?'
'Ja, Lies, waar heb ik het over?' De smalende stem van Ymke leek de laatste druppel te zijn.
Annelies begon hysterisch te huilen, sloeg dubbel en herhaalde steeds de woorden: 'O, mijn god.'
'God kan je niet meer helpen, trut, ik denk niet dat je nog welkom bent in zijn paradijs.'
Sara begon te vermoeden waar Ymke op doelde, maar ze wilde er niet aan. Annelies was niet in staat om mensen serieus pijn te doen of erger. *Ze heeft net geprobeerd je te wurgen.* Ze was heus wel op tijd gestopt, ook als dat manke kreng niet had ingegrepen. *Denk je dat echt?* Ja, dat denk ik echt.
'Stop met grienen en vertel!' Ymke leek haar geduld te verliezen. Annelies keek haar aan terwijl de tranen over haar wangen bleven stromen. Voor hen stond een gebroken vrouw.
'Ik kan het niet meer, ik kan het niet meer,' jammerde ze terwijl ze haar armen gekruist voor haar buik hield en ongecontroleerd van voor naar achter bewoog. 'Ik hou dit niet meer vol.'
'Wat hou je niet meer vol?' vroeg Sara.
'De klucht die mijn leven is geworden en het geheim dat ik met me meedraag.'
'Welk geheim?'
'Ik kan het net zo goed vertellen, wat heb ik nog te verliezen? Mijn leven is niets meer waard, mijn huwelijk is naar de filistijnen...' Annelies richtte haar blik ineens op Sara. Ze leek de aanwezigheid van Ymke compleet vergeten te zijn. 'Je wilde toch weten wat er met

Björk gebeurd is? Nou, dat zal ik je vertellen, ik heb haar vermoord.'
Sara's mond viel open van verbazing. 'Niet waar. Je lult uit je nek.'
'Het was niet mijn bedoeling om haar te doden, het was een ongeluk,' ging Annelies onverstoorbaar verder. 'Toen ze die middag het chalet voor jullie schoon had gemaakt, heb ik haar opgewacht in het bos en haar meegenomen naar een afgelegen plek. Het kind was zo gedienstig dat ze nog meeging ook. Ik wilde haar confronteren met haar zwangerschap en mijn vermoeden dat Wim de vader was. We kregen ruzie. Ze bleef maar beweren dat Wim haar nog nooit met een vinger had aangeraakt. Ik geloofde haar niet. Dat zei ze om hem te beschermen. Ik zag toch hoe die twee naar elkaar keken? Toen ik haar opbollende buik zag, knapte er iets in me. Waarom kreeg zij wel wat ik zo graag wilde? Een kindje van Wim. Ze bleef maar tegen me liegen en ik wilde de waarheid uit haar slaan. Er lag een dikke, afgebroken tak en daarmee heb ik op haar ingeramd. Ik kan het me niet eens meer precies herinneren, maar toen ik was uitgeraasd lag Björk op de grond en bewoog ze niet meer. Er liep bloed uit haar hoofd. Ik heb haar pols gevoeld, de slagaders in haar nek, op haar wangen geslagen, maar het was te laat. Er was geen hartslag meer. Ik raakte in paniek, wist niet wat ik moest doen. Ik wilde haar pijn doen, dat zeker, maar het was niet mijn bedoeling om haar te doden. Het gebeurde in een opwelling van blinde woede en haat waarin ik mezelf even niet meer in de hand had. Die paar minuten werden Björk fataal.
Ik ben weggerend en heb haar daar laten liggen. Ik was in paniek. Ik wist dat haar vader een paar dagen uit jagen was, dus de kans dat ze snel gevonden werd, was klein. Het lijk moest ik wegwerken voor hij terugkwam, maar ik wist op dat moment niet hoe. Ik heb geen ervaring met dit soort dingen.'
Het was duidelijk te horen dat Annelies een droge mond kreeg van het praten.
'Mag ik haar een glaasje water brengen?' vroeg Sara aan Ymke. Die knikte. Wankelend liep Sara naar het aanrecht. Die val op de keukenvloer had haar toch al gekwetste hoofd geen goed gedaan. Zwij-

gend vulde ze een glas met water en bracht het naar Annelies.
'Dit verzin je toch allemaal, Lies? Zeg me dat het niet waar is. Je hebt Björk nog aan de lijn gehad toen ze zich ziek meldde. Dat was de dag nadat ze het chalet had schoongemaakt!' Smekend keek Sara de vrouw aan die ze al bijna haar hele leven kende. Tot haar schrik moest ze concluderen dat er een complete vreemde voor haar stond. Waar was de oude Annelies gebleven?
Annelies nam een paar slokken water en meed Sara's blik. 'Nep, dat telefoongesprek met Björk was nep.' Verslagen liep Sara weer terug naar haar stoel. 'Als die stomme vos niet aan de sleep was gegaan met die handschoen van Björk dan was het lang genoeg onopgemerkt gebleven dat ze een "ongelukje" had gehad. Maar jij moest zo nodig die handschoen weer vinden én je ving dat gesprek op tussen Björk en Wim. Je bleef er maar over doorzeuren. Achter mijn rug om belde je de politie en toen kwam ook die vader van Björk nog aan de deur terwijl jij erbij was.' Met een blik vol haat keek ze Sara aan. 'Door jou dreigde ik alles kwijt te raken.'
'Hoe vaak moet ik nog zeggen dat ik de politie niet gebeld heb?'
'Lieg niet tegen me!'
'Ze spreekt de waarheid, ik heb de politie gebeld en niet zij,' onderbrak Ymke hen.
Annelies keek verward haar kant op en leek zich toen pas weer te realiseren dat er nog een derde persoon aanwezig was in de keuken. 'Jij hebt de politie gebeld? Waarom?' Annelies deed dreigend een stap naar voren. Het leek haar niet te deren dat ze onder schot werd gehouden. Uit alles bleek dat ze inderdaad vond dat ze niets meer te verliezen had en dat haar leven over was.
'Op het waarom komen we zo terug. Ik heb er in elk geval mee gewacht tot ik wist dat je alleen thuis zou zijn. Leek me wel leuk als je wat gezelschap zou krijgen tijdens die eenzame dagen waarin ik het gezellig had met Wim... Helaas is het politiebezoekje niet uitgepakt zoals ik hoopte, omdat je je net had ontdaan van het bewijsmateriaal.' Annelies zette weer een paar stappen naar voren en zag eruit of ze Ymke elk moment kon aanvallen.

'Staan blijven, Annelies, straks schiet ze je neer!'
Sara's stem trilde van angst. Annelies wendde zich weer tot Sara. 'Ik wilde dat je het liet rusten, maar dat deed je niet. Ik moest je een stap voor blijven voordat de waarheid me inhaalde. Je moest weg, terug naar Nederland en zo snel mogelijk. Als jij maar weg was dan zou alles goed komen. Bijna had ik het voor elkaar. Mijn acties om je de stuipen op het lijf te jagen, leken te werken. Jij en René zouden morgen vertrekken, je zou Wim op afstand blijven verdenken en mijn geheim zou veilig zijn.'
'Welke acties om me de stuipen op het lijf te jagen?'
'Een klemmend saunadeurtje, wat verdwaalde kogels, een verstopte schoorsteen...'
Sara keek haar vol ongeloof aan.
'Heb je soms ook iets te maken met dit "ongelukje"?' Ymke wees op haar gekwetste enkel.
'Ik zou willen dat ik daar iets mee te maken had, maar helaas. Het is overigens je verdiende loon nadat je me voor schut zette bij de barbecue, en dat geflirt met mijn man ben ik trouwens ook kotsbeu.'
Sara kwam tussenbeide. 'Wat? Heb jij me opgesloten in die sauna, op me geschoten en de aanzet gegeven tot die brand in de haard?'
'Ja, dat was ik.'
'Annelies! Ben je helemaal gek geworden? Besef je wel dat je bijna nog een dode op je cv kon schrijven?'
Sara kwam woedend overeind, maar liet zich meteen weer terugzakken op haar stoel toen Ymke weer dreigend het pistool op haar richtte.
Annelies vervolgde stoïcijns: 'Die kortsluiting, en die gebroken steigerplank, daar weet ik niets van, maar het kwam wel goed uit. Het gaf me de kans om mee te liften op het verhaal van Wim over het huldufólk. Ik hoopte dat je ging geloven dat het hier spookte en dat je zou vertrekken. Helaas gooide die handschoen en het gesprek tussen Wim en Björk wat roet in het eten. Dat waren keiharde aanwijzingen waar jij je in vastbeet.'
'Wat een onzin dat je mee probeerde te liften op Wims spookverhaal.

De keren dat ik het huldufólk ter sprake bracht, deed jij net of ik gek was. Hoe verklaar je dat dan?'
'Dat deed ik om jou te triggeren om dieper over de mogelijkheid van hun bestaan na te denken. Als ik A zeg, zeg jij automatisch B. Zo is het altijd al geweest, Sara. Je bent zo stronteigenwijs en daardoor in sommige dingen zo voorspelbaar.'
Sara keek haar vol onbegrip aan. Wie was die vrouw voor haar? Haar uiterlijk was nog hetzelfde, maar het leek wel of er een ander persoon in haar was gevaren. Ze snapte er helemaal niets meer van. Voor haar gevoel hadden zij en Annelies juist altijd ontzettend op één lijn gezeten. Annelies dacht daar duidelijk anders over, bleek nu. Ervaringen waren subjectief, maar konden nooit de wereld van verschil behelzen die Annelies haar nu voorspiegelde.
'Waar heb je trouwens het lichaam van Björk gelaten?'
Annelies aarzelde even en vertelde toen verder: 'Een uur nadat jullie waren vertrokken voor die Gouden Cirkeltour ben ik met een slee naar de plek gegaan waar ik haar had achtergelaten. Ik heb haar lichaam op de slee getild en ben toen naar het meer gelopen. Met Wims motorzaag heb ik een gat in het ijs gezaagd en haar lichaam daarin geduwd. Toen heb ik haar nog een zetje nagegeven en verdween ze onder het ijs. Met de huidige temperaturen en regelmatige sneeuwval gokte ik erop dat een nieuw laagje ijs met sneeuw mijn werkstukje wel zou camoufleren en het sleespoor zou verdoezelen tegen de tijd dat jullie weer terug waren. Het lichaam zou pas in de zomer weer boven water komen.' Annelies lachte om haar eigen woordspeling met dubbele betekenis. De gekte was te lezen in haar ogen. Sara walgde ervan. 'Maar toen kreeg ik de schrik van mijn leven en stond de politie ineens een paar uur later voor de deur. Bijna liep de boel alsnog in het honderd. Gelukkig sneeuwde het weer behoorlijk waardoor de sleesporen waren verdwenen toen ze het bos uitkamden. Ze hadden geen redenen om ook het gebied bij het meer te onderzoeken, dus daar heb ik ze bij vandaan kunnen houden.' Een triomfantelijke blik trok over het gezicht van Annelies.
Sara kon er niet meer tegen. 'Ze was zwanger, Annelies! Hoe kon je?'

Elke nieuwe bekentenis van Annelies was een klap in Sara's gezicht. Hoe kon iemand die zo bezeten was van nieuw leven, zo onverschillig omgaan met bestaand leven? Het was te gruwelijk voor woorden, maar nog gruwelijker was het feit dat de vrouw die ze altijd als haar beste vriendin had beschouwd tot zulke vreselijke dingen in staat was. Had ze in de loop der jaren iets moeten merken? Had ze aanwijzingen gemist? Was ze zo blind geweest? Had ze op een of andere manier kunnen voorkomen dat haar vriendin in een monster was veranderd? Vragen en verwijten wisselden elkaar in razend tempo af en het duizelde Sara. Haar hoofd knalde bijna uit elkaar en ze greep het vast.
'Jij hebt op me geschoten in het bos, jij hebt me opgesloten in de sauna, je hebt mij en René in gevaar gebracht met die haardbrand.' Sara spuugde de woorden bijna naar Annelies toe.
'Ik wilde je alleen een beetje aan het schrikken maken, het was nooit mijn bedoeling je echt in gevaar te brengen.'
'Nou, dat is een geruststelling,' reageerde Sara cynisch. 'Wat nou als die kogels me per ongeluk wel hadden geraakt?'
'Ik wist heus wel waar ik mee bezig was, Sara. Ik kan uitstekend schieten.'
'Sinds wanneer kun jij schieten, daar wist ik helemaal niets van.'
'Al een paar jaar. Het is in deze contreien wel handig om een beetje te kunnen schieten met een jachtgeweer. En dat jij er niets van wist, ach, je weet van zoveel dingen niets af. Het is nou niet bepaald zo dat je de afgelopen jaren vierentwintig uur per dag mijn handje hebt vastgehouden.'
'Is dat een verwijt?'
'Nee, een constatering.'
Het werd Sara allemaal even te veel.
'En wat als ik die sauna niet had overleefd? Hoe kon je, Annelies! Ik dacht dat je van me hield, dat wij samen iets bijzonders hadden.'
'Jeetje, Sara, nu klink je net als een wanhopige geliefde. Over geliefde gesproken, uiteindelijk blijkt het allemaal een groot misverstand te zijn. Björks vader vertelde dat zijn dochter een vriendje had in Egils-

staðir en zwanger van hem was. Wim bleek voor de verandering inderdaad zijn poten thuisgehouden te hebben.' Annelies' stem klonk nu angstaanjagend kil, een schril contrast met het moment dat ze haar zelfbeheersing was verloren.
'Het spijt me dit ontroerende vriendinnenonderonsje te moeten verstoren, maar ik ga het toch doen.' Ymke trok de aandacht weer naar zich toe. Annelies en Sara keken verstoord haar kant op.
'Wat moet je nou?' vroeg Annelies agressief. 'Wie ben jij?'
'Besef je echt niet wie ik ben?'
'Nee, natuurlijk niet, anders zou ik het je toch niet vragen?'
'Ik wil mijn huis terug.'
'Je huis terug? Hoezo je huis terug? Wat heb ik daarmee te maken?'
'Jij woont erin.' Annelies fronste haar wenkbrauwen.
'Volgens mij ben je ook op je kop gevallen toen die steigerplank het begaf, want je kletst ontzettend uit je nek.'
'Ik ben de rechtmatige eigenaar van dit huis, indringster. Sjors had het aan mij moeten nalaten in plaats van het te verkopen om zijn rekeningen te betalen. Dit was mijn huis, en buiten mijn schuld ben ik het kwijtgeraakt. Dankjewel dat je er zo braaf op hebt gepast, maar de tijd is gekomen dat ik het terugneem. En o ja, ik neem Wim erbij.'
'Hoezo rechtmatige eigenaar van dit huis, en *who the fuck* is Sjors?'
'Jij en Wim hebben de Bed & Breakfast destijds van hem gekocht. Sjors was mijn man. Begint er een lampje te branden in dat duistere hoofd van je? Toen Sjors stierf bleef ik berooid achter. Zijn hele vermogen was opgegaan aan dure medische behandelingen en er was niks meer over voor mij. Complete verspilling, want hij was toch niet meer te redden. Op het moment dat hij ziek werd, boterde het al niet echt meer tussen ons. Echt niet, kan ik beter zeggen. We hielden niet meer van elkaar. Ik besefte dat ik alles kwijt zou raken als hij het loodje legde. Mijn huis, een vast inkomen en dit land waar ik zoveel van was gaan houden. Dit was mijn thuis.
Met pijn in het hart ging ik met Sjors mee terug naar Nederland, ik moest wel. Hij had de Bed & Breakfast al te koop gezet zonder met

mij te overleggen en financieel gezien was ik afhankelijk van hem. Ik probeerde een leven voor mezelf op te bouwen, maar slaagde daar niet in. Ik was doodongelukkig. Het verlangen naar IJsland en naar deze plek werd steeds groter.
Ik vatte het plan op om jullie een mail te sturen met het verzoek me in dienst te nemen. Toen ik jullie website bekeek voor de contactgegevens viel mijn oog op de foto van Wim. Wist ik veel dat het zo'n lekker ding was. Ineens stond me helder voor ogen wat ik moest doen. Ik moest jou lozen en Wim voor me winnen, dan was ik spekkoper. Dan had ik én een nieuwe man én ik kon voorgoed terugkeren naar mijn oude plek.' Ymke nam even een pauze voor ze verderging. Sara hoorde haar verhaal met open mond aan en Annelies kneep haar ogen steeds meer tot woedende spleetjes.
'Ik ging consequent elke dag naar de sportschool om goed beslagen ten IJsland te komen. Ik trainde me een slag in de rondte om er zo goed mogelijk uit te zien. En met uitstekend resultaat, al zeg ik het zelf. Geen man die zijn lippen niet aflikt bij deze billen...'
'Ja, zo is het wel genoeg,' onderbrak Annelies haar ijzig.
'O ja? Ik zou maar een beetje dimmen als ik jou was. Volgens mij is jouw rol in het geheel uitgespeeld. Ik ga je aangeven bij de politie. Sara en ik zijn allebei getuige van je bekentenis. Jij hebt Björk vermoord en daar zul je voor boeten. Ik wil Wim en jouw leven hebben. Mijn naam is trouwens niet Ymke, maar Anke. Wim en Anke, klinkt prima toch?'
Sara keek Annelies vragend aan, maar kreeg geen oogcontact. Annelies stormde in volle vaart op Anke af.
'Wim is van mij! Waarom kan niemand met zijn poten van mijn man afblijven?'
Het gekrijs van Annelies zette Anke op scherp. 'Staan blijven!' Ze richtte het pistool.
'Over mijn lijk dat jij er met Wim vandoor gaat, hoer.' Annelies was door het dolle heen.
'Pas op wat je zegt, want als het moet neem ik hem inderdaad over jouw lijk mee. Ik ben bereid tot het uiterste te gaan.' Ze richtte het

pistool op de hartstreek van Annelies. ‘Een kogel door je hart en je bent zo dood als een pier. Net als jij heb ik goed met wapens om leren gaan. Ik schiet zo zuiver als bronwater.’

60

‘Kijk nou, isolatiewol! Hoe komt dat nou in die schoorsteen?’ Wim stond in de haard en scheen met een grote zaklamp in de schoorsteen. Verbaasd trok hij de isolatiewol eruit. ‘De hele afvoer zit ermee dichtgestopt. Ik begrijp er helemaal niets van. Zoals ik al zei, heb ik dat ding pas nog helemaal nagekeken en schoon laten maken.’

‘Tot vandaag hebben we hem ook probleemloos kunnen gebruiken,’ beaamde René.

‘Je zou bijna denken dat iets of iemand heeft geprobeerd om de boel te saboteren. Maar wie en waarom?’

‘Het past wel in het patroon van “ongelukjes” die hebben plaatsgevonden, maar de vraag is inderdaad wie en waarom.’

‘Ik heb steenwol in mijn schuur staan. Ik gebruik het voor isolatie. Een voordeel van dat spul is dat het niet in de fik kan vliegen.’

‘Dat hebben we gemerkt ja,’ zei René droog, ‘maar roken kan het wel.’

‘Ik zal de voorraad in mijn schuur eens checken. Als er wat verdwenen blijkt te zijn dan hebben we in elk geval een aanknopingspunt.’

‘Ik loop even naar boven om onze spullen te pakken en dan lijkt het me verstandig om hier weer snel weg te gaan. Die rooklucht kan niet gezond zijn.’

‘Het stinkt hier inderdaad behoorlijk.’ Wim hoestte en wreef in zijn geïrriteerde ogen. René verdween naar boven en was in een mum van tijd weer terug met zijn eigen koffer en die van Sara. ‘Ik geloof niet dat ik iets heb laten liggen en anders komt het vanzelf wel weer een keer terug. Vannacht slapen we bij jullie en morgen vertrekken we naar huis.’

‘Ik vind het zo vervelend hoe het allemaal gelopen is en dat jullie voortijdig teruggaan naar Nederland.’ Wim keek hem spijtig aan.

'Ja, Sara en ik hadden ons deze vakantie ook wat anders voorgesteld.' René wond er geen doekjes om.
'Weet je zeker dat jullie niet willen blijven?'
'Ja, Sara is vastbesloten en eigenlijk kan ik haar geen ongelijk geven.'
'Ik had gehoopt dat de komst van Sara Annelies goed zou doen, dat ze haar ei even kwijt kon. Annelies is al tijden onmogelijk om mee te leven en ik hoopte dat het weerzien met Sara tot een doorbraak zou leiden. Dat ik mijn meisje van weleer weer terug zou krijgen. Ik mis haar zo.' Wims stem werd dik en hij schraapte luidruchtig zijn keel. Ook wreef hij iets te enthousiast in zijn ogen. 'Als ik zie hoe gelukkig jij en Sara zijn dan word ik bijna jaloers. Maar ik gun het jullie van harte hoor, Sara is een lieve meid.'
René sloeg hem op zijn schouders. 'Ik vind het lullig voor je, man.'
'Eén misstap. Ik weet het, dat zijn er twee te veel, maar heeft ze me niet genoeg gestraft? Ik heb levenslang van haar gekregen. Neem één ding van me aan, bedonder nooit je vrouw, want het is het niet waard.'
'Voor jouw geruststelling: ik heb geen enkele ambitie in die richting. Sara is voor mij de ware en ik heb geen enkele behoefte aan een ander.'
'Je weet nooit hoe het loopt, jongen. Ik had altijd hetzelfde standpunt als jij, maar toch is het me gebeurd in een onbewaakt ogenblik. "Zeg nooit nooit", zegt mijn moeder altijd en verdomd, ze heeft gelijk gekregen.'
'Weet je zeker dat het maar één misstap was?'
Wim keek hem vragend aan. 'Wat bedoel je?'
'Sara heeft een gesprek tussen jou en Björk opgevangen waarin je dreigde haar iets aan te doen. Ze was toch zwanger?'
Wim verstrakte. 'Ik heb Björk niets aangedaan en haar zeker niet zwanger gemaakt. Björk was een intrigant. Ze wist dat het niet lekker liep tussen mij en Annelies en chanteerde me. Ze dreigde Annelies te vertellen dat ik haar zwanger had gemaakt. Ze zou haar mond houden als ik haar geld gaf. Hoewel ik die griet nooit met een vinger heb aangeraakt, ben ik haar toch zwijggeld gaan betalen. Als ze met haar verhaal naar Annelies zou gaan, betekende dat het definitieve einde

van mijn huwelijk. Ze is me die ene misstap altijd blijven nadragen en het is me niet meer gelukt om haar vertrouwen in mij volledig te herstellen. En geloof me dat ik het geprobeerd heb.' Hij zuchtte triest voor hij verderging. 'Björk wilde steeds meer geld hebben en op een gegeven moment kon ik daar niet meer aan voldoen zonder dat het Annelies zou gaan opvallen. Het gesprek dat ik daarover voerde met Björk heeft Sara helaas gehoord. Ik heb inderdaad in een moment van machteloosheid gedreigd dat ik Björk iets aan zou doen, maar daar meende ik natuurlijk niets van. Ik heb al moeite met het doden van een vlieg, laat staan dat ik een mens zou kunnen verwonden of erger. Echt René, ik spreek de waarheid.'

René observeerde Wim nauwkeurig en kneep hem uiteindelijk bemoedigend in zijn schouder. 'Ik geloof je.'

'Dat betekent heel veel voor me, dankjewel. Nu nog zien dat ik Sara kan overtuigen.'

'Laat dat maar aan mij over, concentreer jij je maar op je eigen vrouw. Dat lijkt me al lastig genoeg.'

Wim knikte instemmend.

'Zullen we via de schuur teruggaan naar de Bed & Breakfast?' stelde Wim voor. 'Het loopt alweer bijna tegen etenstijd en ondanks al dit gedoe hebben we nog steeds gasten voor wie we goed moeten zorgen. Ik hoop dat Annelies al is begonnen met de voorbereidingen voor de barbecue.'

Hij liep naar zijn auto en deed de kofferbak open zodat René de koffers erin kon leggen. Daarna stapten ze in en reden ze naar de schuur.

'Blijf maar zitten hoor, ik kijk snel zelf wel even. Ik zie het direct als er iets ontbreekt uit mijn voorraden.'

René deed wat hem gevraagd werd. Het duurde niet lang voordat Wim weer terugkeerde. Zijn gezicht stond bezorgd. 'Er is inderdaad isolatiewol verdwenen. Er waren geen braaksporen te zien bij de schuur en de enige die een sleutel heeft buiten mijzelf is Annelies...'

Hij keek René niet-begrijpend aan.

61

Annelies leek buiten zichzelf van woede. Haar gezicht verschoot van rood naar paars en weer terug. Zweetdruppels dropen in een gestaag stroompje van haar voorhoofd. Ze trok zich niets aan van het pistool dat Anke op haar richtte. Er was geen spoortje angst bij haar te bekennen en ze stoof gewoon door. Sara keek met open mond toe. Ze moest iets doen! In een reflex wierp ze zich voor Annelies die langs haar heen kwam denderen. Er klonk een schot. Er volgde een tweede. Annelies greep naar haar borst en viel neer.

Een ondraaglijke pijn schoot door Sara's schouder. Ze viel boven op Annelies, die hortend ademhaalde. Er stroomde bloed uit een wond op haar borst en de rode kring op haar trui werd steeds groter. Sara negeerde haar eigen pijn en wendde zich tot haar vriendin.

'Lies, niet doodgaan!'

Wanhopig snikkend hield Sara haar vast voor zover dat ging met één arm. Al haar woede verdween naar de achtergrond. In haar armen lag een vrouw van wie ze zielsveel hield en waar ze zoveel mee had gedeeld. Ondanks alles voelde ze dat heel sterk nu ze haar voorgoed kwijt dreigde te raken. Beelden van vroeger vormden zich op haar netvlies. Ontelbare potten thee hadden ze samen gedronken, roddelend over de meisjes en jongens in hun klas. Allebei voor het eerst verkering met die knappe tweeling uit de brugklas. Hun eerste echte zoen op het schoolfeest, ergens in een donker hoekje op het schoolplein. Elk jaar samen op vakantie totdat Annelies en Wim een serieuze relatie kregen. Ze waren samen volwassen geworden. Zoveel mooie herinneringen, het mocht zo niet eindigen. Annelies maakte een rochelend geluid. Een stroompje bloed liep uit haar mondhoek en haar huid had de wasachtige kleur van de dood al aangenomen.

'Liesje, blijf bij me,' huilde Sara wanhopig. Ze streelde het plakkerige haar uit het gezicht van haar vriendin.
'Het is goed zo, Sara. Zorg dat ze met haar poten van Wim afblijft.' Annelies haalde weer gorgelend adem en Sara kon haar nauwelijks verstaan. Ze bracht haar oor zo dicht mogelijk naar de mond van Annelies. Haar vriendin verzamelde haar laatste krachten en zei: 'Dit is mijn lot.' Toen ontspande haar lichaam en sloten haar ogen.
De keukendeur vloog open.
'Wat is hier aan de hand?' Wim en René stoven naar binnen.
'Annelies!' riep Wim verschrikt uit. Hij rende naar zijn vrouw, duwde Sara aan de kant en nam haar in zijn armen. 'Bel een ambulance!' Hij kuste zijn vrouw. 'Het komt goed hoor, Lies, de dokter is onderweg. We gaan ervoor zorgen dat alles weer wordt zoals vroeger.'
René boog zich bezorgd over Sara's gewonde arm en probeerde de ernst van de situatie in te schatten. 'Gaat het?'
'Schampschot.'
'Lies, doe je ogen eens open.' De paniekerige stem van Wim klonk door de ruimte.
'Het is te laat, Wim,' zei Sara zachtjes. 'Ze is dood.'
'Niet waar! Ze is gewoon een beetje moe en ze slaapt. Ze wordt straks gewoon weer wakker en dan komt ze bij me terug. Ik ga je weer gelukkig maken, Lies.'
Hij drukte zijn vrouw nog steviger tegen zich aan en wiegde haar heen en weer als een baby. Hij zakte weg in een apathische toestand en leek zich niet meer bewust van de wereld om zich heen. Op dat moment liet Anke weer van zich horen en stortte zich op Wim, het pistool nog steeds in haar hand. In alle commotie om de levenloze Annelies en de gewonde Sara had niemand goed op haar gelet.
'Laat haar toch los, Wim. Je hebt haar helemaal niet nodig. Dat weet jij en dat weet ik.'
Wim keek als door de bliksem getroffen om en René trok Anke met bruut geweld van hem af. Anke poogde uit Renés wurggreep te ontsnappen en probeerde hem te raken waar ze kon. René trok het pistool uit haar hand. Sara sprong op hen af, pakte het moordwapen

aan en schopte het in paniek zo ver mogelijk weg. Ze kreeg meteen spijt van deze actie toen Wim eropaf dook en het wapen pakte. Zijn handen trilden van woede en het pistool zwenkte ongecontroleerd van links naar rechts. 'Jij hebt mijn vrouw vermoord,' siste hij. 'Daar zul je voor boeten.'
'Wim, niet doen. Ze is het niet waard!' Sara liep resoluut op hem af. 'Laat haar niet nog meer kapotmaken.' Haar stem klonk zachtjes en sussend. 'Ik begrijp dat je haar het liefst met kogels wilt doorzeven, maar daarmee komt ze er te makkelijk van af. Laat haar in leven zodat ze kan wegrotten in de gevangenis.'
'Wat heb ik te verliezen, Sara? Alles wat me dierbaar was, is me afgenomen.'
'Dat weet ik, maar laat je niet meeslepen in een opwelling. Wat heb je eraan als je als moordenaar de bak in gaat? Annelies krijg je er niet mee terug.'
Bij het horen van haar naam barstte hij weer in snikken uit. 'Mijn leven is voorbij zonder Annelies.'
Hij liet het pistool zakken en Sara haalde opgelucht adem. Te vroeg gejuicht. Met een felle beweging richtte hij het pistool weer op de vrouw die hij kende als Ymke. De haat spatte uit zijn ogen en zijn handen trilden nog steeds.
'Wim, niet doen, straks raak je René. Er zijn genoeg doden gevallen!' In een opwelling sprong Sara naar hem toe en wierp zich tegen hem aan. Ze probeerde tijdens hun val zijn hand met het pistool weg te duwen. Het pistool ging af, vlak bij haar oor. Ze hoorde op slag niets meer aan die kant. Tot haar opluchting zag ze dat de kogel in het plafond terecht was gekomen en niemand had geraakt. Wim lag er verslagen bij en liet het pistool uit zijn hand vallen. Sara schopte het ver weg zodat ze er zeker van was dat hij er niet nog eens naar kon grijpen. René, die nog steeds een tegenstribbelende Anke in de houdgreep hield, nam de leiding. 'Wim, we moeten de politie bellen en een ambulance.'
Wim keek hem wazig aan, maar liep wel naar de telefoon. Hij voerde een kort gesprek in het IJslands en hing op. 'Ze komen eraan.'

62

Sara keek René stralend aan en kuste hem vol overgave. Ze hadden elkaar zojuist het jawoord gegeven. Met een schuin oog keek ze naar Wim. Wat moest er een hoop door hem heen gaan op deze dag. Sara vond het ontzettend dapper dat hij er toch voor had gekozen op hun huwelijk aanwezig te zijn. Wim zag er slecht uit. Hij was broodmager en zijn huid had alle glans verloren. Sara had het vreselijk gevonden om hem te vertellen over de bekentenis die Annelies had gedaan voordat ze werd doodgeschoten. Net als zij kon hij de waarheid nauwelijks onder ogen zien. Net als zij had hij moeten inzien dat de werkelijkheid de fantasie soms inderdaad overtrof.

De Bed & Breakfast was verkocht. Er lagen te veel slechte herinneringen om een nieuwe start te maken. Bovendien was de vader van Björk niet bepaald zijn beste vriend meer. De man had een paar keer ladderzat aan zijn deur gestaan en hem bedreigd. Wim besloot eieren voor zijn geld te kiezen en te vertrekken. Als een gedesillusioneerde weduwnaar was hij drie maanden geleden voorgoed naar Nederland teruggekeerd en bij zijn ouders ingetrokken. Geen ideale situatie, maar voor nu de beste oplossing.

Nadat de politie het lichaam van Annelies had vrijgegeven was ze naar Nederland vervoerd. De begrafenis was sober en in besloten kring geweest. Sara had het nog niet kunnen opbrengen om haar graf te bezoeken. Ze rouwde om haar vriendin, maar verafschuwde het monster dat ze was geworden. Ze keek naar Wims handen. Hij droeg nog steeds zijn trouwring. Ondanks alles hield hij nog steeds van Annelies. Ze bewonderde zijn loyaliteit. Ze hoopte dat hij op een goede dag weer in staat zou zijn de draad weer op te pakken en nieuw geluk zou vinden. Dat verdiende hij. Het had tijd nodig, veel

tijd. Misschien wel meer tijd dan een mensenleven behelsde. De toekomst zou het uitwijzen. Of het lot, zoals Annelies altijd zei.
Ze sloeg haar arm om Renés nek. Er trok een pijnscheut door haar schouder. De kogel die ze voor Annelies had opgevangen had haar schouder geraakt, maar had wonder boven wonder geen vitale delen geraakt. De wond was zo goed als hersteld en om haar spieren en pezen weer sterker te krijgen, was ze trouw elke week naar fysiotherapie gegaan. Haar arm functioneerde inmiddels weer als vanouds, maar bij bepaalde bewegingen deed hij nog pijn. Ze hoopte dat het in de toekomst over zou gaan. Elke pijnscheut herinnerde haar aan die dramatische dagen op IJsland met fatale afloop voor Annelies.
Snel probeerde ze het trauma weer weg te stoppen. Vandaag was het feest. Ze vierde samen met René de liefde en het leven. Ze keek haar nieuwbakken echtgenoot aan en kuste hem nogmaals. Ze wist niet wat het leven nog allemaal voor hen in petto had, maar van één ding was ze heilig overtuigd: zij had haar lot uit de loterij gevonden.

63

Lief dagboek,
Ze is dood en ik heb er niet eens iets voor hoeven doen. Van een afstandje heb ik haar begrafenis bijgewoond. Ik kon het niet laten. Ik moest het zeker weten en met mijn eigen ogen zien. Wim zag er slecht uit. Zo mager, een schim van de man die hij was. Het kostte me al mijn kracht om mijn aanwezigheid niet kenbaar te maken. Om hem niet even aan te raken, vast te houden. Ultieme zelfbeheersing. Maar dat is wat liefde met je doet. Het stelt je in staat tot bovenmenselijke dingen. Laat je boven jezelf uitstijgen als het moet. En het moet. Ik geef hem even de tijd voordat ik weer fysiek contact met hem zoek. Ik wacht al zo lang, dit kan er ook nog wel bij. Niets staat ons meer in de weg nu zij er niet meer is. Ik ben er om hem op te vangen, zijn wonden te verzorgen en hem te helpen te genezen als de tijd er rijp voor is.
Ik schrijf hem wel wekelijks een brief. Tot nu toe heeft hij nog niet gereageerd. Maar ik weet dat hij net zoveel aan mij denkt als ik aan hem. Daar zorgen mijn brieven wel voor. Ze blijven hem herinneren aan mijn bestaan en aan die mooie nacht die we samen hadden.
Soms, als mijn behoefte zo groot is dat het pijn doet, rijd ik door de straat waar hij nu woont. Dan troost ik mezelf met de wetenschap van zijn nabijheid. Slechts wat stoeptegels en muren staan tussen ons in.
Hij zit altijd in mijn kop, vierentwintig uur per dag. Nog steeds. Zo heb ik hem toch een beetje bij me en dat geeft troost. In mijn hoofd kan ik hem sturen als een filmregisseur. Hem alles laten doen wat ik wil. Daar kust hij me, vrijt met me, maakt me aan het lachen en houdt van me. Ja, hij houdt van me! Er komt een dag dat hij dat zal inzien.